Department of
Communication and Theatre Arts

Northwest Missouri State University
Maryville, Missouri

D1048628

Juan Ruiz
Arcipreste de Hita

LIBRO DE
BUEN AMOR

ISBN: 84-9764-799-8
Depósito legal: M-368-2006

Colección: Clásicos de la literatura
Título: Libro de Buen Amor
Autor: Juan Ruiz Arcipreste de Hita
Introducción: Paula Arenas Martín-Abril
Diseño de cubierta: Juan Manuel Domínguez
Impreso en: Cofás

JUAN RUIZ ARCIPRESTE DE HITA

LIBRO DE BUEN AMOR

Por Paula Arenas Martín-Abril

INTRODUCCIÓN

LOS MANUSCRITOS DEL LIBRO DE BUEN AMOR

Esta obra, que fue muy conocida en los siglos XIV y XV, dejaría de serlo en los siglos venideros. Se recuperaría después recobrando su valor, pues el *Libro de Buen Amor* es el máximo exponente de la poesía del siglo XIV. Esta obra, como señala Alberto Blecua en su estudio preliminar al *Libro de Buen Amor* (Cátedra, 1996), *«sintetizaba todo un universo literario y cultural que estaba a punto de desaparecer»*. Tal es su importancia, aunque —como veremos más adelante— no es ésa la única razón del valor otorgado.

Son tres los códices que nos han llegado, dos de los manuscritos parecen representar la primera versión del libro, compilada en el año 1330; el tercero correspondería a la tercera versión, correspondiente al año 1343. Esta tercera versión es más extensa y difiere de las dos anteriores, para lo que hay dos hipótesis. Una parte de la crítica ha atribuido tal ampliación y alteración a la revisión del propio autor, introduciendo él mismo los cambios y la ampliación. Otra parte

5

de la crítica atribuye, en cambio, dicha alteración y ampliación a las alteraciones introducidas por los copistas. No hay acuerdo en este punto, como no lo hay en muchos otros respecto a esta obra, puntos que iremos viendo a lo largo de esta introducción, y es que no son pocos los problemas que ha planteado a la crítica esta obra. Volviendo sobre el tema que nos ocupa, los tres manuscritos que nos han llegado, hay que señalar lo fragmentario de los tres, pues no se hallan en sus versiones completas. Por otro lado, se han encontrado también fragmentos sueltos del libro. Esto ha originado que cierto sector de los estudiosos del *Libro de Buen Amor* atribuya a estas carencias la ambigüedad que, como veremos, existe en toda la obra. Si bien, para otra parte de la crítica la ambigüedad se debe a un propósito del autor; sería pues y en este caso una ambigüedad programada, intencionada.

A estos tres manuscritos se los ha denominado con tres letras diferentes en atención a su procedencia: «manuscrito G», «manuscrito T» y «manuscrito S». El primero, «manuscrito G», ha recibido tal nombre por la persona a quien perteneció: Benito Martínez Gayoso (de su apellido viene la «G» con que se le ha dado en llamar), quien conservó la obra en su biblioteca personal, y que hoy se encuentra en la Biblioteca de la Real Academia Española; el segundo se lo debe al lugar del que procede: catedral de Toledo (de ahí la «T» con que se le nombra), conservado hoy en la Biblioteca Nacional de Madrid; y el último recibe el nombre de «manuscrito S», porque fue encontrado en la biblioteca del Colegio Mayor de Salamanca, ciudad en la que se sigue conservando actualmente, concretamente en su Universidad. Éste último es el más completo de los tres y además lleva la firma de su copista: Alfonso de Paradinas.

No solamente nos han llegado estos tres manuscritos, también se conserva un fragmento de finales del siglo XIV, procedente de una traducción al portugués. Además contamos con varios pasajes del *Libro de Buen Amor* que cita el Arcipreste de Talavera en su obra «El Corbacho» así como algunos otros documentos que también incluyen varios versos del *Libro de Buen Amor*.

Será en el año 1790 cuando nos encontremos con la primera edición impresa de la obra, realizada por Tomás Antonio Sánchez. Esta publicación partía del manuscrito más completo de los tres, el «manuscrito S» (hallado en el Colegio Mayor de Salamanca).

Al comparar los tres manuscritos nos encontramos con varios problemas, que los estudiosos han resuelto de distinta manera, dividiéndose fundamentalmente en dos la crítica:

—Los que creen que existen dos redacciones distintas, llevadas a cabo por el mismo autor pero en dos momentos diferentes. Una primera redacción de la obra y una posterior, que el propio autor revisaría, introduciendo cambios que diferenciarían ambas versiones. Una de ellas sería la correspondiente a los manuscritos T y G (ambos de 1330), y la otra correspondería a S (1343), que sería la más tardía. Quienes han defendido y defienden esta hipótesis se basan en la mayor brevedad de los manuscritos T y G, así como en la diferente datación, siendo S posterior a T y G, y, por último, en las coplas que se encuentran en S y no en T y G, lo que ha permitido suponer que fueron añadidas por el propio autor al llevar a cabo la revisión de su obra y «reescribirla» en el año 1343. Ésta es la postura mayoritaria de la crítica.

—Quienes sostienen la hipótesis de que solamente podemos hablar de una única redacción de la obra, pese a las diferencias antes apuntadas brevemente entre ambos escritos. Defienden que las variaciones introducidas podrían responder a las alteraciones introducidas por los copistas de la obra. Por lo que sería la de 1330, manuscritos T y G, la escrita por el autor, y la siguiente, manuscrito S, la alterada y ampliada por los copistas.

EL TÍTULO DE LA OBRA

Los problemas de la obra no terminan en los manuscritos y las posibles redacciones, continúan con el título —y otros problemas que iremos tratando más adelante—. Son dos los problemas que afectan al título:

1. ¿Cuál era el título de la obra?
2. Si aceptamos el título dado por Menéndez Pidal, *Libro de Buen Amor*, ¿cuál es el significado real de ese «buen amor»?

Comencemos por la primera cuestión: ¿cuál era el título de la obra? Una pregunta que se deriva de la ausencia de título en los tres manuscritos. A este respecto hay que señalar que hasta el siglo XVIII, las referencias que se han encontrado al *Libro de Buen Amor* coinciden en la denominación *Libro del Arcipreste* (o *Libro del Arcipreste de Hita*). En las primeras ediciones impresas nos encontramos, sin embargo, con otra denominación: *Poesía* o *Libro de Cantares*. Será en el año 1898 cuando Ramón Menéndez Pidal le da el título con que con hoy lo conocemos, *Libro de Buen Amor*. Un título que otorga a la obra basándose fundamentalmente en dos estrofas, 13 y 933, en las que puede leerse lo que sigue:

Tú, Señor e Dios mío que el omne formeste,
enforma e ayuda a mí, el tu arcipreste
*que pueda fazer **libro de buen amor** aqueste,*
que los cuerpos alegre e a las almas preste.

Por amor de la vieja e por dezir razón,
*«**buen amor**» dixe al libro e a ella toda sazón.*

Como puede leerse en la estrofa 13, el propio autor denomina a su obra «Libro de buen Amor»: «ayuda a mí, el tu arcipreste/ que pueda fazer libro de buen amor aqueste». Y en la estrofa 933 el escritor confiesa haber dado a su obra tal título: «buen amor dixe al libro». Parece pues claro que aunque los manuscritos no llevaran título, el autor había llamado a su obra *Libro de Buen Amor*. Resuelta pues quedaba con Menéndez Pidal esta primera cuestión, mas aún queda otra, que todavía hoy sigue provocando diferentes opiniones y es la relativa al significado real de ese «buen amor» que da título al libro y que es una de las «tesis» fundamentales de la obra.

Centrémonos en esta segunda cuestión que hace referencia al significado de la expresión que en no pocas ocasiones se mencionará en el libro: «buen amor». Menéndez Pidal interpretó el *buen amor* a que se hace referencia en la obra como un «amor puro, ordenado y verdadero, capaz de inspirar bellas acciones»; un término pues que sería lo contrario a *loco amor*, que es el amor «desordenado, vano y deshonesto», significación que otros críticos han atribuido a la expresión que nos ocupa.

Sin embargo, la expresión a que hacemos referencia y que ha servido a Menéndez Pidal para dar título a la obra, se repite a lo largo del *Libro de Buen Amor* en diversos contextos, lo que ha hecho que surjan otras opiniones. En los textos anteriores, reproducidos para ilustrar el lugar en que se basó Menéndez Pidal para titular el *Libro de Buen Amor*, se hace referencia al *buen amor* en una oración a Dios y en un homenaje a la vieja alcahueta, algo que no es sólo diferente sino contradictorio, o, por lo menos, de varios significados, pues emplear «buen amor» en contextos como los ilustrados es desde luego lo suficientemente distinto como para provocarnos dudas acerca del significado real con que el autor quiso emplear la expresión. Y esta duda aumenta a medida que vamos leyendo la historia, pues esta diferente utilización de la expresión ocurre en muchos más fragmentos de la obra. En el prólogo en prosa se equipara expresamente el *buen amor* con el amor de Dios, pero en otras partes de la obra la expresión hay que entenderla como amor humano, amistad, buena voluntad, amor a la mujer sometido a los preceptos corteses, así como otros significados.

Hay que tener en cuenta además otros factores. «Buen amor» desde muy pronto fue usado en la lírica provenzal como sinónimo del «fin amor» de los trovadores, y así también fue usado por italianos y franceses. Se trataba pues de una acepción establecida dentro de la tradición del amor cortés en la Europa romance. No obstante, al llegar la segunda mitad del siglo XIII se produce una crisis de valores y esto se ve reflejado en la expresión que nos ocupa, y «buen amor» pierde la claridad semántica que tenía anteriormente: «buen amor» ya no es exclusivamente «fin amor». Domingo Yndurain defendía que si se conoce de antemano lo que se parodia en esta obra, es más fácil comprender la ambigüedad del libro y por tanto también de ese «buen amor» que tanto debate ha suscitado entre la crítica. Domingo Yndurain argumentaba así que la esencia de este amor es la mentira, no se está reflejando pues un amor como fuente de virtud, y sí se está insistiendo a lo largo de la historia en el placer como esencia y fin del amor. El «buen amor» es por tanto, para quien así entienda la obra, «mal amor». En consecuencia, llegamos, siguiendo esta línea, a la conclusión de que el «buen amor» es «mal amor». De este modo quedaría aclarada la dualidad inicial de la que hablábamos —así como la aparente ambigüedad del libro— cuando nos referíamos a los distintos sentidos o contextos en que se empleaba la expresión. Es pues una dualidad en apariencia al servicio de la también aparente ambigüedad de la obra, que ya no sería tal si aceptamos como cierta la intención de parodiar del autor del *Libro de Buen Amor*. Y es que nada sería más irónico que identificar «buen amor» con un personaje como el que protagoniza las aventuras amorosas de la obra, un hombre que encarna la seducción y el engaño amoroso aventura tras aventura. Tal propósito lo señalaba Domingo Yndurain en la figura de Trotaconventos: el buen amor es loco amor. Recordemos en este punto que en la obra aparece la expresión «buen amor» en el homenaje que hace el arcipreste a la vieja alcahueta, lo que unido a la parodia que del amor se puede entender que hace, parece dar como conclusión que efectivamente tal amor no era ese amor a que hacíamos referencia al inicio del apartado, sino más bien todo lo contrario.

EL AUTOR

«E porque de todo bien es comienzo e raíz
la Virgen Santa María, por ende yo, Joan Royz,
Acipreste de Fita, d'ella primero fiz
cantar de los sus gozos siete, que ansí diz:»

«Yo, Joan Royz, el sobredicho acipreste de Hita,
pero que mi corazon de trobar non se quita,
nunca fallé tal dueña como a vós Amor pinta,
nin creo que la falle en toda esta cohita»

En estas dos coplas del *Libro de Buen Amor* encontramos la declaración del nombre del autor: Juan Ruiz Arcipreste de Hita, quien se está atribuyendo la autoría del *Libro de Buen Amor*. Pero no sería hasta que en el año 1984 Francisco Javier Hernández encontrara un documento del año 1330 en que figura Juan Ruiz como autor de la obra, cuando una gran parte de la crítica diera por cierto que efectivamente el autor era Juan Ruiz, Arcipreste de Hita. Fue pues éste un hallazgo importante que ha permitido establecer como cierto que el autor fue Juan Ruiz, y lo que él mismo nos dice en el *Libro de Buen Amor*, Arcipreste de Hita —en la actual provincia de Guadalajara—; sin embargo, y justo es señalarlo, aún existe una parte de la crítica que sigue señalando la ambigüedad de esta hipótesis, considerando que no está claro que fuera Juan Ruiz Arcipreste de Hita quien escribió el *Libro de Buen Amor*.

Sea como fuere, lo cierto es que no se puede atribuir a la historia narrada la categoría de autobiografía real, pues se trata de una autobiografía imaginaria. Es ficción. No se puede, por tanto, identificar al «yo» narrativo que nos cuenta la historia con el «yo» real del autor, aunque sí sea cierto que Juan Ruiz, tal y como él mismo señala en el *Libro de Buen Amor*, sea el escritor. Podemos, eso sí, atribuir —pero sólo atribuir como posible— ciertos rasgos y datos que se dan del protagonista de las aventuras amorosas en primera persona, aunque tengamos claro que la historia no es autobiográfica y que no tienen por qué corresponder los datos dados con los del autor, menos aún dada la naturaleza ficticia de la obra. No obstante, detengámonos en estos datos. En primer lugar, de la obra se extrae que pudo el autor, si seguimos lo que del arcipreste ficticio se dice, que nació en Alcalá:

«*Fija, mucho vos saluda uno que es de Alcalá.*»

En el verso trascrito, correspondiente a la estrofa 1.510, Trotaconventos está saludando a una mora de parte del arcipreste, y le dice, como puede leerse: *vos saluda uno que es de Alcalá*. Este verso provocó que una parte de la crítica barajara como posible que el autor fuera de Alcalá de Henares. Sin embargo, Trotaconventos solamente dice que es de «Alcalá», lo cual es suficientemente indeterminado como para que pudiera tratarse de otra Alcalá. Así, algunas investigaciones posteriores identificaron ese término con Alcalá la Real (Jaén), de donde era un tal Juan Ruiz (o Rodríguez) de Cisneros, que bien pudo ser también Juan Ruiz, Arcipreste de Hita, autor del *Libro de Buen Amor*. Pero ninguna de estas investigaciones pudo aportar algo que fuera concluyente, todo son solamente hipótesis.

Si seguimos «rastreando» las posibles informaciones reales que de entre la ficción del *Libro de Buen Amor* pudiéramos encontrar, nos topamos con el más que debatido tema de la prisión. ¿Real o imaginaria la prisión a que hace alusión el escritor del *Libro de Buen Amor*? Se ha debatido mucho si Juan Ruiz estuvo en realidad entre la primera y la segunda redacción de la obra —si es que realmente fue el propio autor quien revisó su obra dando lugar al tercer y más tardío manuscrito— en la cárcel, es decir entre los años 1330 y 1343 (primera fecha correspondiente a manuscritos T y G, segunda fecha correspondiente al manuscrito S). Esta suposición se debe a la propia obra, en la que hace referencia a una prisión en la que el arcipreste dice haber estado. La pregunta es ¿era real esa prisión o era ficticia?, ¿se trataba en efecto de que Juan Ruiz estuvo en la cárcel o se trataba de esa metafórica cárcel del alma, tan empleada en aquel tiempo en la literatura? No son pocos los que han creído en lo real de esa prisión, basándose en fragmentos de la obra en que el arcipreste así lo afirma. De hecho el *Libro de Buen Amor* así es como se abre, en su versión definitiva:

Señor Dios, que a [os jodiós, pueblo de perdiçión,
sacaste de cabtivo del poder de Faraón,
a Danïel sacaste del poço de Babilón:
saca a mí, coitado, d'esta mala presión.

Señor, tú diste graçia a Ester la reina,
ante el reu Asüero ovo tu graçia digna.

Señor, dame tu graçia e tu merced aína,
sácame d'esta lazeria, d'esta presión mesquina.

Señor, tú que sacaste al profeta del lago,
de poder de gentiles sacaste a Santiago,
a santa Marina libreste del vientre del drago:
librä a mí, Dios mío, d'esta presión do yago.

Éste es el comienzo de la obra, parte que dio lugar al debate arriba mencionado y es que tales peticiones a Dios para que lo libre de la prisión bien pudieran referirse a una cárcel ficticia, alegórica, de su alma. Algo que, por otra parte, no sería de extrañar dado el tema del libro y todo lo que acontece al arcipreste. De hecho, a pesar de que los primeros estudiosos del *Libro de Buen Amor* consideraron que la cárcel era algo real, a partir del siglo XIX, la mayor parte de la crítica tomó tal prisión en el sentido alegórico a que antes hacíamos referencia. Este recurso era muy empleado en la literatura de la Edad Media, siendo muchos los autores que se refirieron a una prisión ficticia, en la que el alma está prisionera del cuerpo y por ello la petición de ayuda a Dios, para así poder salvarse.

No obstante, aunque parezca claro para la gran mayoría que tal prisión es alegórica, existe en el *Libro de Buen Amor* una parte, también al inicio de la obra, que puede hacernos dudar:

Aún tú, que dixixte a los tus servidores
que con ellos seriés, ante reis dezidores,
e les diriés palabras que fablassen mijores:
Señor, tú sey conmigo, guárdame de traidores.
....
Dame gracia, Señor de todos los señores,
tira de mí tu saña, tira de mí rencores,
faz que todo se torne sobre los mescladores:
¡ayúdam[e], Glorïosa, Madre de pecadores!

En las oraciones finales, es a la Virgen a quien pide ayuda, y vuelve a mencionar una prisión «*sin merecer*», «*a tuerto*» (lo contrario de «justicia»):

> *de aqueste dolor que siento*
> *en presión, sin merecer,*
> *tú me deña ёstorcer*
> *con el tu defendimiento;*
> ....
> *Sufro grand mal*
> *sin merecer, a tuerto,*

Justo es señalar también el fragmento de «Cántica de loores de Santa María» en que se dice lo siguiente:

> *Yo só mucho agraviado*
> *en esta çibdad seyendo:*
> *tu acorro e guarda fuerte*
> *a mí libre defendiendo;*
> *pues a ti me encomiendo,*
> *non me seas desdeñosa:*
> *tu bondad maravillosa*
> *loaré siempre, serviendo.*

Los dos primeros versos, y así lo señala Blecua, han servido a quienes defienden la prisión real del arcipreste, junto a lo antes señalado, como argumento para defender su tesis. No obstante, hay que tener presente que para quienes defienden la prisión alegórica «tanto *ciudad* como *cárcel* se refieren al mundo» (Blecua), aunque bien es cierto, y así lo señala Blecua en la edición de Cátedra, la frase *sin meresçer* es extraña.

Veamos ahora el fragmento, también de «Cántica de loores de Santa María», en que parece claro que la prisión es alegórica:

> *De conplir mi petiçión,*
> *como a otros ya conpliste,*
> *de tan fuerte tentaçión*
> *en que só coitado, triste;*
> *pues poder as e oviste,*
> *tú me guarda en tu mano*

Son los versos tercero y cuarto del fragmento («de tan fuerte tentación/ en que só coitado, triste») los que más argumentos han dado para los defensores de la prisión alegórica, pues la tentación a que se refiere bien podría ser la lujuria que pudiera estarse parodiando en el *Libro de Buen Amor*.

Por último, existe otro dato en referencia a la prisión —alegórica o no— de Juan Ruiz y que se corresponde con el final del manuscrito S en que el copista, Alfonso de Paradinas, afirma lo que sigue: «Este es el libro del Arcipreste de Hita, el qual compuso seyendo preso por mandado del cardenal don Gil, Arçobispo de Toledo».

En cuanto al retrato que en la obra se hace del protagonista de las aventuras amorosas y en quien se han rastreado posibles rasgos autobiográficos de Juan Ruiz, nos encontramos con la descripción que Trotaconventos hace de él, y en la que se lee lo que sigue:

> *«el cuerpo ha bien largo, mienbros grandes, trefudo;*
> *la cabeza non chica, velloso, pescozudo;*
> *el cuello non muy luengo, cabelprieto, orejudo;*
>
> *«las cejas apartadas, prietas como carbón;*
> *el su andar enfiesto, bien como de pavón;*

el paso sosegado e de buena razón;
la su nariz es luenga: esto le desconpón.

«Las encivas bermejas e la fabla tunbal;
la boca non pequeña, labros al comunal,
más gordos que delgados, bermejos como coral;
las espaldas bien grandes, las muñecas atal.

«Los ojos ha pequeños, es un poquillo baço;
los pechos delanteros, bien trefudo el braço;
bien conplidas las piernas; el pie, chico pedaço:
señora, d'el non vi más, por su amor voz abraço.

«Es ligero, valiente, bien mançebo de días;
sabe los instrumentos e todas juglerías
doñeador alegre, ¡par las çapatas mías!:
tal omne como éste no es en todas erías.»

Concluimos pues que del autor sabemos solamente lo que él nos dice en la obra, y ello es todo debatible y, como se ha visto, debatido. Desde el inicio, con el tema de la prisión, podemos poner en tela de juicio casi todos los datos que se nos dan del arcipreste. Incluso el hecho de que sea un arcipreste podría ser falso y tratarse simplemente de una ironía al servicio de la parodia, ya que al parecer los arciprestes tenían entonces fama de lujuriosos. Una de las pruebas de tal afirmación la encontramos en el «Poema de Fernán González», donde ya aparece reflejada la figura del mal arcipreste. Sin embargo, y esta conclusión parece la más acertada, nada se sabe completamente cierto en el *Libro de Buen Amor*.

LA FORMA AUTOBIOGRÁFICA

La forma autobiográfica de la obra otorga en primer lugar al libro una unidad, se logra una cohesión de los fragmentos que componen el *Libro de Buen Amor* y que en principio pudieran parecer partes aisladas. En segundo lugar, la forma autobiográfica contribuye a la ambigüedad reinante en el libro, pues al no haber un narrador que nos vaya contando la historia todo resulta mucho más ambiguo. Así, sucede que el lector no acaba de comprender lo que se le cuenta, o al menos no lo hace, si desconoce el sentido paródico que pudiera tener la obra; siempre y cuando aceptemos como cierta esta lectura del libro.

Se debe esta inicial falta de comprensión por parte del lector a los cambios constantes de dirección que hallamos en la historia, sin ir más lejos ¿en cuántos sentidos distintos emplea el autor en la obra la expresión «buen amor»? Si analizamos con detenimiento la obra nos damos cuenta de que de manera aislada sí comprendemos lo que se nos cuenta, es decir parte por parte, pero de manera global no entendemos bien el libro, resulta muy ambiguo. Y es que se está rompiendo con esta obra el mundo de armonía y organización pasado, que tan claro parecía en autores como Gonzalo de Berceo.

Lo que sí está claro es que mediante la forma autobiográfica el poeta lograba, como señalábamos antes, dar la unidad necesaria a la obra. Nos encontramos pues con un hombre que se presenta a sí mismo como representante de «todos», un hombre que elige «vivir» todo aquello que la vida y el mundo le brinda como posible para terminar con la elección del bien.

Debido precisamente a esta forma autobiográfica de la obra se han producido dos líneas en la crítica: quienes han defendido y defienden la posibilidad de que sea una autobiografía real, y quienes han defendido que en realidad se trata de una autobiografía imaginaria, ficticia. En este último caso, lo autobiográfico no sería más que el recurso técnico de que se valió el autor para unificar la obra, para darle una unidad, un hilo conductor a toda la historia, que sin duda necesitaba. Mediante ese «yo» se agrupan las partes de la obra, actúa como hilo conductor, y por eso también ese «yo» no aparece en las fábulas y cuentos, que son adaptaciones de otras fuentes, y no fruto de la imaginación del escritor.

La forma autobiográfica era, además, una técnica literaria muy usada en la literatura medieval, pero sólo en la didáctica. Este recurso, en cambio, no era usado en la literatura amorosa medieval.

ESTRUCTURA

El *Libro de Buen Amor* es una obra extensa que consta de las siguientes partes:

1. Oraciones a Dios, bajo el título: «Esta es oración qu'el açipreste fizo a Dios quando començó este libro suyo.»
2. Prólogo en prosa, en el que el autor nos «cuenta» su intención al escribir esta obra, y del que a continuación reproducimos las dos partes más significativas:

«Paraíso para mi ánima, fiz esta chica escriptura en memoria de bien e conpuse este nuevo libro en que son escriptas algunas maneras e maestrías e sotilezas engañosas del loco amor del mundo, que usan algunos para pecar. Las quales, leyéndoles e oyéndolas omne o muger de buen entendimiento que se quiera salvar, descogerá e obrarlo ha. E podrá dezir con el salmista: *Viam veritatis e cetera*. Otrosí los de poco entendimiento non se perderán; ca leyendo e coidando el mal que fazen o tienen en la voluntad de fazer e [...] los porfiosos de sus malas maestrías, e descobrimiento publicado de sus muchas engañosas maneras que usan para pecar e engañar las mujeres, acordarán la memoria e non despreçiarán su fama; ca mucho es cruel quien su fama menospreçia: el Derecho lo dize. E querrán más amar a sí mesmos que al pecado; que la ordenada claridad, de sí mesmo comiença: el Decreto lo dize. E desecharán e aborresçerán las maneras e maestrías malas del loco amor que faze perder las almas e caer en saña de Dios, apocando la vida e dando mala fama e deshonra e muchos daños a los cuerpos.

[...] las palabras sirven a la intençión e non la intençión a las palabras. E Dios sabe que mi intençión non fue de lo fazer por dar manera de pecar ni por maldezir, mas fue por reduçir a toda persona a memoria buena de bien obrar e dar ensienplo de buenas costumbres e castigos de salvaçion; e porque sean todos aperçebidos e se puedan mejor guardar de tantas maestrías como algunos usan por loco amor.»

3. Gozos de Santa María.
4. Dos partes:

a) Disputa entre griegos y romanos: «Aquí fabla de cómo todo omne entre los sus cuidados se deve alegrar e de la diputación que los griegos e romanos en uno ovieron».

b) Necesidad de todo hombre de la mujer: «Aquí dize de cómo segund natura los omnes e las otras animalias quieren aver conpanía con las fenbras».

5. Narraciones amorosas del protagonista en forma autobiográfica. El nombre del personaje es el mismo en estos episodios que el del autor: Juan Ruiz, Arcipreste de Hita. Se van intercalando diversos ejemplos que tienen que ver con las narraciones amorosas en que se intercalan.

6. Historia de Don Melón y Doña Endrina. Esta parte, no autobiográfica, es una adaptación de una obra latina: «Pamphilus de amore», en la que se cuenta cómo un hombre seduce a una joven y todo finaliza en matrimonio.

7. Cuentos y fábulas (*enxiemplos*), incluidos en las historias amorosas, a los que antes hacíamos referencia.

8. Sátiras.

9. Reflexiones didácticas.

10. Relato alegórico y paródico de la «Batalla de Don Carnal y Doña Cuaresma».

11. Advertencia acerca de cómo ha de interpretarse la obra: «De cómo dize el arçipreste que se ha de entender este su libro».

12. Varias composiciones dedicadas a la Virgen:

a) Gozos de Santa María.
b) Del Ave María de Santa María.
c) Cantigas de loores de Santa María.

13. Composiciones profanas, como la sátira de «Los clérigos de Talavera».

Éstas serían las partes de la obra, si bien lo esencial quedaría reducido a dos partes fundamentales compuestas por dos cuerpos de relatos independientes y que serían: por un lado, la adaptación del «Pamphilus de amore» (que corresponde a la historia de «Don Melón y Doña Endrina») y por otro lo inventado por Juan Ruiz (que serían las narraciones amorosas protagonizadas por el arcipreste). El resto está al servicio de estas dos partes esenciales.

En esta obra asistimos pues a un ciclo de amor, precedido como ya se ha visto en el esquema anterior de: una oración en que el arcipreste pide ayuda a Dios y a la Virgen, la rememoración de unos milagros, el prólogo en prosa en que cuenta su intención al escribir la obra, una copla, Gozos de Santa María y el ejemplo de griegos y romanos. Tras ello, que abarca hasta la copla 70 y que constituye el preámbulo de la obra, asistimos a uno de los dos cuerpos esenciales del *Libro de Buen Amor* y que son las aventuras amorosas de nuestro personaje, narradas en primera persona, y que irían desde la copla 71 y hasta la 909. En esta parte asistimos a la historia del aprendizaje amoroso del protagonista, con los fracasos iniciales y la posterior adquisición de la experiencia, resultado de las lecciones que le da la figura de Don Amor. Con la historia de Doña Endrina y Don Melón deja de ser un «fracasado» en amores. Tras este episodio asistimos a la moralización del poeta hacia los jóvenes «imprudentes». El ciclo amoroso, además, se ajusta a las estaciones.

La primera salida del poeta en busca de amores sucede tras el invierno. Tienen lugar entonces tres aventuras amorosas —con ejemplos intercalados— y las tres culminan en fracaso:

1. La primera de ellas lleva por título: «De cómo el Arcipreste fue enamorado», y en él se cuenta cómo una «dueña» indeterminada, pues no sabemos de ella más que era una «dueña en todo e de dueñas señora/[...]/ Sabe toda nobleza de oro e de seda/ conplida de todos bienes/ anda mansa leda/ es de buenas costunbres, sossegada e queda/ non se podría vençer por pintada moneda», lo rechaza.

2. En el segundo caso amoroso, que lleva por título: «De cómo todas las cosas del mundo son vanitat, si non amar a Dios», asistimos a un nuevo rechazo. Un intermediario, Ferrand García, le «roba» a la «panadera» que trataba inútilmente de seducir. Señala Blecua en el estudio crítico a la obra respecto al oficio de la mujer a la que trató de seducir el arcipreste en esta aventura lo siguiente: «La panadera, oficio femenino —vendedora de pan—, era personaje de mala fama tanto en el derecho como en el refranero», y añade que todo el episodio está plagado de palabras o frases que bien pueden entenderse de distinta manera, es decir, que tienen un claro doble sentido, literal y sexual (pan, conejo, adorar en la cruz...).

Veamos un par de ejemplos de lo señalado:

«Díxome que'l plazia de grado,
e fizose de la Cruz privado:
a mí dio rumiar salvado,
él comió el pan más duz»

En el último verso la palabra «pan» bien podemos entenderla de dos maneras distintas, una con el significado real, literal de la palabra, y la otra, en un sentido sexual.

En el segundo verso reproducido se hace referencia a una «Cruz» a la que se vuelve a referir más adelante, en este mismo episodio amoroso, quedando así de manifiesto el doble sentido a que nos referimos, el literal y el sexual:

«Quando la Cruz veía, yo siempre me omillava,
santiguávame a ella doquier que la fallava;
el conpaño de çerca en la Cruz adorava;
del mal de la cruzada yo non me reguardava».

Veamos ahora otras dos palabras, conejo y conejero, que aparecen en la narración y que también pueden entenderse en los dos sentidos a que aludimos:

«Prometiól por mi consejo
trigo que tenía añejo
e presentól un conejo,
el traidor falso, marfuz.

¡Dios confonda mensajero
tan presto e tan ligero!
¡Non medre Dios tal conejero
que la caça así anduz!»

3. «De cómo el Arcipreste fue enamorado e del enxienplo del ladrón e del mastín.» Una «dueña encerrada», «colmo de

las virtudes» como lo era la primera de las dueñas de estas tres aventuras —repite el arcipreste las mismas virtudes que otorgó a la primera «dueña», no le hace tampoco ningún caso. Es el tercer fracaso del arcipreste en sus intentos de seducción.

Tras estos primeros intentos frustrados tiene lugar la discusión del arcipreste con Don Amor: «De cómo el Amor vino al arçipreste e de la pelea que con él ovo el dicho arçipreste». Primero insulta el arcipreste al Amor y le da varios ejemplos para demostrarle que es, como él le ha dicho, mentiroso y dañino para los hombres, y le acusa además de ser causante de los pecados capitales, para lo que el arcipreste vuelve a recurrir a los ejemplos. Una vez terminada la ilustración —mediante ejemplos— de los pecados capitales, comienza la pelea entre ambos: «Aquí fabla de la pelea qu'el arçipreste ovo con Don Amor». Introduce aquí una fábula contra el amor: «Ensiemplo del mur topo e de la rana». Tras la pelea vienen los consejos de Don Amor: «Aquí fabla de la respuesta que Don Amor dio al arçipreste». Don Amor dará las lecciones necesarias al arcipreste para que no siga fracasando en amores, entre las que figura la necesidad de una alcahueta. En esta parte nos encontramos con la exposición teórica del arte de amar que da Don Amor, seguida de dos hechos importantes anunciados por Amor:

1. A triunfar en el amor se aprende.
2. La fuente de ese saber es Ovidio:

> «Si leyeres Ovidio, el que fue mi criado,
> en él fallarás fablas que yo le ove mostrado,
> muchas buenas maneras para enamorado;
> Palntillo e Nasón yo los ove castigado»

El amor que explica es el de la literatura ovidiana.

Tras estas lecciones, pone Don Amor un ejemplo al arcipreste: «Ensiemplo de los dos perezosos que querían cassar con una dueña». A continuación viene otro ejemplo que es en realidad un cuento ejemplar sobre una de las lecciones que Don Amor ha dado al arcipreste: no descuidar a la mujer. Da después otro ejemplo, que le sirve a Don Amor para proseguir con su ilustración de la seducción. En el último ejemplo que le da, le advierte contra el abuso del vino y sus muy negativas consecuencias.

Vuelve a la «caza» el arcipreste, pero Doña Venus interrumpe su «busca» dándole algún que otro consejo más. Entonces y con la ayuda de la alcahueta, que finalmente ha optado por buscar —siguiendo así los consejos de Don Amor— y que es Trotaconventos, consigue su propósito: seducir a Doña Endrina. Esta aventura está en primera persona también, como las aventuras amorosas que lo preceden, sin embargo, ya no es el arcipreste el personaje central, sino Don Melón de la Huerta. Esta aventura termina con el enamoramiento de la mujer y el posterior casamiento.

Asistimos ahora a un nuevo intento de seducción de nuestro personaje hacia una mujer que, si bien es convencida por la alcahueta, acaba muriendo de manera repentina.

Llega la primavera y el arcipreste abandona la ciudad, adentrándose en la sierra de Guadarrama, donde tendrán lugar los cuatro encuentros con serranas. Las dos primeras lo «obligan» a relacionarse con ellas sexualmente, a la tercera le promete matrimonio, y a la cuarta consigue quitársela de encima por no tener dinero para pagarla. Tras esto, va el arcipreste a la ermita de Santa María del Vado y le dedica una cantiga, a la que añade después otras sobre la pasión de Cristo.

Asistimos a la llegada del tiempo de la penitencia, Cuaresma, que coincide con el final de su viaje por la sierra de Guadarrama. Recibe entonces una carta de Doña Cuaresma, en la que manda desafiar a Don Carnal. Así es como tiene lugar la batalla entre Don Carnal y Doña Cuaresma. Don Carnal triunfa.

El retorno de Don Amor y Don Carnal reinician la era del placer y el gozo coincidiendo con la llegada de la Pascua y el mes de abril.

El poeta, ayudado por Trotaconventos, se aventura nuevamente por la senda del amor, y trata en vano de seducir a una viuda que lo rechaza. Entonces lo intenta con doña Garoza, quien acaba muriendo. Tampoco logra el arcipreste su objetivo con una mora, así que se dedica a componer unos cantares. Además de la tristeza producida por sus últimos fracasos, Trotaconvenctos se muere, lo que da lugar a un «planto» y epitafio. A continuación realiza una reflexión sobre mundo, demonio y carne, y las armas cristianas para desafiarlos: «De quáles armas se deve armar todo christiano para vençer al Diablo, el Mundo e la Carne».

Tras dicha reflexión viene un elogio en: «De las propiedades que las dueñas chicas an».

Vuelve la primavera y con ella las ansias de nuestro personaje de reemprender sus «cacerías» amorosas:

«*Salida de febrero e entrada de março,*
el pecado, que siempre de todo mal es maço,
traía de abbades lleno el su regaço,
otrosí de mugeres fazié mucho retaço».

Sin embargo, cuando creemos que van a comenzar nuevas aventuras de nuestro personaje, se interrumpe de manera repentina el relato, se corta, y el autor añade unos versos en los que nos habla de cómo ha de ser entendida la obra: «De cómo dize el arçipreste que se ha de entender este su libro». Aquí repite lo expuesto en el prólogo en prosa.

Finalmente aparecen una serie de poemas religiosos y profanos.

LA INTENCIONALIDAD DEL AUTOR

A lo largo de esta introducción hemos hecho alusión a la intencionalidad del autor al escribir esta obra en varias ocasiones. Hemos incluso trascrito del propio *Libro de Buen Amor* lo que el autor confiesa como finalidad del libro, es decir su intención al escribirlo. Si nos guiamos por las palabras de Juan Ruiz tendríamos que tomar como cierta la intención didáctica y moralizante de la obra. Sin embargo, puede que todo funcionara al servicio de una parodia programada por parte del escritor, en cuyo caso esa declaración de intenciones no sería sino un refuerzo del elemento humorístico. La división de opiniones al respecto, y así ha quedado reflejado en la crítica y sus posturas, quedaría escindida básicamente en dos grupos:

—Quienes creen el didactismo y moralismo de la obra y, por tanto, la intención del autor sería adoctrinar al lector. Este sector de la crítica concede al humor innegable de la historia, el empleo de fábulas y ejemplos, un valor didáctico, recursos empleados por el autor para reforzar el adoctrinamiento de la historia.

—Quienes creen en la intención paródica de Juan Ruiz. Para este sector la intencionalidad sería claramente irónica.

Parodia o doctrina, lo cierto es que el *Libro de Buen Amor* es un documento de gran valor en cuanto al reflejo de una época, sus costumbres y sus creencias, su forma de vida, incluso del cambio que se estaba produciendo en la sociedad de aquel momento. El arcipreste nos muestra con su historia lo que sucedía en su tiempo, la lucha entre el «buen amor» y el «loco o mal amor» que se daba en el hombre de la Edad Media, acercándonos de este modo a la crisis de valores que estaba teniendo lugar. No olvidemos que esta obra fue escrita en 1330 (siglo XIV) y a mediados del siglo XIII había comenzado a producirse una crisis en el sistema de valores reinante.

Da fe de su tiempo hasta tal punto que es imposible no ver el elemento realista de la obra. Algo que se aprecia en las descripciones que de la vida cotidiana realiza así como en la plasmación de expresiones coloquiales que encontramos en el libro, aunque el elemento alegórico esté muy presente, constituyendo una parte esencial de la obra. No solamente el arcipreste se preocupó de reflejar la vida de su tiempo, otros ya lo hacían, y este nuevo rumbo, este elemento realista, tan distinto de la anterior literatura culta en la que lo alegórico y simbólico lo empapaba todo, queda explicado por el cambio que se había producido y seguía produciéndose en la sociedad de aquel tiempo. La vida ya no es sólo el tránsito hacia el Cielo, es además un lugar en el que poder disfrutar y gozar de los placeres mundanos.

Por último, no podíamos eludir la intencionalidad artística que sin duda tiene el autor al escribir esta obra. Hay una clara intención literaria por parte de un poeta, cuyo genio expositor y narrativo queda más que claro en el *Libro de Buen Amor*.

EL ESTILO

Terminábamos el apartado anterior haciendo referencia a la intención artística del autor, lo que hace que esta obra sobresalga de las demás del Mester de Clerecía. De hecho, el propio autor altera la Cuaderna Vía, además —como ya hemos mencionado— del sentido unívoco que la literatura poseía hasta entonces. Aunque escrito en Cuaderna Vía, lo cierto es que la base es fluctuante, no mantiene una regularidad.

Encontramos también una importante presencia de elementos populares, encarnados en refranes, sentencias y dichos, usados con una intención muy clara, derivada de su intencionalidad artística, y que pasaba por dotar al escrito de mayor expresividad y realismo, acercándose de esta manera y en este punto al Mester de Juglaría.

Pero volvamos sobre las composiciones líricas del libro. Queda claro que Juan Ruiz domina la poesía y así queda demostrado en la obra, con el uso que hace de recursos tanto del Mester de Clerecía como del de Juglaría. El autor lleva a cabo todo tipo de composiciones, ya sean populares ya sean cultas. Dependiendo de lo que en cada momento de la historia pretende, opta por un tipo determinado de estrofa, pudiendo esquematizarse del siguiente modo la métrica empleada en el *Libro de Buen Amor*:

—En las partes narrativas recurre Juan Ruiz a la Cuaderna Vía, que era la métrica empleada por el Mester de Clerecía, sin embargo, la base es fluctuante, usando de esta manera en determinadas partes versos de 16 sílabas (8+8) en lugar del correspondiente al alejandrino —el de la Cuaderna Vía— que era de 14 (7+7); algo que realiza de manera intencionada, pues se adapta al contenido de la historia.

—En las partes líricas —que aparecen en la primera, cuarta y última parte del *Libro de Buen Amor*— emplea diversas estrofas de arte menor, como zéjel y sextina de pie quebrado.

CONCLUSIÓN

Dadas todas las lagunas que tiene esta obra las interpretaciones que han surgido no son pocas. Como hemos ido viendo a lo largo de esta introducción existen diversas lecturas, a veces incluso contrarias, lo que hace muy difícil establecer una única interpretación o estudio del *Libro de Buen Amor*.

De este libro se conservan tres códices incompletos y algunos fragmentos sueltos, lo que ha hecho más complicado aún el estudio de la obra. Dos de ellos serían correspondientes a 1330 y el tercero a 1343. No hay acuerdo en este punto, pues unos defienden que en el tercero la ampliación se debe a los copistas, mientras que otros argumentan que la razón hay que buscarla en la revisión y ampliación del autor.

En lo que parece no haber debate es en la ambigüedad de la obra, si bien unos defienden que se debe a la falta de texto, es decir a la forma fragmentaria en que nos ha llegado —faltan partes—; mientras otros argumentan que esta ambigüedad no se debe a la falta de partes de texto, sino que está al servicio de la intencionalidad de su autor; se trataría en este caso de una ambigüedad totalmente programada por parte del escritor.

En cuanto al autor, sigue habiendo una escisión al respecto. De una parte, quienes tienen claro que fue Juan Ruiz, Arcipreste de Hita; de otra parte, quienes siguen sin tener muy claro que, efectivamente, ese Juan Ruiz fuera el Arcipreste de Hita, que se confiesa autor de la obra. Y los problemas continúan con el autor, pues de él solamente sabemos lo que el propio arcipreste nos dice. Podemos tomar como cierto lo vertido en la obra acerca de su vida, pero podemos también ponerlo en tela de juicio.

No ofrece dudas el elemento humorístico de la obra, no obstante sí su intención. Si defendemos que tal humor está al servicio de la parodia parece más sencillo entender el libro; pero también podríamos atribuirlo a una forma de ver la vida desenfadada y alegre y no necesariamente paródica de la historia.

En cuanto a la expresión «buen amor» existen quienes lo han identificado con ese amor honesto y «bueno» y quienes han encontrado un sentido muy diferente: «loco amor».

En definitiva, y para concluir, del *Libro de Buen Amor* nada se sabe totalmente cierto.

LIBRO DE
BUEN AMOR

Ihesus Nazarenus Rex Iudeorum

I

ESTA ES ORAÇIÓN QU'EL ARÇIPRESTE FIZO A DIOS QUANDO COMENÇÓ ESTE LIBRO SUYO

Señor Dios, que a los jodíos, pueblo de perdiçión,
sacaste de cabtivo, del poder de Fa[raón],
a Daniel sacaste del poço de Babilón,
saca a mí, coitado, d'esta mala presión.

Señor, tú diste graçia a Ester la reína;
ante el rey Asuero ovo tu graçia digna.
Señor, da me tu graçia e tu merçed aína;
saca me d'esta lazeria, d'esta presión...

Señor, tú que sacaste al profeta del lago,
del poder de gentiles sacaste a Santiago,
a Santa Marina libreste del vientre del drago,
libra a mí, Dios mío, d'esta presión do ya[go].

Señor, tú que libreste a Santa Susaña
del falso testimonio de la falsa conpaña,
libra me, mi Dios, d'esta coíta tan maña,
dame tu misericordia, tira de mí tu sa[ña].

A Jonas el profeta del vientre de la ballena,
en que moró tres días, dentro en la mar ll[ena],

sacastelo tú sano, así commo de casa buena.
Mexías, tú me salva, sin culpa e sin pena.

Señor, a los tres niños de muerte los libreste,
del forno del grand fuego sin lisión...
de las ondas del mar a Sant Pedro tomeste:
Señor, de aquesta coíta saca al tu Açipre[ste].

Aun tú que dixiste a los tus servidores
que con ellos serías ante reys dezidores,
e les dirías palabras que fablasen mejores,
Señor, tú sey comigo, guardame de traid[ores]...

El nonbre profetizado fue grande Hemanuel,
fijo de Dios muy alto, salvador de Is[rael].
En la salutaçion el ángel Grabiel
te fizo cierta d'esto, tú fueste çierta d'él.

Por esta profeçía e por la salutaçión
por el nonbre tan alto, Hemanuel salvaçión,
Señora, dame tu graçia e dame consolaçión;
gáname del tu fijo graçia e bendiçión.

Dame graçia, Señora de todos los señores;
tira de mí tu saña, tira de mí rencores;
faz que todo se torne sobre los mescladores;
ayúdame, Gloriosa, madre de pecad[ores].

II

AQUI DIZE DE CÓMO EL ARÇIPRESTE ROGÓ A DIOS QUE LE DIESE GRAÇIA QUE PODIESE FAZER ESTE LIBRO

Dios padre, Dios fijo, Dios Spíritu Santo,
el que nasçió de la Virgen, esfuerçenos de tanto

que sienpre lo loemos en prosa e en canto;
sea de nuestras almas cobertura e manto.

El que fizo el çielo, la tierra e el mar,
él me done su graçia e me quiera alunbrar,
que pueda de cantares un librete rimar,
que los que lo oyeren puedan solaz tomar.

Tú, Señor Dios mío, que al omne crieste,
enforma e ayuda a mí el tu açipreste,
que pueda fazer un libro de buen amor aqueste,
que los cuerpos alegre e a las almas preste.

Si queredes, señores, oír un buen solaz,
escuchad el romanze, sosegad vos en paz;
non vos diré mentira en quanto en él yaz,
ca por todo el mundo se usa e se faz.

E por que mejor de todos sea escuchado,
fablar vos he por trobas e por cuento rimado;
es un dezir fermoso e saber sin pecado,
razón más plazentera, fablar más apostado.

Non tengades que es libro neçio de devaneo,
nin creades que es chufa algo que en él leo,
ca, segund buen dinero yaze en vil correo,
ansí en feo libro está saber non feo.

El axenuz de fuera más negro es que caldera;
es de dentro muy blanco, más que la peña vera;
blanca farina está so negra cobertera;
açucar dulçe e blanco está en vil caña vera.

Sobre la espina está la noble rosa flor;
en fea letra está saber de grand dotor;

commo so mala capa yaze buen bevedor,
ansí so el mal tabardo está el buen amor.

E por que de todo bien es comienço e raíz
la Virgen Santa María, por ende yo, Joan Roíz,
Açipreste de Fita, d'ella primero fiz
cantar de los sus gozos siete, que ansí diz:

GOZOS DE SANTA MARÍA

O María,
luz del día,
Tú me guía
toda vía.

Gana me graçia e bendiçión,
e de Jesú consolaçión,
que pueda con devoçión
cantar de tu alegría.

El primer gozo ques lea:
en çibdad de Galilea
—Nazaret creo que sea—
oviste mensajería

del ángel que a ti vino,
Gabriel santo e digno;
troxo te mensaz divino:
díxote: «¡Ave María!»

Tú, desque el mandado oíste,
omil mente resçebiste;
luego virgen conçebiste
al fijo que Dios enbía.

En Belem acaesçió
el segundo, quando nasçió
e sin dolor aparesçió
de ti, Virgen, el Mexía.

El terçero cuentan las leyes,
quando venieron los reyes,
e adoraron al que veys,
en braço do yazía.

Ofreçiol mirra Gaspar;
Melchior fue ençienso dar;
oro ofreçió Baltasar;
al que Dios e omne seía.

Alegría quarta e buena
fue quando la Madalena
te dixo, goço sin pena,
que el tu fijo vería.

El quinto plazer oviste
quando al tu fijo viste
sobir al çielo, e diste
graçias a Dios ó subía.

Madre, el tu gozo sesto,
quando en los disçípulos presto
fue Spíritu Santo puesto
en tu santa conpañía.

Del septeno, Madre Santa,
la iglesia toda canta:
sobiste con gloria tanta
al çielo e quanto y avía.

Reinas con tu fijo quisto,
nuestro Señor Jesú Cristo;
por ti sea de nós visto
en la gloria sin fallía.

GOZOS DE SANTA MARÍA

Tú, Virgen del çielo reína,
e del mundo melezina,
quiérasme oír:
que de tus gozos aína
escriva yo prosa digna,

por te servir;
Dezir de tu alegría,
rogándote toda vía
yo, pecador,
que a la grand culpa mía
non pares mientes, María,
mas al loor.

Tú siete gozos oviste:
primero, quando resçebiste
salutaçión del ángel; quando oíste
«¡Ave María!», conçebiste
Dios, salvaçión.

El segundo fue conplido
quando fue de ti nasçido,
e sin dolor.
De los ángeles servido,
fue luego conosçido
por salvador.

Fue el tu gozo terçero
quando vino el luzero
a demostrar
el camino verdadero;
a los reyes conpañero
fue en guiar.

Fue tu quarta alegría
quando te dixo María
que Grabiel
dixo que el tu fijo vevía,
que por señal te dezía
que viera a él.

El quinto fue de gran dulçor,
quando al tu fijo señor
viste sobir
al çielo a su padre mayor,
e tú fincaste con amor
de a él ir.

Non es el sesto de olvidar:
los disçípulos vino alunbrar
con espanto.
Tú estavas en ese lugar;
del çielo viste y entrar
Spíritu Santo.

El septeno non ha par,
quando por ti quiso enbiar
Dios tu padre:
al çielo te fizo pujar,
con Él te fizo assentar,
commo a madre.

Señora, oy al pecador,
que tu fijo el Salvador
por nós diçió
del çielo, en ti morador;
el que pariste, blanca flor,
por nós murió.

Pecadores non aborrescas,
pues por ellos ser merescas
madre de Dios;
antel con nusco parescas,
nuestras almas le ofrescas,
ruégal por nós.

III

AQUÍ FABLA DE CÓMO TODO OMNE ENTRE LOS SUS CUIDADOS SE DEVE ALEGRAR, E DE LA DISPUTAÇIÓN QUE LOS GRIEGOS E LOS ROMANOS EN UNO OVIERON

Palabras son de sabio, e díxolo Catón,
que omne a sus coidados que tiene en coraçón
entreponga plazeres e alegre la razón,
que la mucha tristeza mucho pecado pon.

E por que de buen seso non puede omne reír,
avré algunas burlas aquí a enxerir:
cada que las oyeres, non quieras comedir
salvo en la manera del trobar e del dezir.

Entiende bien mis dichos e piensa la sentencia;
non me contesca contigo commo al doctor de Greçia
con el ribaldo romano e con su poca sabiençia,
quando demandó Roma a Greçia la çiençia.

Ansí fue que romanos las leyes non avién;
fuéronlas demandar a griegos que las tenién;
respondieron los griegos que non las meresçién,
nin las podrían entender, pues que tan poco sabién.

Pero si las querién para por ellas usar,
que ante les convenía con sus sabios disputar
por ver si las entendién e meresçían levar.
—Esta respuesta fermosa davan por se escusar.

—Respondieron romanos que les plazía de grado;
para la disputaçión pusieron pleito firmado;
mas, por que non entendrién el lenguaje non usado,
que disputasen por señas, por señas de letrado.

Pusieron día sabido todos por contender:
fueron romanos en coíta: non sabían qué se fazer,
por que non eran letrados, nin podrían entender
a los griegos doctores, nin al su mucho saber.

Estando en su coíta, dixo un çibdadano
que tomasen un ribaldo, un vellaco romano:
segund Dios le demostrase fazer señas con la mano,
que tales las feziese; fue les consejo sano.

Fueron a un vellaco muy grand e muy ardid:
dixiéronle: «Nós avemos con griegos nuestro conbit
para disputar por señas: lo que tú quesieres pit,
e nós dar te lo hemos; escúsanos d'esta lid.»

Vistiéronlo muy bien paños de grand valía,
commo si fuese doctor en la filosofía.
Subió en alta cathedra, dixo con bavoquía:
«Doy mais vengan los griegos con toda su porfía.»

Vino aí un griego, doctor muy esmerado,
escogido de griegos, entre todos loado.
Sobió en otra cáthedra, todo el pueblo juntado
e començó sus señas, commo era tratador.

Levantóse el griego, sosegado, de vagar,
e mostró solo un dedo, que está cerca del pulgar;
luego se assentó en ese mismo lugar.
Levantóse el ribaldo, bravo, de mal pagar.

Mostró luego tres dedos, contra el griego tendidos:
el polgar con otros dos que con él son contenidos,
en manera de arpón, los otros dos encogidos.
Assentóse el neçio, catando sus vestidos.

Levantóse el griego: tendió la palma llana,
e assentóse luego, con su memoria sana.
Levantóse el vellaco, con fantasía vana:
mostró puño çerrado; de porfía avié gana.

A todos los de Greçia dixo el sabio griego:
«Meresçen los romanos las leyes, non gelas niego.»
Levantáronse todos con paz e con sosiego:
grand onra ovo Roma por un vil andariego.

Preguntaron al griego qué fue lo que dixiera
por señas al romano, e qué le respondiera.
Diz: «Yo dixe que es un Dios: el romano dixo que era
uno e tres personas, e tal señal feziera.»

Yo dixe que era todo a la su voluntad;
respondió que en su poder tenié el mundo, e diz verdat.
Desque vi que entendién e creyén la Trinidad,
entendí que meresçíen de leyes çertenidad.

Preguntaron al vellaco quál fuera su antojo.
Diz: «Díxome que con su dedo que me quebrantaría el ojo.»
Desto ove grand pesar, e tomé grand enojo,
e respondile con saña, con ira e con cordojo

que yo le quebrantaría ante todas las gentes
con dos dedos los ojos, con el pulgar los dientes.
Díxome luego após esto que le parase mientes,
que me daría grand palmada en los oidos retinientes.

Yo le respondí que le daría una tal puñada
que en tienpo de su vida nunca la vies vengada.
Desque vio que la pelea tenié mal aparejada,
dexóse de amenazar do non gelo preçian nada.

Por esto dize la pastraña de la vieja ardida:
«Non ha mala palabra si non es a mal tendida.»
Verás que bien es dicha si bien fuese entendida.
Entiende bien mi dicho e avrás dueña garrida.

La burla que oyeres non la tengas en vil;
a manera del libro, entiende la sotil;
que saber bien e mal dezir encobierto e doñeguil,
tú non fallarás uno de trobadores mill.

Fallarás muchas garças, non fallarás un uevo;
remendar bien non sabe todo alfayate nuevo;
a trobar con locura non creas que me muevo:
lo que buen amor dize con razón te lo pruevo.

En general a todos fabla la escripura:
los cuerdos con buen sesso entendrán la cordura;
los mançebos livianos guárdense de locura;
escoja lo mejor el de buena ventura.

Las del buen amor son razones encubiertas:
trabaja do fallares las sus señales ciertas.
Si la razón entiendes o en el sesso açiertas,
non dirás mal del libro que agora refiertas.

Do coidares que miente, dize mayor verdat;
en las coplas pintadas yaze la falssedat;
dicha buena o mala, por puntos la juzgat;
las coplas con los puntos load o denostat.

De todos instrumentos yo, libro, só pariente:
bien o mal, qual puntares, tal te dirá çiertamente.
Qual tú dezir quisieres, y faz punto, y, tente;
si me puntar sopieres, sienpre me avrás en miente.

IV

AQUÍ DIZE DE CÓMO SEGUND NATURA LOS OMNES E LAS OTRAS ANIMALIAS QUIEREN AVER CONPANÍA CON LAS FENBRAS

Commo dize Aristótiles, cosa es verdadera:
el mundo por dos cosas trabaja: la primera,
por aver mantenencia; la otra cosa era
por aver juntamiento con fenbra plazentera.

Si lo dixiese de mío, sería de culpar;
dize lo grand filósofo, non só yo de rebtar.
De lo que dize el sabio non devemos dubdar,
que por obra se prueva el sabio e su fablar.

Que diz verdat el sabio claramente se prueva:
omnes, aves, animalias, toda bestia de cueva,
quieren segund natura conpañía sienpre nueva,
e quanto más el omne, que a toda cosa se mueva.

Digo muy más del omne que de toda creatura:
todos a tienpo çierto se juntan con natura;
el omne, de mal seso, todo tienpo sin mesura,
cada que puede quiere fazer esta locura.

El fuego sienpre quiere estar en la çeniza;
commo quier que más arde, quanto más se atiza;
el omne, quando peca, bien vee que desliza,
mas non se parte ende, ca natura lo enriza.

E yo como soy omne commo otro pecador,
ove de las mugeres a las vezes grand amor.
Provar omne las cosas non es por ende peor,
e saber bien e mal e usar lo mejor.

V

DE CÓMO EL ARÇIPRESTE FUE ENAMORADO

Assí fue que un tienpo una dueña me prisso;
de su amor non fui en ese tienpo repiso;
sienpre avía della buena fabla e buen riso;
nunca ál fizo por mí, nin creo que fazer quiso.

Era dueña en todo e de dueñas señora;
non podía estar solo con ella una ora;
mucho de omne se guardan allí do ella mora,
más mucho que non guardan los jodíos la Tora.

45

Sabe toda nobleza de oro e de seda;
conplida de muchos bienes, anda mansa e leda;
es de buenas constunbres, sossegada e queda;
non se podría vençer por pintada moneda.

Enbiénle esta cantiga que es de yuso puesta,
con la mi mensajera que tenía enpuesta.
Dize verdat la fabla, que la dueña conpuesta,
si non quiere el mandado, non da buena repuesta.

Dixo la dueña cuerda a la mi mensajera:
«Yo veo otras muchas creer a ti, parlera,
e fállanse ende mal; castigo en su manera,
bien commo la raposa en agena mollera.»

VI

ENXIENPLO DE CÓMO EL LEÓN ESTAVA DOLIENTE E LAS OTRAS ANIMALIAS LO VENÍAN A VER

«Diz que yazié doliente el león de dolor;
todas las animalias vinieron ver su señor;
tomó plazer con ellas, e sentióse mejor;
alegráronse todas mucho por su amor.

Por le fazer plazer e más le alegrar,
conbidáronle todas quel darían a yantar;
dixieron que mandase quáles quisiese matar:
mandó matar al toro, que podría abastar.

Fizo partidor al lobo, e mandó que a todos diese.
El apartó lo menudo para el león que comiese,
e para sí la canal, la mejor que omne viese;
al león dixo el lobo que la mesa bendixiese.

"Señor", diz, "tú estás flaco; esta vianda liviana,
cómela tú, señor, que te será buena e sana;
para mí e a los otros la canal, que es vana."
El león fue sañudo, que de comer avía gana.

Alçó el león la mano por la mesa santiguar:
dio grand golpe en la cabeça al lobo por lo castigar;
el cuero con la oreja del casco le fue arrancar;
el león a la raposa mandó la vianda dar.

La gulpeja con el miedo, e commo es muy artera,
toda la canal del toro al león la dio entera;
para sí e a los otros todo lo menudo era.
Maravillóse el león de tan buena egualadera.

El león dixo: "Comadre, ¿quién vos mostró partiçión
tan buena, tan aguisada, tan derecha con razón?"
Ella dixo: "En la cabeça del lobo tomé yo liçión;
en el lobo castigué qué feziese o qué non."

Por ende yo te digo, vieja e non mi amiga,
que jamás a mí non vengas, nin me digas tal nemiga.
Si non, yo te mostraré commo el león santigua;
que el cuerdo e la cuerda en mal ageno castiga.»

E, segund diz Jesú Cristo, non ay cossa escondida
que a cabo de tienpo non sea bien sabida;
fue la mi poridat luego a la plaça salida;
la dueña, muy guardada, fue luego de mí partida.

Nunca desde esa ora yo más la pude ver.
Enbióme mandar que punase en fazer
algún triste ditado, que podiese ella saber,
que cantase con tristeza, pues la non podía aver.

Por conplir su mandado de aquesta mi señor,
fize cantar tan triste commo este triste amor.
Cantávalo la dueña, creo que con dolor;
más que yo, podría ser d'ello trobador.

Diz el proverbio viejo: «Quien matar quiere su can,
achaque le levanta por que non le dé del pan.»
Los que quieren partirnos, como fecho lo han,
mescláronme con ella, e dixieéronle de plan.

Que me loava d'ella commo de buen caça,
e que profaçava d'ella commo si fuese çaraça.
Diz la dueña sañuda: «Non ay paño sin raça,
nin el leal amigo non es en toda plaça.»

Commo dize la fabla, quando a otro someten,
qual palabra te dizen tal coraçón te meten;
posiéronle grand saña, d'esto se entremeten.
Diz la dueña: «Los novios non dan quanto prometen.»

Commo la buena dueña era mucho letrada,
sotil e entendida, cuerda, bien mesurada,
dixo a la mi vieja, que le avía enbiada,
esta fabla conpuesta de Isopete sacada:

Diz: «Quando quier casar omne con dueña mucho onrrada,
promete e manda mucho; desque la ha cobrada,
de quanto le prometió o le da poco o nada;
faze commo la tierra quando estava finchada.»

VII

ENSIENPLO DE QUANDO
LA TIERRA BRAMAVA

Anssí fue que la tierra commençó a bramar;
estava tan finchada que quería quebrar;
a quantos la oyén podié mal espantar;
commo dueña en parto començóse de coitar.

La gente que bramidos atán grandes oía,
coidavan que era preñada, atanto se dolía;
penssavan que grand sierpe o grand bestia pariría,
que a todo el mundo conbríe e estragaría.

Quando ella bramava, penssavan de foir,
e desque vino el día que ovo de parir,
parió un mur topo, escarnio fue de reír:
sus bramuras e espantos en burla fueron salir.

E bien ansí acaesçió a muchos e a tu amo:
prometen mucho trigo e dan poca paja tamo;
çiegan muchos con el viento, vanse perder con mal ramo.
Vete, dil que me non quiera, que nol quiero, nil amo.

Omne que mucho fabla faze menos a vezes;
pone muy grant espanto, chica cosa es dos nuezes;
las cosas mucho caras alguna ora son rafezes;
las viles e las refezes son caras a las devezes.

Tomó por chica cosa aborrençia e grand saña;
arredróse de mí, fízome el juego maña.
Aquel es engañado quien coída que engaña;
d'esto fize troba de tristeza tan maña.

Fiz luego estas cantigas de verdadera salva;
mandé que gelas diesen de noche o al alva.
Non las quiso tomar, dixe yo: «Muy mal va.»
Al tienpo se encoje mejor la yerva malva.

VIII

DE CÓMO TODAS LAS COSSAS DEL MUNDO SON VANIDAT SI NON AMAR A DIOS

Commo dize Salamón, e dize la verdat,
que las cosas del mundo todas son vanidat;
todas son pasaderas, van se con la hedat,
salvo amor de Dios, todas son liviandat.

E yo, desque vi la dueña partida e mudada,
dixe: «Querer do non me quieren, faría una nada;
responder do non me llaman es vanidad provada.»
Partíme de su pleito, pues de mi es redrada.

Sabe Dios que aquesta dueña, e quantas yo vi,
sienpre quise guardarlas e sienpre las serví;
si servir non las pude, munca las deserví;
de dueña mesurada sienpre bien escreví.

Mucho sería villano, e torpe pajés,
si de la muger noble dixiese cosa refez;
ca en muger loçana, fermosa e cortés
todo bien del mundo e todo plazer es.

Si Dios, quando formó el omne, entendiera
que era mala cosa la muger, non la diera
al omne por conpañera, nin dél non la feziera;
si para bien non fuera, tan noble non saliera.

Si omne a la muger non la quisiesse bien,
non ternía tantos presos el amor quantos tien;
por santo nin por santa que seya, non sé quién
non cobdiçie conpaña, si solo se mantién.

Una fabla lo dize, que vos digo agora:
que «una ave sola nin bien canta nin bien llora»;
el mastel sin la vela non puede estar toda ora,
nin las verças non se crían tan bien sin la noria.

E yo, commo estava solo, sin conpañía,
codiçiava tener lo que otro para sí tenía:
puse el ojo en otra, non santa más sandía;
yo cruiziava por ella, otro la avié valdía.

E por que yo non podía con ella ansí fablar,
puse por mi mensajero, coidando recabdar,
a un mi conpañero; sopo me el clavo echar:
él comió la vianda, e a mí fazié rumiar.

Fiz con el gran pessar esta troba caçurra:
la dueña que la oyere por ello non me aburra,
ca devriénme dezir neçio e más que bestia burra,
si de tan gran escarnio yo non trobase burla.

IX

DE LO QUE CONTESÇIÓ AL ARÇIPRESTE CON FERRAND GARÇIA, SU MENSAJERO

Mis ojos non verán luz
pues perdido he a Cruz.
Cruz cruzada, panadera,
tomé por entendedera,

tomé senda por carrera,
commo faze el andaluz.

Coidando que la avría,
dixiélo a Ferrand Garçía,
que troxiese la pletesía,
e fuese pleités e duz.

Díxome quel plazía de grado,
e fízose de la Cruz privado:
a mi dio rumiar salvado;
él comió el pan más duz.

Prometiól por mi consejo
trigo que tenía añejo,
e presentól un conejo,
el traidor falso, marfuz.

Dios confonda mensajero
tan presto e tan ligero;
non medre Dios tal conejero
que la caça ansí aduz.

Quando la Cruz veía, yo sienpre me omillava:
santiguávame a ella doquier que la fallava;
el conpaño de çerca en la Cruz adorava;
del mal de la cruzada yo non me reguardava.

Del escolar goloso, conpañero de cucaña,
fize esta otra troba: non vos sea estraña,
ca de ante nin después non fallé en España
quien ansí me feziese de escarnio magadaña.

X

AQUÍ FABLA DE LA CONSTELAÇIÓN E DE LA PLANETA EN QUE LOS OMES NASÇEN E DEL JUIZIO QUE LOS ÇINCO SABIOS NATURALES DIERON EN EL NASCIMIENTO DEL FIJO DEL REY ALCAREZ

Los antiguos astrólogos dizen en la çiençia
de la astrología una buena sabiençia:
quel omne, quando nasçe, luego en su naçençia,
el signo en que nasçe le juzgan por sentençia.

Esto diz Tholomeo, e dízelo Platón;
otros muchos maestros en este acuerdo son:
qual es el asçendente, e la costellaçión
del que nasçe, tal es su fado e su don.

Muchos ay que trabajan sienpre por clerezía;
deprenden grandes tienpos, espienden grant quantía;
en cabo saben poco, que su fado les guía;
non pueden desmentir a la astrología.

Otros entran en orden por salvar las sus almas;
otros tomas enfuerço en querer usar armas;
otros sirven señores con las sus manos anbas;
pero muchos de aquestos dan en tierra de palmas;

Non acaban en orden, nin son más cavalleros,
nin han merçed de señores, nin han de sus dineros;
por qué puede ser esto, creo ser verdaderos,
segund natural curso, los dichos estrelleros.

Por que creas el curso d'estos signos atales,
dezir té un juizio de çinco naturales,
que judgaron un niño por sus çiertas señales;
dieron juizios fuertes de acabados males.

Era un rey de moros, Alcaraz nonbre avía:
nasçióle un fijo bello; más de aquél non tenía.
Enbió por sus sabios, dellos saber querría
el signo e la planeta del fijo quel nasçía.

Entre los estrelleros quel vinieron a ver,
vinieron çinco dellos de más conplido saber;
desque vieron el punto en que ovo de nasçer,
dixo el un maestro: «Apedreado ha de ser.»

Judgó el otro e dixo: «Este ha de ser quemado.»
El terçero dize: «El niño ha de ser despeñado.»
El quarto dixo: «El infante ha de ser colgado.»
Dixo el quinto maestro: «Morrá en agua afogado.»

Quando oyó el rey juizios desacordados,
mandó que los maestros fuesen muy bien guardados;
fizo los tener presos en logares apartados;
dio todos sus juizios por mintrosos provados.

Desque fue el infante a buena hedat llegado,
pidió al rey su padre que le fuese otorgado
de ir a correr monte, caçar algún venado:
respondióle el rey que le plazía de grado.

Cataron día claro para ir a caçar;
desque fueron en el monte, óvose a levantar
un revatado nublo; començó de agranizar,
e a poca de ora, començó de apedrear.

Acordóse su ayo de commo lo judgaron
los sabios naturales que su signo cataron:
diz: «Vayámosnos, señor, que los que a vós fadaron
non sean verdaderos en lo que adevinaron.»

Penssaron mucho aín todos de se acojer;
mas, commo es verdat e non puede fallesçer
en lo que Dios ordena, en commo ha de ser
segund natural curso, non se puede estorçer:

façiendo la gran piedra, el infante aguijó;
pasando por la puente, un grand rayo le dio;
foradóse la puente, por allí se despeñó;
en un árbol del río de sus faldas se colgó.

Estando ansí colgado, ado todos lo vieron,
afogóse en el agua, acorrer non lo podieron.
Los çinco fados dichos, todos bien se conplieron;
los sabios naturales verdaderos salieron.

Desque vido el rey conplido su pessar,
mandó los estrelleros de la presión soltar;
fízoles mucho bien e mandóles usar
de su astrología en que non avié que dubdar.

Yo creo los estrólogos verdad, naturalmente;
pero Dios, que crió natura e açidente,
puede los demudar e fazer otra mente,
segund la fe cathólica; yo d'esto só creyente.

En creer lo de natura non es mal estança,
e creer muy más en Dios con firme esperança.
Por que creas mis dichos, e non tomes dubdança,
pruévotelo brevemente con esta semejança:

Çierto es que el rey en su regno ha poder
de dar fueros e leyes, e derechos fazer;
d'esto manda fazer libros e quadernos conponer,
para quien faze el yerro, qué pena deve aver.

Acaesçe que alguno faze grand traiçión,
ansí que por el fuero deve morir con raçón;
pero por los privados que en su ayuda son,
si piden merçed al rey, da le conplido perdón.

O si por aventura aqueste que lo erró,
al rey en algund tienpo atanto le servió
que piedat e serviçio mucho al rey movió,
por que del yerro fecho conplido perdón le dio.

E ansí, commo por fuero avía de morir,
el fazedor del fuero non lo quiere conssentir:
despensa contra el fuero e dexa lo bevir;
quien puede fazer leyes puede contra ellos ir.

Otrosí, puede el papa sus decretales far,
en que a sus súbditos manda çierta pena dar;
pero puede muy bien contra ellos dispenssar,
por graçia o por serviçio toda la pena soltar.

Veemos cada día pasar esto de fecho;
pero por todo eso, las leyes y el derecho,
e el fuero escripto, non es por ende desfecho;
ante es çierta çiençia e de mucho provecho.

Bien ansí nuestro Señor Dios, quando el çielo crió,
puso en él sus signos, e planetas ordenó;
sus poderes çiertos e juizios otorgó,
pero mayor poder retuvo en sí que les non dio.

Anssí que por ayuno e limosna e oración,
e por servir a Dios, con mucha contriçión,
non ha poder mal signo nin su costellaçión;
el poderío de Dios tuelle la tribulaçión.

Non son por todo aquesto los estrelleros mintrosos,
que judgan segund natura, por sus cuentos fermosos;
ellos e la çiençia son çiertos e non dubdosos,
mas non pueden contra Dios ir, nin son poderosos.

Non sé astrología, nin só ende maestro,
nin sé astralabio más que buey de cabestro;
mas, por que cada día veo pasar esto,
por aqueso lo digo; otrosí veo aquesto:

Muchos nasçen en Venus, que lo más de su vida
es amar las mugeres, nunca se les olvida;
trabajan e afanan mucho, sin medida,
e los más non recabdan la cosa más querida.

En este signo atal creo que yo nasçí:
sienpre puné en servir dueñas que conosçí;
el bien que me feçieron, non lo desagradesçí;
a muchas serví mucho, que nada non acabesçí.

Commo quier que he provado mi signo ser atal,
en servir a las dueñas punar, e non en ál,
pero aunque omne non goste la pera del peral,
en estar a la sonbra es plazer comunal.

Muchas noblezas ha en el que a las dueñas sirve:
loçano, fablador, en ser franco se abive;
en servir a las dueñas el bueno non se esquive,
que si mucho trabaja, en mucho plazer bive.

El amor faz sotil al omne que es rudo;
fázele fablar fermoso al que antes es mudo;
al omne que es covarde fázelo muy atrevudo;
al perezoso faze ser presto e agudo.

Al mançebo mantiene mucho en mançebez,
e al viejo faz perder mucho la vejez;
faze blanco e fermoso del negro como pez;
lo que non vale una nuez, amor le da grand prez.

El que es enamorado, por muy feo que sea,
otrosí su amiga, maguer que sea muy fea,
el uno e el otro, non ha cosa que vea
que tan bien le paresca, nin que tanto desea.

El bavieca, el torpe, el neçio, el pobre,
a su amiga bueno paresçe e rico onbre,
más noble que los otros; por ende todo onbre,
como un amor pierde, luego otro cobre.

Ca puesto que su signo sea de tal natura
commo es éste mío, dize una escriptura
que buen esfuerço vençe a la mala ventura,
e a toda pera dura grand tienpo la madura.

Una tacha le fallo al amor poderoso,
la qual a vós, dueñas, yo descobrir non oso;
mas por que non me tengades por dezidor medroso,
es esta: que el amor sienpre fabla mentiroso.

Ca segund vos he dicho en la otra consseja,
lo que en sí es torpe con amor bien semeja;
tiene por noble cosa lo que non vale una arveja;
lo que semeja non es, oya bien tu oreja.

Si las mançanas sienpre oviesen tal sabor
de dentro, qual de fuera dan vista e color,
non avrié de las plantas fructa de tal valor;
más ante pudren que otra, pero dan buen olor.

Buen atal es el amor, que da palabra llena:
toda cosa que dize paresçe mucho buena;
non es todo cantar quanto ruido suena;
por vos descobrir esto, dueña, non aya pena.

Diz por las verdades se pierden los amigos,
e por las non dezir se fazen desamigos.
Anssí entendet sano los proverbios antiguos,
e nunca vos creades loores de enemigos.

XI

DE CÓMO EL ARÇIPRESTE FUE ENAMORADO,
E DEL ENXIENPLO DEL LADRÓN E DEL MASTÍN

Como dize el sabio, cosa dura e fuerte
es dexar la costunbre, el fado e la suerte;
la costunbre es otra natura, çiertamente;
apenas non se pierde fasta que viene la muerte.

E por que es costumbre de mançebos usada
querer sienpre tener alguna enamorada,
por aver solaz bueno del amor con amada,
tomé amiga nueva, una dueña ençerrada.

Dueña de buen linaje e de mucha nobleza,
todo saber de dueña sabe con sotileza;
cuerda e de buen seso, non sabe e villeza;
muchas dueñas e otras, de buen saber las veza.

De talla muy apuesta e de gesto amorosa,
loçana, doñeguil, plazentera, fermosa,
cortés e mesurada, falaguera, donosa,
graçiosa e donable, amor en toda cosa.

Por amor desta dueña fiz trobas e cantares:
senbré avena loca ribera de Henares;
verdat es lo que dizen los antiguos retráheres:
«Quien en el arenal sienbra non trilla pegujares.»

Coidando la yo aver entre las benditas,
dava le de mis donas: non paños e non çintas,
non cuentas nin sartal, nin sortijas, nin mitas;
con ello estas cantigas que son de yuso escriptas.

Non quiso reçevir lo, bien fuxo de avoleza;
fizo de mí bavieca, diz: «Non muestran pereza
los omnes en dar poco por tomar grand riqueza.
Levad lo e dezid le que mal mercar non es franqueza.

Non perderé yo a Dios, nin al su paraíso,
por pecado del mundo, que es sonbra de aliso.
Non soy yo tan sin sesso; si algo he priso
"Quien toma dar deve", dize lo sabio enviso.»

Anssí contesçió a mí con la dueña de prestar
commo contesçió al ladrón que entrava a furtar,
que falló un grand mastín; començó le de ladrar.
El ladrón, por furtar algo, començóle a falagar:

Lançó medio pan al perro, que traía en la mano;
dentro ivan las çaraças; varruntó lo el alano.
Diz: «Non quiero mal bocado; non serié para mí sano;
por el pan de una noche non perderé quanto gano.»

Por poca vianda que esta noche çenaría,
non perderé los manjares, nin el pan de cada día.
Si yo tu mal pan comiese, con ello me afogaría;
tú furtarías lo que guardo e yo grand traiçión faría.

Al señor que me crió non faré tal falsedat,
que tú furtes su thesoro, que dexó en mi fealdat.
Tú levarías el algo, yo faría grand maldat.
¡Ve te de aquí, ladrón! Non quiero tu poridad.

Començó de ladrar mucho; el mastín era mazillero:
tanto siguió al ladrón que fuyó de aquel çillero.
Así conteçió a mí e al mi buen mensajero
con aquesta dueña cuerda, e con la otra primero.

Fueron dares valdíos, de que ove manzilla
Dixe: «Uno coída el vayo e otro el que lo ensilla.»
Redré me de la dueña, e creí la fablilla que diz:
«Por lo perdido non estés mano en mexilla.»

Ca, segund vos he dicho, de tal ventura seo
que, si lo faz mi signo o si mi mal asseo,
nunca puedo acabar lo medio que desseo;
por esto a las vegadas con el amor peleo.

XII

DE CÓMO EL AMOR VINO AL ARÇIPRESTE E DE LA PELEA QUE CON ÉL OVO EL DICHO ARÇIPRESTE

Dirévos una pelea que una noche me vino:
pensando en mi ventura, sañudo, e non con vino,
un omne grande, fermoso, mesurado, a mí vino
Yo le pregunté quién era. Dixo: «Amor, tu vezino.»

Con saña que tenía fuilo a denostar:
díxel: «Si Amor eres, non puedes aquí estar;
eres mentiroso falso, en muchos enartar;
salvar non puedes uno, puedes çient mill matar.»

Con engaños e lisonjas e sotiles mentiras,
enpoçonas las lenguas, enervolas tus viras;
al que mejor te sirve, a él fieres quando tiras;
párteslo del amiga al omne que aíras.

Traes enloqueçidos a muchos con tu saber:
fázesles perder el sueño, el comer y el bever;
fazes a muchos omnes tanto se atrever
en ti fasta que el cuerpo e el alma van perder.

Non tienes regla çierta, nin tienes en ti tiento;
a las vegadas prendes con grand arrevatamiento,
a vezes poco a poco, con maestrías çiento;
de quanto yo te digo tú sabes que non miento.

Desque los omnes prendes, non das por ellos nada;
tráeslos de oy en cras, en vida muy penada;
fazes al que te cree lazar en tu mesnada,
e por plazer poquillo andar luenga jornada.

Eres tan enconado que, do fieres de golpe,
non lo sana mengía, enplasto nin xarope;
non sé fuerte nin reçio que se contigo tope,
que nol debatas luego, por mucho que se enforçe.

De como enflaquezes las gentes, e las dapñas,
muchos libros ay d'esto, de commo las engañas
con tus muchos doñeos e con tus malas mañas;
sienpre tiras la fuerça, dizen lo en fazañas.

XIII

ENSIENPLO DEL GARÇON QUE QUERÍA CASSAR CON TRES MUGERES

Era un garçón loco, mançebo, bien valiente;
non quería cassarse con una solamente,
si non con tres mugeres, tal era su talente.
Porfiaron en cabo con él toda la gente.

Su padre e su madre e su hermano mayor
afincáronle mucho que ya por su amor
con dos que se cassase, primero con la menor,
e dende a un mes conplido, casase con la mayor.

Fizo su cassamiento con aquesta condiçión.
El primer mes ya pasado, dixiéronle tal razón:
que al otro su hermano con una e con más non
quisiese que le casasen a ley e a bendiçión.

Respondió el cassado que esto non feçiesen,
que él tenía muger en que anbos a dos oviesen
casamiento abondo, e d'esto le dixiesen;
de casarlo con otra non se entremetiesen.

Aqueste omne bueno, padre de aqueste neçio,
tenía un molino, de grand muela de preçio;
ante que fuese casado, el garçón atan reçio,
andando mucho la muela, teníala con el pie quedo.

Aquesta fuerça grande e aquesta valentía,
ante que fuese casado ligero la fazía;
el un mes ya pasado que casado avía,
quiso provar commo ante, e vino allí un día.

Provó tener la muela commo avía usado:
levantóle las piernas, echó lo por mal cabo.
Levantóse el neçio, maldíxole con mal fado:
diz: «¡Ay molino reçio! ¡Aun te vea casado!»

A la muger primera el tanto la amó
que a la otra donzella nunca más la tomó;
non provó más tener la muela, sol non lo asmó.
Ansí tu devaneo al garçón loco domó.

Eres padre de fuego, pariente de la llama:
más arde e más se quema qualquier que te más ama.
Amor, quien te más sigue, quémasle cuerpo e alma;
destrúyeslo del todo, commo el fuego a la rama.

Los que te non provaron en buen día nasçieron:
folgaron sin coidado, nunca entristeçieron;
desque a ti fallaron, todo su bien perdieron;
fueles commo a las ranas, quando el rey pidieron.

XIV

ENXIENPLO DE LAS RANAS EN CÓMO DEMANDARON REY A DON JÚPITER

Las ranas en un lago cantavan e jugavan;
cosa non les nuzía, bien solteras andavan.
Creyeron al diablo, que del mal se pagavan;
pidieron rey a don Júpiter, mucho gelo rogavan.

Enbióles don Júpiter una viga de lagar,
la mayor quél pudo, cayó en ese lugar.
El grand golpe del fuste fizo las ranas callar,
mas vieron que non era rey para las castigar.

Suben sobre la viga quantas podían sobir;
dixieron: «Non es este rey para lo nós servir.»
Pidieron rey a don Júpiter como lo solían pedir:
don Júpiter consaña óvolas de oir.

Enbióles por su rey çigueña manzillera:
çercava todo el lago, ansí faz la ribera;
andando pico abierta, commo era venternera,
de dos en dos las ranas comía bien ligera.

Querellando a don Júpiter, dieron boçes las ranas:
«¡Señor, señor, acorre nos, tú que matas e sanas!
El rey que tú nos diste por nuestras bozes vanas,
da nos muy malas tardes, e peores las mañanas.

Su vientre nos sotierra, su pico nos estraga;
de dos en dos nos come, nos abarca e nos astraga.
Señor, tú nos defiende; señor, tú ya nos paga;
da nos la tu ayuda, tira de nós tu plaga.»

Respondióles don Júpiter: «Tened lo que pidistes;
el rey tan demandado por quantas bozes distes
vengue vuestra locura, ca en poco tovistes
ser libres e sin premia: reñid, pues lo quesistes.»

Quien tiene lo quel cunple, con ello sea pagado;
quien puede ser suyo, non sea enajenado;
el que non toviere premia non quiera ser apremiado;
libertat e soltura non es por oro conprado.

Bien ansí acaesçe a todos tus contrallos:
do son de sí señores, tórnanse tus vasallos.
Tú después nunca pienssas si non por astragallos
en cuerpos e en almas, así todos tragallos.

Queréllanse de ti, mas non les vales nada,
que tan presos los tienes en tu cadena doblada
que non pueden partirse de tu vida penada.
Responde a quien te llama. ¡Ve te de mi posada!

Non quiero tu conpaña, vete de aquí, varón;
das al cuerpo lazeria, trabajo sin razón;
de día e de noche eres fino ladrón:
quando omne está seguro furtas le el coraçón.

En punto que lo furtas luego lo enajenas;
dasle a quien non le ama, torméntasle con penas;
anda el coracón sin cuerpo en tus cadenas,
penssando e sospirando por las cosas ajenas.

Fázeslo andar bolando como la golondrina;
rrebuélveslo a menudo, tu mal non adevina;
oras coída en Susaña, oras en Merjelina;
de diversas maneras tu quexa lo espina.

En un punto lo pones a jornadas trezientas;
anda todo el mundo quando tú lo retientas.
Déxasle solo e triste con muchas sobervientas;
a quien nol quiere nil ama sienpre gela emientas.

Varón, ¿qué as conmigo? ¿Quál fue aquel mal debdo,
que tanto me persigues? Viénesme manso e quedo,
nunca me aperçibes de tu ojo nin del dedo;
das me en el coraçón, triste fazes del ledo.

Non te puedo prender, tanta es tu maestría,
e maguer te presiese, crey que te non mataría.
Tú, cada que a mí prendes, tanta es tu orgullía,
sin piedat me matas de noche e de día.

Responde, ¿qué te fiz? ¿Por qué me non diste dicha
en quantas que amé, nin de la dueña bendicha?
De quanto me prometié, luego era desdicha.
En fuerte punto te vi, la ora fue mal dicha.

Quanto más aquí estás, tanto más me assaño:
más fallo que te diga, veyendo quánto dapño
sienpre de ti me vino con tu sotil engaño;
andas urdiendo sienpre cobierto so mal paño.

XV

AQUÍ FABLA DEL PECADO DE LA COBDIÇIA

Contigo sienpre trahes los mortales pecados:
con tu mucha cobdiçia los omnes engañados,
fázeslos cobdiçiar e mucho ser denodados,
passar los mandamientos que de Dios fueron dados.

De todos los pecados es raíz la cobdiçia:
ésta es tu fija mayor, tu mayordoma anbiçia;
ésta es tu alférez e tu casa offiçia;
ésta destruye el mundo, sostienta la justiçia.

La sobervia e ira, que non falla do quepa;
avarizia e loxuria, que arden más que estepa;
gula, envidia, açidia, ques pegan commo lepra;
de la cobdiçia nasçen, es d'ellas raíz e çepa.

En ti fazen morada, alevoso, traidor;
con palabras muy dulçes, con gesto engañador,
prometen e mandan mucho los omnes con amor;
por conplir lo que mandan cobdiçian lo peor.

Cobdiçian los averes que ellos non ganaron,
por conplir las promesas que con amor mandaron;
muchos por tal cobdiçia lo ajeno furtaron,
por que penan sus almas e los cuerpos lazraron.

Murieron por los furtos de muerte sopitaña,
arrastrados e enforcados, de manera estraña.
En todo eres cuquero, e de mala picaña;
quien tu cobdiçia tiene, el pecado lo engaña.

Por cobdiçia feçiste a Troya destroir
por la mançana escripta que se non deviera escrevir;
quando la dio a Venus París, por le induzir,
que troxo a Elena que cobdiçiava servir.

Por tu mala cobdiçia los de Egipto morieron:
los cuerpos enfamaron, las ánimas perdieron;
fueron e son airados de Dios los que te creyeron;
de mucho que cobdiçiaron poca parte ovieron.

Por la cobdiçia pierde el omne el bien que tiene:
coída aver más mucho de quanto le conviene;
non han lo que cobdiçian, lo suyo non mantienen;
lo que contesçió al perro, a éstos tal les viene.

XVI

ENSIENPLO DEL ALANO QUE LLEVAVA LA PIEÇA DE CARNE EN LA BOCA

Alano carniçero en un río andava;
una pieça de carne en la boca passava;
con la sonbra del agua dos tántol semejava;
cobdició la abarcar, cayósele la que levava.

Por la sonbra mentirosa, e por su coidar vano,
la carne que tenía perdió la el alano;
non ovo lo que quiso, no fue cobdiçiar sano;
coidó ganar, e perdió lo que tenía en su mano.

Cada día contesçe al cobdiçioso atal:
coída ganar contigo, e pierde su cabdal;
de aquesta raíz mala nasçe todo el mal;
es la mala cobdiçia pecado mortal.

Lo más e lo mejor, lo que es más preçiado,
desque lo tiene omne çierto e ya ganado,
nunca deve dexar lo por un vano coidado;
quien dexa lo que tiene, faze grand mal recabdo.

XVII

AQUÍ FABLA DEL PECADO DE LA SOBERVIA

Sobervia mucha traes, ado miedo non as:
piensas, pues non as miedo, tú de qué pasarás;
las joyas para tu amiga, de qué las comprarás;
por esto robas e furtas, por que tú penarás.

Fazes con tu sobervia acometer malas cosas:
robar a camineros las joyas preçiosas,
forçar muchas mugeres, cassadas e esposas,
vírgenes e solteras, viudas e religiosas.

Por tales malefiçios mándalos la ley matar:
mueren de malas muertes, non las puedes tú quitar;
liévalos el diablo por el tu grand abeitar;
fuego infernal arde do uvias assentar.

Por tu mucha sobervia feziste muchos perder:
primero muchos ángeles, con ellos Luçifer,
que por su grand sobervia e su desagradesçer,
de las sillas del çielo ovieron de caer.

Maguer de su natura buenos fueron criados,
por la su gran sobervia fueron e son dañados;
quantos por la sobervia fueron e son dañados,
non se podrían escrevir en mill pliegos contados.

Quantas fueron e son batallas e pelleas,
injurias e varajas e contiendas muy feas,
Amor, por tu sobervia se fazen, bien lo creas;
toda maldat del mundo es do quier que tú seas.

El omne muy sobervio e muy denodado,
que non ha de Dios miedo, nin cata aguisado,
ante muere que otro más flaco e más lazrado;
contésçel commo al asno con el cavallo armado.

XVIII

ENSIENPLO DEL CAVALLO E DEL ASNO

Iva lidiar en canpo el cavallo faziente,
por que forçó la dueña el su señor valiente;
lorigas bien levadas, muy valiente se siente;
mucho delantél iva el asno mal doliente.

Con los pies e con las manos, e con el noble freno,
el cavallo sobervio fazía tan grand sueno
que a las otras bestias espanta como trueno;
el asono con el miedo quedó, e nol fue bueno.

Estava refusando el asno con la grand carga;
andava mal e poco, al cavallo enbarga;
derribóle el cavallo, en medio de la varga
diz: «Don villano nesçio, buscad carrera larga.»

Dio salto en el canpo, ligero, aperçebido;
coidó ser vençedor, e fincó el vençido:
en el cuerpo muy fuerte de lança fue ferido;
las entrañas le salen, estava muy perdido.

Desque salió del canpo non valía una çermeña;
a arar lo pusieron, e a traer la leña;
a vezes a la noria, a vezes a la açenia;
escota el sobervio el amor de la dueña.

Tenía del grand yugo desolladas las çerviçes;
del inojar a vezes finchadas las narizes;
rrodillas desolladas, faziendo muchas prizes;
ojos fondos, bermejos, commo pies de perdizes.

Los quadriles salidos, somidas las ijadas,
el espinazo agudo, las orejas colgadas;
vido lo el asno nesçio, rixo bien tres vegadas;
diz: «Conpañero sobervio, ¿dó son tus enpelladas?

¿Dó es tu noble freno, e tu dorada silla?
¿Dó es tu sobervia? ¿Dó es la tu renzilla?
Sienpre vivrás mesquino e con mucha manzilla;
vengue la tu sobervia tanta mala postilla.»

Aquí tomen ensienplo e liçión de cada día
los que son muy sobervios, con su grand orgullía;
que fuerça e hedat e onrra, salud e valentía
non pueden durar sienpre, vanse con mançebía.

XIX

AQUÍ FABLA DEL PECADO
DE LA AVARIZIA

Tú eres avarizia, eres escaso mucho;
al tomar te alegras, el dar non lo as ducho;
non te fartaría Duero con el su aguaducho;
sienpre me fallo mal cada que te escucho.

Por la grand escaseza fue perdido el rico,
que al pobre Sant Lázaro non dio solo un çatico;
non quieres ver, nin amas, pobre grande nin chico;
nin de los tus thesoros non le quieres dar un pico.

Maguer que te es mandado por santo mandamiento
que vistas al desnudo, e fartes al fanbriento,
e des al pobre posada, tanto eres avariento
que nunca lo diste a uno, pidiendo te lo çiento.

Mesquino tú, ¿qué farás el día de la afruenta,
quando de tus averes e de tu mucha renta
te demandare Dios de la despenssa cuenta?
Non te valdrán thesoros, nin reinos çinquaenta.

Quando tú eras pobre, que tenías grand dolençia,
estonçes sospiravas e fazías penitençia;
pidías a Dios que te diese salud e mantenençia,
e que partirías con pobres e non farías fallençia.

Oyó Dios tus querellas e diote buen consejo,
salud e grand riqueza, e thesoro sobejo;
quando vees el pobre cáesete el çejo;
fazes commo el lobo doliente en el vallejo.

XX

ENXIENPLO DEL LOBO E DE LA CABRA
E DE LA GRULLA

El lobo a la cabra comíala por merienda;
atravesósele un ueso, estava en contienda;
afogarse quería; demandava corrienda
físicos e maestros, que quería fazer emienda.

Prometió al que lo sacase thesoros e grand riqueza;
vino la grulla de somo del alteza;
sacóle con el pico el ueso con sotileza;
el lobo fincó sano para comer sin pereza.

Dixo la grulla al lobo quel quisiese pagar.
El lobo dixo: «¿Cómo? ¿Yo non te pudiera tragar
el cuello con mis dientes, si quisiera apertar?
Pues seate soldada, pues non te quise matar.»

Bien ansí tú lo fazes, agora que estás lleno
de pan e de dineros que forçaste de lo ageno;
non quieres dar al pobre un poco de çenteno.
Mas ansí te secarás como roçío e feno.

En fazer bien al malo cosa nol aprovecha:
omne desagradesçido bien fecho nunca pecha;
el buen conosçemiento, mal omne lo dessecha;
el bien que omne le faze diz que es por su derecha.

XXI

AQUÍ FABLA DEL PECADO DE LA LUXURIA

Sienpre está loxuria adoquier que tú seas:
adulterio e forniçio toda vía desseas;
luego quieres pecar, con qualquier que tú veas;
por conplir la loxuria, en guiñando las oteas.

Feçiste por loxuria al profeta David
que mató a Urías, quando le mandó en la lid
poner en los primeros, quando le dixo: «Id,
levad esta mi carta a Joab e venid.»

Por amor de Berssabé, la muger de Urías,
fue el rey David omeçida e fizo a Dios fallías;
por ende non fizo el tenplo en todos los sus días;
fizo grand penitençia por las tus maestrías.

Fueron por la loxuria çinco nobles çibdades
quemadas e destruídas, las tres por sus maldades,
las dos non por su culpa, mas por las veçindades;
por malas vezindades se pierden eredades.

Non te quiero por vezino, nin me vengas tan presto;
al sabidor Virgilio, commo dize en el testo,
engañólo la dueña, quando lo colgó en el çesto,
coidando que lo sobía a su torre por esto.

Por que le fizo desonrra e escarnio del ruego,
el grand encantador fizo le muy mal juego:
la lunbre de la candela encantó, e el fuego,
que quanto era en Roma en punto morió luego.

Ansí que los romanos, fasta la criatura,
non podían aver fuego, por su desaventura,
si non lo ençendían dentro en la natura
de la muger mesquina; otro non les atura.

Si dava uno a otro fuego o la candela,
amatava se luego, e venién todos a ella;
ençendién allí todos commo en grand çentella;
anssí vengó Virgilio su desonrra e querella.

Después desta desonrra e de tanta vergueña,
por fazer su loxuria Vergilio en la dueña,
descantó el fuego, que ardiese en la leña.
Fizo otra maravilla quel omne nunca ensueña:

Todo el suelo del río de la çibdad de Roma,
Tiberio, agua cabdal que muchas aguas toma,
fízole suelo de cobre, reluze más que goma.
A dueñas tu loxuria desta guísa las doma.

Desque pecó con ella, sentióse escarnida;
mandó fazer escalera de torno, enxerida
de navajas agudas, por que a la sobida
que sobiese Vergilio, acabase su vida.

El sopo que era fecho por su escantamente;
nunca más fue a ella, nin la ovo talente;
ansí por la loxuria es verdaderamente
el mundo escarnido e muy triste la gente.

De muchos a que matas, non sé uno que sanes:
quantos en tu loxuria son grandes varraganes,
mátanse a sí mesmos, los locos alvardanes;
contésçeles commo al águila con los nesçios truhanes.

XXII

ENSIENPLO DEL ÁGUILA E DEL CAÇADOR

El águila cabdal canta sobre la faya;
todas las otras aves, de allí las atalaya;
non ay péndola d'ella que en tierra caya;
si vallestero la falla, preçia la más que saya.

Saetas e quadrillos que trae amolados,
con péndolas de águila los ha enpendolados;
fue commo avía usado a ferir los venados:
al águila cabdal diole por los costados.

Cató contra sus pechos el águila ferida,
e vido que sus péndolas la avían escarnida.
Dixo contra sí mesma una razón temida:
«De mi salió quien me mató e me tiró la vida.»

El loco, el mesquino, que su alma non cata,
usando tu locura e tu mala barata,
destruye a su cuerpo e a su alma mata,
que de sí mesmo sale quien su vida desata.
Omne, ave o bestia a que amor retiente,

desque cunple luxuria, luego se arrepiente;
entristeze en punto, luego flaqueza siente;
acórtase la vida; quien lo dixo non miente.

¿Quién podrié dezir quantos tu loxuria mata?
¿Quién dirié tu forniçio e tu mala barata?
Al que tu ençendimiento e tu locura cata,
el diablo lo lieva, quando non se recabda.

XXIII

AQUÍ FABLA DEL PECADO DE LA INBIDIA

Eres pura enbidia, en el mundo non ha tanta;
con grand celo que tienes, omne de ti se espanta;
si el tu amigo te dize d'ella fabla yaquanta,
tristeza e sospecha tu coraçón quebranta.

El çelo sienpre nasçe de tu enbidia pura,
temiendo que a tu amiga otro le fabla en locura;
por esto eres çeloso e triste con rencura;
sienpre coídas en çelos, de otro bien non as cura.

Desque uvia el çelo en ti arraigar,
sospiros e corages quiérente afogar;
de ti mesmo nin de otro non te puedes pagar;
el coraçón te salta, nunca estás de vagar.

Con çelo e sospecha a todos aborresçes:
levántasles baraja, con çelo enflaquesçes;
buscas malas contiendas, fallas lo que meresçes;
contésçete como acaesçe en la red a los peces:

Entras en la pelea, non puedes d'ella salir;
estás flaco e sin fuerça, non te puedes referir;
nin la puedes vençer, nin puedes ende foir;
estórvate tu pecado, fáçete allí morir.

Por la enbidia Caín a su hermano Abel
matólo, por que yaze dentro en Mongibel;
Jacob a Esaú, por la enbidia d'él,
furtóle la bendiçión, por que fue rebtado d'él.

Fue por la enbidia mala traído Jesú Cristo,
Dios verdadero e omne, fijo de Dios muy quisto;
por enbidia fue preso e muerto e conquisto.
En ti non es un bien nin fallado nin visto.

Cada día los omnes por cobdiçia porfían:
con envidia e çelo omnes e bestias lidian;
adoquier que tú seas, los çelos allí crían;
la enbidia los pare, enbidiosos los crían.

Porque tiene tu vezino más trigo que tú paja,
con tu mucha envidia levantas le baraja;
anssí te acaesçe, por le levar ventaja,
como con los paveznos contesçió a la graja.

XXIV

ENXIENPLO DEL PAVÓN
E DE LA CORNEJA

Al pavón la corneja vídol fazer la rueda:
dixo con gran envidia: «Yo faré quanto pueda
por ser atan fermosa.» Esta locura cueda;
la negra por ser blanca contra sí se denueda.

Peló todo su cuerpo, su cara e su çeja;
de péndolas de pavón vistió nueva pelleja;
fermosa e non de suyo, fuese para la iglesia.
Algunas fazen esto que fizo la corneja.

Graja enpavonada, como pavón vestida,
vídose bien pintada e fuese enloqueçida;
a mejores que non ella era desagradesçida;
con los paveznos anda la tal desconosçida.

El pavón de tal fijo espantado se fizo;
vido el mal engaño e el color apostizo;
peló le toda la pluma e echó la en el carrizo;
más negra paresçía la graja que el erizo.

Anssí con tu envidia fazes a muchos sobrar;
pierden lo que ganaron por lo ageno cobrar;
con la envidia quieren por los cuerpos quebrar;
non fallarán en ti si non todo mal obrar.

Quien quiere lo que non es suyo, e quiere otro paresçer,
con algo de lo ageno a ora resplandesçer,
lo suyo e lo ageno todo se va a perder;
quien se tiene por lo que non es, loco es, va a perder.

XXV

AQUÍ FABLA DEL PECADO DE LA GULA

La golossina traes, goloso, laminero:
querriés a quantas vees gostarlas tú primero;
enflaquesçes pecando; eres grand venternero:
por cobrar la tu fuerça eres lobo carniçero.

Desque te conosçí nunca te vi ayunar;
almuerças de mañana, non pierdes la yantar;
sin mesura meriendas, mejor quieres cenar;
si tienes qué, o puedes, a la noche çahorar.

Con la mucha vianda e vino, creçe la flema:
duermes con tu amiga, afógate postema;
liévate el diablo, en el infierno te quema;
tú dizes al garçón que coma bien e non tema.

Adán, el nuestro padre, por gula e tragonía,
por que comió del fruto que comer non devía,
echóle del paraíso Dios en aquesse día;
por ello en el infierno, desque morío, yazía.

Mató la golosina muchos en el desierto,
de los más mejores que y eran por çierto;
el profeta lo dize, esto que te refierto;
por comer e tragar, sienpre estás boca abierto.

Feçiste por la gula a Lot, noble burgés,
bever tanto que yugo con sus fijas; pues ves
a fazer tu forniçio, ca do mucho vino es,
luego es la loxuria e todo mal después.

Muerte muy rebatada trae la golossina,
al cuerpo muy goloso e al alma mesquina;
d'esto ay muchas fablas e estoria paladina:
dezirtelo he más breve por te enbiar aína.

XXVI

ENSIENPLO DEL LEÓN E DEL CAVALLO

Un cavallo muy gordo pasçía en la defensa;
venié el leon de caça, pero con él non pesa;
el león tan goloso al cavallo sopessa:
«Vassallo», dixo, «mío, la mano tú me besa.»

Al león gargantero respondió el cavallo:
diz: «Tú eres mi señor, e yo só tu vasallo;
en te besar la mano, yo en eso me fallo;
mas ir a ti non puedo, que tengo un grand contrallo.»

«Ayer, do me ferrava un ferrero maldito,
echóme en este pie un clavo tan fito,
enclavóme; ven, señor, con tu diente bendito,
sácamelo e faz de mí como de tuyo quito.»

Abaxóse el león por le dar algund confuerto
al cavallo ferrado; contra sí fizo tuerto:
las coçes el cavallo lançó fuerte en çierto;
diole entre los ojos, echóle frío muerto.

El cavallo con el miedo fuyó a aguas bivas;
avía mucho comido de yervas muy esquivas;
iva mucho cansado, tomaron lo adivas.
Anssí mueren los locos golosos do tú y vas.

El comer sin mesura e la grand venternía,
otrossí mucho vino con mucha beverría,
más mata que cuchillo, Ipocrás lo dezía.
Tú dizes que quien bien come bien faze garçonía.

XXVII

AQUÍ FABLA DEL PECADO
DE LA VANAGLORIA

Ira e vana gloria traes, en el mundo non ay tan maña;
más orgullo e más brío tienes que toda España;
si non se faze lo tuyo, tomas ira e saña;
enojo e mal querençia anda en tu conpaña.

Por la grand vana gloria Nabucodonossor,
donde era poderoso, e de Babilonia señor,
poco a Dios preçiava, nin avía dél temor;
tiróle Dios su poderío e todo su honor.

Él fue muy vil tornado e de las bestias egual:
comía yervas montessas commo buey, paja e ál,
de cabellos cobierto, como bestia atal;
uñas crió mayores que águila cabdal.

Rencor e homeçida criados de ti son:
«Vós ved que yo soy Fulano, de los garçones garçón.»
Dizes muchos baldones, así que de rondón
matanse los baviecas, desque tú estás, follón.

Con la grand ira Sanssón, que la su fuerça perdió,
quando su muger Dalida los cabellos le cortó,
en que avía la fuerça, e desque la bien cobró,
a sí mesmo con ira e a otros muchos mató.

Con grand ira e saña Saúl, que fue rey,
el primero que los jodíos ovieron en su ley,
el mesmo se mató con su espada; pues vey
si devo fiar en ti: ¡a la fe! non, ansí lo crey.

Quien bien te conosçiere de ti non fiará;
el que tus obras viere de ti se arredrará;
quanto más te usare menos te preçiará;
quanto más te provare menos te amará.

XXVIII

ENSIENPLO DEL LEÓN QUE SE MATÓ CON IRA

Ira e vanagloria al león orgulloso,
que fue a todas bestias cruel e muy dañoso,
mató a sí mesmo, irado et muy sañoso;
dezir te he el enxienplo, séate provechoso.

El león orgulloso, con ira e valentía,
quando era mançebo todas las bestias corría:
a las unas matava e a las otras fería;
vínole grand vejedat, flaqueza e peoría.

Fueron aquestas nuevas a las bestias cosseras;
fueron muy alegres por que andavan solteras;
contra él vinieron todas por vengar sus denteras,
aún el asno nesçio venié en las delanteras.

Todos en el león ferién e non poquillo:
el javalín sañudo dávale del colmillo;
ferían lo de los cuernos el toro y el novillo
el asno pereçoso en él ponié su sillo.

Diole grand par de coçes, en la fruente gelas pon;
el león con grand ira travó de su coraçón;
con sus uñas mesmas murió e con ál non;
ira e vanagloria diéronle mal gualardón.

El omne que tiene estado, onrra e grand poder,
lo que para sí non quiere, non lo deve a otros fazer,
que mucho aína se puede todo su poder perder,
e lo quél fizo a otros, d'ellos tal puede aver.

XXIX

AQUÍ DIZE DEL PECADO DE LA AÇIDIA

De la açidia eres messonero e posada;
nunca quieres que omne de bondat faga nada;
desque lo vees baldío, dasle vida penada;
en pecado comiença e en tristeza acabada.

Nunca estás baldío: aquel que una vez atas,
fazes le penssar engaños, muchas malas baratas;
deleita se en pecados e en malas baratas;
con tus malas maestrías almas e cuerpos matas.

Otrosí con açidia traes ipocresía:
andas con grand sinpleza, penssando pletisía;
pensando estás triste, tu ojo non se erzía;
do vees la fermosa, oteas con raposía.

De quanto bien pedricas, non fazes d'ello cosa:
engañas todo el mundo con palabra fermosa;
quieres lo que el lobo quiere de la raposa;
abogado de fuero, ¡oy fabla provechosa!

XXX

AQUÍ FABLA DEL PLEITO QUEL LOBO E LA RAPOSA QUE OVIERON ANTE DON XIMIO ALCALDE DE BUGÍA

Furtava la raposa a su vezina el gallo;
veíalo el lobo, mandávale dexallo;
dezía que non devía lo ageno furtallo;
él non veía la ora que estoviese en tragallo.

Lo que él más fazía, a otros lo acusava;
a otros retraía lo quél en sí loava;
lo que él más amava, aquello denostava;
dezié que non feziesen lo que él más usava.

Enplazóla por fuero el lobo a la comadre:
fueron ver su juizio ante un sabidor grande,
don Ximio avía por nombre, de Buxía alcalde;
era sotil e sabio, nunca seía de balde.

Fizo el lobo demanda en muy buena manera:
acta e bien formada, clara e bien çertera.
Tenié buen abogado, ligero e sotil era:
galgo, que de la raposa es grand abarredera.

«Ante vós, el mucho honrrado e de grand sabidoría
don Ximio, ordinario alcalde de Bugía,
yo el lobo me querello de la comadre mía:
en juizio propongo contra su malfetría.

«E digo que agora, en el mes que pasó de febrero,
era de mill e trezientos, en el año primero,
regnante nuestro señor el león mazillero,
que vino a nuestra çibdat por nonbre de monedero,

«En cassa de don Cabrón, mi vassallo e mi quintero,
entró a furtar de noche por çima del fumero;
sacó furtando el gallo, el nuestro pregonero;
levólo e comiólo a mi pessar en tal ero.

«De aquesto la acuso ante vós, el buen varón.
Pido que la condenedes, por sentençia e por ál non,
que sea enforcada e muerta como ladrón.
Esto me ofresco provar, so pena del talión.»

Seyendo la demanda en juizio leída,
fue sabia la gulpeja e bien aperçebida:
«Señor», diz, «yo só sienpre de poco mal sabida;
datme un abogado que fable por mi vida.»

Respondió el alcalde: «Yo vengo nuevamente
a esta vuestra çibdat, non connosco la gente;
pero yo te dó de plazo que fasta días veinte
ayas tu abogado; luego al plazo vente.»

Levantóse el alcalde esa ora de judgar.
Las partes cada una pensaron de buscar
quál dineros, quál prendas para al abogado dar;
ya sabía la raposa quién le avía de ayudar.

El día era venido del plazo asignado:
vino doña Marfusa con un grand abogado,
un mastín ovejero, de carranças çercado;
el lobo quando lo vio fue luego espantado.

Este grand abogado propuso por su parte:
«Alcalde señor don Ximio, quanto el lobo departe,
quanto demanda e pide, todo lo faz con arte,
que él es fino ladrón, e non falla quel farte.

E por ende yo propongo contra él exeçión
legítima e buena, por qué su petiçión
non deve ser oída, nin tal acusaçión
él fazer non la puede, ca es fino ladrón.

A mí acaesçió con él muchas noches e días
que levava furtadas de las ovejas mías;
vi que las degollava en aquellas erías;
ante que las comiese, yo gelas tomé frías.

Muchas vezes de furto es de juez condenado
por sentençia, e así por derecho es enfamado;
por ende non deve ser d'él ninguno acussado,
nin en vuestra abdiençia oído nin escuchado.

Otrosí le opongo que es descomulgado,
de mayor descomunión por costitución de legado,
por que tiene barragana pública, e es casado
con su muger doña Loba, que mora en Vilforado.

Su mançeba es la mastina, que guarda las ovejas;
por ende los sus dichos non valen dos arvejas,
nin le deven dar respuesta a sus malas consejas;
asolved a mi comadre: váyase de las callejas.»

El galgo e el lobo estavan encogidos:
otorgáronlo todo con miedo e amidos.
Diz luego la marfusa: «Señor, sean tenidos:
en reconvençión pido que mueran, e non oídos.»

Ençerraron raçones de toda su porfía:
pidieron al alcalde que les asignase día
en que diese sentençia, qual él por bien tenía;
e asignóles plazo después de la Epifanía.

Don Ximio fue a su casa, con él mucha conpaña:
con él fueron las partes, conçejo de cucaña;
aí van los abogados de la mala picaña,
por bolver al alcalde; ninguno non lo engaña.

Las partes cada una a su abogado escucha:
presentan al alcalde, qual salmón e qual trucha,
qual copa e qual taza, en poridat aducha;
ármanse çancadilla en esta falsa lucha.

Venido es el día para dar la sentençia:
ante el juez las partes estavan en presençia;
dixo el buen alcalde: «Aved buena abenençia,
ante que yo pronunçie e vos dé la sentençia.»

Pugnan los avogados e fazen su poder,
por saber del alcalde lo que quiere fazer;
qué sentençia daría, o quál podría ser;
mas non podieron dél cosa saber nin entender.

De lexos le fablavan por le fazer dezir
algo de la sentençia, su coraçón descobrir;
él mostrava los dientes, mas non era reír;
coidavan que jugava, e todo era reñir.

Dixiéronle las partes e los sus abogados
que non podrían ser en una acordados,
nin querían abenençia, para ser despachados;
piden que por sentençia fuesen de allí librados.

El alcalde letrado e de buena çiençia
usó bien de su oficio e guardó su conçiençia:
estando assentado en la su abdiençia,
rezó él, por sí mesmo escripta, tal sentençia:

«En el nonbre de Dios», el judgador dezía,
«yo don Ximio, ordinario alcalde de Bugía,
vista la demanda que el lobo fazía,
en que a la marfusa furto le aponía,

E vistas las escusas e las defensiones
que puso la gulharra en su exeuçiones,
e vista la respuesta e las replicaçiones
que propuso el lobo en todas sus razones,

E visto lo que pide en su reconvençión
la comadre contra el lobo, çerca la conclusión,
visto todo el proceso e quantas razones son,
e las partes que piden sentençia e al non,

Por mí examinado todo el proçeso fecho,
avido mi consejo, que me fizo provecho,
con omnes sabidores en fuero e en derecho,
Dios ante los mis ojos e non ruego nin pecho,

Fallo que la demanda del lobo es bien çierta,
bien acta e bien formada, bien clara e abierta;
fallo que la raposa en parte bien açierta
en sus deffenssiones e escusa e refierta:

La exeuçión primera es en sí perentoria;
mas la descomunión es aquí dilatoria;
diré un poco d'ella, que es de gran estoria;
¡abogado de romançe, esto ten en memoria!

La exeuçión primera muy bien fue alegada;
mas la descomunión fue un poco errada,
que la costituçión deviera ser nonbrada,
e fasta nueve días deviera ser provada.

Por cartas o por testigos, o por buen instrumente,
de público notario deviera sin fallimiente
esta tal dilatoria provarse claramente;
si se pon perentorio esto es otra mente.

Quando la descomunión por dilatoria se pone,
nueve días a de plazo para el que se opone;
por perentoria más; esto, guarda non te encone,
que a muchos abogados se olvida e se pospone.

Es toda perentoria la descomunión atal,
si se pon contra testigos en pleito prinçipal,
o contra juez publicado, que su proçeso non val;
quien de otra guisa lo pone, yérralo e faze mal.

Fallo que la gulpeja pide más que non deve pedir:
que de egual, en criminal, non puede reconvenir;
por exeuçión non puedo yo condepnar nin punir,
nin deve el abogado tal petiçión comedir.

Maguer contra la parte, o contra el mal testigo,
sea exeución provada, nol farán otro castigo;
desecharán su demanda, su dicho non val un figo;
la pena ordinaria non avrá, yo vos lo digo.

Si non fuere testigo falso, o si lo vieren variar,
ca entonçe el alcalde puede lo atormentar;
non por la exeución, mas por que lo puede far
en los pleitos criminales; su ofiçio ha grant lugar.

Por exeución se puede la demanda desechar,
e puédense los testigos tachar e retachar;
por exeución non puedo yo condepnar nin matar,
nin puede el alcalde más que el derecho mandar.

Pero, por quanto yo fallo por la su confesión
del lobo, ante mi dicha, e por otra cosa non,
fallo que es provado lo que la marfusa pon;
por ende pongo silençio al lobo en esta saçón

Pues por su confesión e su costunbre e su uso,
es magnifiesto e çierto lo que la marfusa puso,
pronunçió que la demanda quél fizo e propuso
non le sea resçebida, segund dicho he de suso.

Pues el lobo confiesa que fizo lo que acusa,
e es magnifiesto e cierto que él por ello usa,
non le deve responder en juizio la marfusa;
resçibo sus defensiones e la buena escusa

Non le preste lo que dixo, que con miedo e quexura
fizo la confesión, cogido en angostura,
ca su miedo era vano e non dixo cordura,
que adó buen alcalde judga, toda cosa es segura.

Do licençia a la raposa: váyase a la salvagina;
pero que non la asuelvo del furto atan aína,

pero mando que non furte el gallo a su vezina.»
Ella diz que no lo tenié, mas que le furtaría la gallina.

Non apellaron las partes, del juizio son pagados,
por que non pagaron costas, nin fueron condenados.
Esto fue por que non fueron de las partes demandados
nin fue el pleito contestado, por que fueron escusados.

Allí los abogados dixieron contra el juez
que avía mucho errado e perdido el su buen prez,
por lo que avía dicho e suplido esta vez;
non gelo preçió don Ximio quanto vale una nuez.

Díxoles que bien podía él en su pronunçiaçión
suplir lo que es derecho e de constituçión,
que él de fecho ageno non fazía menzión.
Tomaron los abogados del Ximio buena liçión.

Dixiéronle otrosí una derecha raçón:
que fecha la conclusión en criminal acusaçión,
non podía dar liçençia para aver conpusiçión:
menester la sentençia çerca la conclusión.

A esto dixo el alcalde una sola responsión:
que él avié poder del rey en su comisión,
espeçial para todo esto, e conplida jurisdiçión.
Aprendieron abogados en esta diputaçión.

XXXI

AQUÍ FABLA DE LA PELEA QUEL ARÇIPRESTE
OVO CON DON AMOR

Tal eres como el lobo, retraes lo que fazes;
estrañas a los otros el lodo en que yazes.

Eres mal enemigo a todos quantos plazes;
fablas con grand sinpleza por que muchos enlazes.

A obra de piedad tú nunca paras mientes:
nin visitas los presos, nin quieres ver dolientes,
si non solteros sanos, mançebos e valientes;
si loçanas encuentras, fablas les entre dientes.

Rezas muy bien las oras con garçones folguines,
CUM HIS QUI ODERUNT PAÇEM, fasta que el salterio
[afines;
diçes ECCE QUAN BONUM con sonajas e baçines,
IN NOTIBUS ESTOLITE; después vas a matines.

Do tu amiga mora comienças a levantar
«DOMINE LABIA MEA», en alta boz cantar;
PRIMO DIERUM ONIUM los estormentos tocar,
NOSTRAS PREÇES UT AUDIAT, a fazes los despertar.

Desque sientes a ella, tu coraçón espaçias;
con maitinada «CANTATE» en las friuras laçias;
laudes, «AURORA LUCIS»; das le grandes graçias:
con «MISERERE MEI» mucho te le engraçias.

En saliendo el sol, comienças luego prima:
«DEUS IN NOMINE TUO» ruegas a tu xaquima
que la lieve por agua e que dé a todo çima;
va en achaque de agua a ver te la mala esquima.

E si es tal que non usa andar por las callejas,
que la lieve a las uertas por las rosas bermejas;
si cree la bavieca sus dichos e consejas, ;
«QUOD EVA TRISTIS» trae de «QUICUNQUE VULT»
[redruejas.

92

E si es dueña tu amiga que d'esto non se conpone,
tu católica a ella cata manera que la trastorne;
«OS, LINGA, MENS», la envade, seso con ardor pospone;
va la dueña a terçia, caridat «A LONGE» pone.

Tú vas luego a la iglesia, por le dezir tu razón
más que por oir la missa, nin ganar de Dios perdón;
quieres la misa de novios, sin gloria e sin son;
coxqueas al dar ofrenda, bien trotas al comendón.

Acabada ya la missa, rezas tan bien la sesta,
que la vieja te tiene a tu amiga presta; comienças
«IN VERBUM TUUM», e dizes tú de aquésta:
«FACTUS SUM SICUD UTER» por la grand misa de fiesta.

Dizes: «QUOMODO DILEXI nuestra fabla, varona;
SUSÇIPE ME SECUNDUM, que para la mi corona,
LUCERNA PEDIBUS MEIS es la vuestra persona.»
Ella te dize: «¡QUAM DULÇIA! Que recubdas a la nona.»

Vas a rezar la nona con la dueña loçana:
«MIRABILIA» comienças; dizes de aquesta plana:
«GRESSUS MEOS DIRIGE»; responde doña Fulana:
«JUSTUS ES, DOMINE.» Tañe a nona la canpana.

Nunca vi sancristán que a vísperas mejor tanga:
todos los instrumentos tocas con la chica manga;
la que viene a tus vísperas, por bien que se arremanga,
con «VIRGAM VIRTUTIS TUE» fazes que aí remanga.

«SEDE A DESTRIS MEIS» dizes a la que viene;
cantas «LETATUS SUM», si allí se detiene;
«ILLIC ENIM ASÇENDERUNT» a qual quier que allí se
                                                    [atiene.
La fiesta de seis capas con tigo la Pascua tiene.

Nunca vi cura de almas que tan bien diga conpletas;
vengan fermosas o feas, quier blancas quier prietas,
digan te «CONVERTE NOS», de grado abres las puertas.
Después, «CUSTODI NOS» te ruegan las encubiertas.

Fasta el «QUOD PARASTI» non las quieres dexar;
«ANTE FAÇIEM OMNIUM» sabes las alexar;
«IN GLORIAM PLEBIS TUE» fazes las aveitar;
«SALVE, REGINA», dezis si de ti se han de quexar.

XXXII

AQUÍ FABLA DE LA PELEA QUE OVO
EL ARÇIPRESTE CON DON AMOR

Con açidia traes estos males atantos,
muchos otros pecados, antojos e espantos;
non te pagas de omnes castos, nin dignos e santos;
a los tuyos das obras de males e quebrantos.

El que tu obra trae es mintroso perjuro:
por conplir tus deseos fazes lo erege duro;
más cree tus lisonjas el neçio fadeduro
que non la fe de Dios; vete, yo te conjuro.

Non te quiero, Amor, nin Cobdiçio, tu fijo;
fázesme andar de balde, dízesme: «Digo, digo»;
tanto más me aquexas quanto yo más aguijo;
non me val tu vana gloria un vil grano de mijo.

Non as miedo nin vergüença de rey nin reína;
mudas te do te pagas cada día aína;
huésped eres de muchos, non duras so cortina;
como el fuego andas de vezina en vezina.

Con tus muchas promesas a muchos enveliñas;
en cabo son muy pocas a quien bien adeliñas;
non te menguan lisonjas, más que fojas en viñas;
más traes neçios locos que ay piñones en piñas.

Fazes como folguín en tu mesma manera:
atalayas de lexos e caças la primera.
Al que quieres matar, sácaslo de carrera;
de logar encobierto sacas çelada fiera.

Tiene omne su fija de coraçón amada,
loçana e fermosa, de muchos deseada,
ençerrada e guardada, e con viçios criada;
do coída tener algo en ella, tiene nada.

Coidan se la cassar como las otras gentes,
por que se onrren d'ella su padre e sus parientes;
como mula camuça aguza rostro e dientes;
remeçe la cabeça, a mal seso tiene mientes.

Tú le ruyes a la oreja, e das le mal consejo,
que faga tu mandado e siga tu trebejo;
los cabellos en rueda, el peine e el espejo,
que aquel Mingo Oveja non es d'ella parejo.

El coracón le tornas de mill guisas a la ora:
si oy cassar la quieren, cras de otro se enamora;
a las vezes en saya, a las vezes en alcandora;
remírase la loca do tu locura mora.

El que más a ti cree, anda más por mal cabo:
a ellos e a ellas, a todos das mal ramo;
de pecado dañoso, de ál non, te alabo;
tristeza e flaqueza, ál de ti non recabdo.

Das muerte perdurable a las almas que fieres;
das muchos enemigos al cuerpo que requieres;
fazes perder la fama al que más amor dieres;
a Dios pierde e al mundo, Amor, el que más quieres.

Estruyes las personas, los averes estragas;
almas, cuerpos e algos, commo huerco las tragas;
de todos tus vassallos fazes neçios fadragas;
prometes grandes cosas, poco e tarde pagas.

Eres muy grand gigante al tienpo del mandar;
eres enano chico quando lo as de dar;
luego de grado mandas, bien te sabes mudar;
tarde das e amidos, bien quieres demandar.

De la loçana fazes muy loca e muy bova;
fazes con tu grand fuego commo faze la loba:
al más astroso lobo, al enatío, ajoba;
aquél da de la mano e de aquél se encoba.

Ansí muchas fermosas contigo se enartan;
con quien se les antoja, con aquél se apartan;
quier feo quier natío, aguisado non catan;
quanto más a ti creen, tanto peor baratan.

Fazes por muger fea perder omne apuesto;
pierde se por omne torpe dueña de grand repuesto;
plaze te con qualquier, do el ojo as puesto;
bien te pueden dezir «antojo» por denuesto.

Natura as de diablo, adoquier que tú mores:
fazes tenblar los omnes e mudar sus colores,
perder seso e fabla, sentir muchos dolores;
traes los omnes çiegos, que creen en tus loores.

A bretador semejas quando tañe su brete:
canta dulçe con engaño, al ave pone abeite,
fasta que le echa el laço, quando el pie dentro mete;
assegurando matas. Quítate de mí, vete.

XXXIII

ENSIENPLO DEL MUR TOPO E DE LA RANA

Contesçe cada día a tus amigos contigo
commo contesçió al topo que quiso ser amigo
de la rana pintada, quando lo levó con sigo;
entiende bien la fabla e por qué te lo digo.

Tenía el mur topo cueva en la ribera;
creció tanto el río que maravilla era:
çercó toda su cueva, que non salía fuera.
Vino a él cantando la rana cantadera.

«Señor enamorado», dixo al mur la rana,
«quiero ser tu amiga, tu muger e tu çercana;
yo te sacaré a salvo, agora por la mañana;
ponerte he en el otero, cosa para ti sana.»

«Yo sé nadar muy bien, ya lo ves por el ojo;
ata tu pie al mío, sube en mi inojo;
sacarte he bien a salvo, non te faré enojo;
ponerte he en el otero, o en aquel rastrojo.»

Bien cantava la rana con fermosa raçón;
mas ál tiene pensado en el su coraçón;
creó se lo el topo, en uno atados son:
atan los pies en uno, las voluntades non.

Non guardando la rana la postura que puso,
dio salto en el agua, somiése fazia yuso;
el topo quanto podía tirava fazia suso;
qual de yuso, qual de suso, andavan a mal uso.

Andava y un milano, volando desfanbrido,
buscando qué comiese; esta pelea vido,
abatió se por ellos, silvó en apellido;
al topo e a la rana levó los a su nido.

Comiólos a entranbos, non le quitaron la fanbre.
Así faze a los locos tu falsa vedeganbre:
quantos tienes atados con tu mala estanbre,
todos por ti peresçen, por tu mala enxanbre.

A los neçios e neçias que una vez enlaças,
en tal guisa les travas con tus fuertes mordaças,
que non han de Dios miedo, nin de sus amenazas
el diablo los lieva presos en tus tenazas.

Al uno e al otro eres destroidor,
tan bien al engañado como al engañador;
commo el topo e la rana, peresçen o peor.
Eres mal enemigo, fazes te amador.

Toda maldad del mundo e toda pestilençia,
sobre la falsa lengua mintrosa aparesçençia,
dezir palabras dulzes que traen abenençia,
e fazer malas obras e tener mal querençia.

Del bien que omne dize, si a sabiendas mengua,
es el coraçón falso e mintrosa la lengua;
confonda Dios al cuerpo do tal coraçón fuelga,
lengua tan enconada, Dios del mundo la tuelga.

Non es para buen omne en creer de ligero:
todo lo quel dixieren, piense lo bien primero;
non le conviene al bueno que sea lisongero;
en el buen dezir sea firme e verdadero.

So la piel ovejuna traes dientes de lobo;
al que una vez travas, lievas te lo en robo;
matas al que más quieres, del bien eres encobo;
echas en flacas cuestas grand peso e grand ajobo.

Plázeme, bien te digo, que algo non te devo:
eres de cada día logrero e das a renuevo;
tomas la grand vallena con el tu poco çevo.
Mucho más te diría, salvo que non me atrevo,

Por que de muchas dueñas mal querido sería,
e mucho garçón loco de mí profaçaría;
por tanto non te digo el diezmo que podría.
Pues, calla te e callemos. Amor, ¡vete tu vía!

XXXIV

AQUÍ FABLA DE LA RESPUESTA
QUE DON AMOR DIO AL ARÇIPRESTE

El Amor con mesura diome respuesta luego:
diz Arçipreste, sañudo non seas, yo te ruego.
Non digas mal de amor, en verdat nin en juego,
que a las vezes posca agua faze abaxar grand fuego.

Por poco mal dezir se pierde grand amor;
de pequeña pellea nasçe muy grand rencor;
por mala dicha pierde vassallo su señor;
la buena fabla sienpre faz de bueno mejor.

Escucha la mesura, pues dixiste baldón;
non deve amenaçar el que atiende perdón;
do bien eres oido, escucha mi razón;
si mis castigos fazes, non te dirá muger non.

Si tú fasta agora cosa non recabdeste
de dueñas e de otras que dizes que ameste,
torna te a tu culpa, pues por ti lo erreste,
por que a mí non veniste, nin viste, nin proveste.

Quisiste ser maestro ante que disçípulo ser,
e non sabes la manera como es de aprender.
Oye e leye mis castigos, e sabe los bien fazer;
rrecabdarás la dueña, e sabrás otras traer.

Para todas mugeres tu amor non conviene:
non quieras amar dueñas que a ti non aviene;
es un amor baldío, de grand locura viene;
sienpre será mesquino quien amor vano tiene.

Si leyeres Ovidio, el que fue mi criado,
en él fallarás fablas que le ove yo mostrado:
muchas buenas maneras para enamorado;
Pánfilo e Nasón, yo lo ove castigado.

Si quisieres amar dueñas o otra qual quier muger,
muchas cosas avrás primero de aprender,
para que ella te quiera en su amor querer.
Sabe primeramente la muger escoger.

Cata muger fermosa, donosa e loçana,
que non sea mucho luenga, otrosí non enana;
si podieres, non quieras amar muger villana,
que de amor non sabe, es como bausana.

Busca muger de talla, de cabeça pequeña;
cabellos amarillos, non sean de alheña;
las çejas apartadas, luengas, altas en peña;
ancheta de caderas; esta es talla de dueña.

Ojos grandes, someros, pintados, reluzientes,
e de luengas pestañas, bien claras, paresçientes;
las orejas pequeñas, delgadas; páral mientes
si ha el cuello alto, atal quieren las gentes.

La nariz afilada, los dientes menudiellos,
eguales e bien blancos, un poco apartadillos;
las enzivas bermejas, los dientes agudillos;
los labros de la boca bermejos, angostillos.

La su boca pequeña, así de buena guisa;
la su faz sea blanca. sin pelos, clara e lisa.
Puna de aver muger que la vea sin camisa,
que la talla del cuerpo, te dirá esto a guisa.

La muger que enbiares de ti sea parienta;
que bien leal te sea, non sea su servienta;
non lo sepa la dueña, por que la otra non mienta;
non puede ser quien mal casa que non se arrepienta.

Puña en quanto puedas que la tu mensajera
sea bien rasonada, sotil e costumera;
sepa mentir fermoso, e siga la carrera,
ca más fierbe la olla con la su cobertera.

Si parienta non tienes atal, toma de unas viejas
que andan las iglesias e saben las callejas,
grandes cuentas al cuelo, saben muchas consejas;
con lágrimas de Moisén escantan las orejas.

Son grandes maestras aquestas paviotas:
andan por todo el mundo, por plaças e por cotas;
a Dios alçan las cuentas querellando sus coítas.
¡Ay! ¡Quánto mal saben estas viejas arlotas!

Toma de unas viejas que se fasen erveras:
andan de casa en casa e llámanse parteras;
con polvos e afeites e con alcoholeras
echan la moça en ojo e çiegan bien de veras.

E busca mensajera de unas negras patas,
que usan mucho fraires, monjas e beatas;
son mucho andariegas e meresçen las çapatas;
estas trotaconventos fasen muchas baratas.

Do estas mugeres usan mucho se alegrar,
pocas mugeres pueden d'ellas se despagar;
por que a ti non mientan, sábelas falagar,
ca tal escanto usan que saben bien çegar.

De aquestas viejas todas, ésta es la mejor;
rruegal que te non mienta, muéstral buen amor,
que mucha mala bestia vende buen corredor,
e mucha mala ropa cubre buen cobertor.

Si dexier que la dueña non tiene mienbros muy grandes,
nin los braços delgados, tú luego le demandes
si ha los pechos chicos; si dise «Sí», demandes
contra la fegura toda, por que más çierto andes.

Si dis que los sobacos tiene un poco mojados,
e que ha chicas piernas e luengos los costados,
ancheta de caderas, pies chicos, socavados,
tal muger non la fallan en todos los mercados.

En la cama muy loca, en la casa muy cuerda,
non olvides tal dueña, mas d'ella te acuerda;
esto que te castigo con Ovidio concuerda,
e para aquésta, cata la fina avancuerda.

Tres cosas non te oso agora descobrir:
son tachas encobiertas, de mucho mal desir;
pocas son las mujeres que d'ellas pueden salir;
si las yo dexiese, començarién a reír.

Guárdate que non sea bellosa nin barbuda;
atal media pecada el huerco la saguda;
si ha la mano chica, delgada, bos aguda,
atal muger, si puedes, de buen seso la muda.

En fin de las rasones, fasle una pregunta:
si es muger alegre, de amor se repunta,
si a sueras frías, si demanda quanto barrunta;
al omne si dise «sí», a tal muger te ayunta.

Atal es de servir, e atal es de amar;
es muy más plasentera que otras en doñear;
si tal saber podieres e la quisieres cobrar,
fas mucho por servirla en desir e en obrar.

De tus joyas fermosas, cada que dar podieres...;
quando dar non quisieres, o quando non tovieres,
promete e manda mucho, maguer non ge lo dieres;
luego estará afusiada, fará lo que quisieres.

Sírvela, non te enojes; sirviendo el amor crece;
el serviçio en el bueno nunca muere nin peresçe;
si se tarda, non se pierde, el amor nunca falleze,
que el grand trabajo sienpre todas las cosas vençe.

Gradésçegelo mucho, lo que por ti feziere:
póngelo en mayor preçio de quanto ello valiere;
non le seas refertero en lo que te pediere;
nin le seas pofioso contra lo que te dixiere.

Requiere a menudo a la que bien quisieres;
non ayas miedo d'ella quanto tienpo tovieres;
verguença non te enbargue quando con ella estodieres;
perezoso non seas adó buena azina vieres.

Quando la muger vee al perezoso covardo,
dize luego entre sus dientes: «¡Ox te! ¡Tomaré mi dardo!»
Con muger non enpereçes, nin te enbuelvas en tabardo.
del vestido más chico sea tu ardit alardo.

Son en la grand pereza miedo e covardía,
torpedat e vileza, suziedat e astrossía;
por la pereza pierden muchos la mi conpanía;
por pereza se pierde muger de grand valía.

XXXV

ENSIENPLO DE LOS DOS PEREZOSOS QUE QUERÍAN CASSAR CON UNA DUEÑA

Dezirte la fasaña de los dos perezosos
que querían casamiento, e andavan acuziossos;
amos por una dueña estavan codiçiosos;
eran muy bien apuestos, e verás quán fermosos.

El uno era tuerto del su ojo derecho;
rronco era el otro, de la pierna contrecho;
el uno del otro avía muy grand despecho,
coidando que tenían su cassamiento fecho.

Respondióles la dueña que ella quería casar
con el más perezoso, e aquél quería tomar;
esto dezié la dueña queriendo los abeitar.
Fabló luego el coxo, coidó se adelantar.

Dixo: «Señora, oíd primero la mi razón:
yo soy más perezoso que éste mi conpañón;
por pereza de tender el pie fasta el escalón,
caí del escalera, finqué con esta ligión.

Otrossí yo passava nadando por el río;
fazía la siesta grande, mayor que omne non vido;
perdíame de sed, tal pereza yo crío,
que por non abrir la boca perdí el fablar mío.»

Desque calló el coxo, dixo el tuerto: «Señora,
chica es la pereza que éste dixo agora;
dezir vos he la mía, non vistes tal ningund ora,
nin ver tal la puede omne que en Dios adora.

Yo era enamorado de una dueña en abril;
estando delante ella, sossegado e muy omil,
vínome desçendimiento a las narizes muy vil;
por pereza de alinpiarme, perdí la dueña gentil.

Más vos diré, Señora: una noche yazía
en la cama despierto, e muy fuerte llovía;
dava me una gotera del agua que fazía;
en el mi ojo muy rezia amenudo fería.

Yo ove grand pereza de la cabeça redrar;
la gotera que vos digo, con su mucho rezio dar,
el ojo de que soy tuerto, ovo me lo de quebrar.
Devedes por más pereza, dueña, con migo casar.»

«Non sé», dixo la dueña, «destas perezas grandes,
quál es la mayor d'ellas; anbos pares estades;
veo vos, torpe coxo, de quál pie coxeades;
veo vos, tuerto suzio, que sienpre mal catades.»

«Buscad con quien casedes, que la dueña non se paga
de perezoso torpe, nin que vileza faga.»
Por ende, mi amigo, en tu coraçón non yaga
nin tacha nin vileza de que dueña se despaga.

Fazle una vegada la verguença perder:
por aquesto faz mucho, si la quieres aver;
desque una vez pierde verguença la muger,
más diabluras faze de quantas omne quier.

Talente de mugeres, ¡quién lo podría entender,
sus malas maestrías e su mucho mal saber!
quando son ençendidas e mal quieren fazer,
alma e cuerpo e fama, todo lo dexan perder.

Desque la verguenza pierde el tafur al tablero,
si el pellote juega, jugará el braguero;
desque la cantadera dize el cantar primero,
sienpre le bullen los pies, e mal para el pandero.

Texedor e cantadera nunca tienen los pies quedos
en el telar e en la dança sienpre bullen los dedos;
la muger sin verguença por dar le diez Toledos,
non dexaría de fazer sus antojos azedos.

Non olvides la dueña, dicho te lo he de suso;
muger, molino e huerta sienpre querié grand uso;
non se pagan de disanto, en poridat nin a escuso;
nunca quiere olvido, trovador lo conpuso.

Çierta cossa es esta: quel molino andando gana;
huerta mejor labrada da la mejor mançana;
muger mucho seguida sienpre anda loçana.
Do estas tres guardares non es tu obra vana.

XXXVI

ENXIENPLO DE LO QUE CONTEÇIÓ
A DON PITAS PAYAS PINTOR DE BRETAÑA

Del que olvidó la muger te diré la fazaña:
si vieres que es burla, dime otra tan maña.
Era don Pitas Pajas un pintor de Bretaña;
casó se con muger moça, pagávase de conpaña.

Ante del mes conplido, dixo él: «Nuestra dona,
yo volo ir a Frandes; portaré muita dona.»
Ella diz: «Mon señer, andat en ora bona.
Non olvidedes vostra casa, nin la mi persona.»
Dixo don Pitas Pajas: «Dona de fermosura,
yo volo fazer en vós una bona figura,
por que seades guardada de toda altra locura.»
Ella diz: «Monssener, fazet vuestra mesura.»

Pintol so el onbligo un pequeño cordero.
Fue se don Pitas Pajas a ser novo mercadero.
Tardó allá dos años, mucho fue tardinero;
fazía se a la dona un mes año entero.

Commo era la moça nuevamente casada,
avié con su marido fecha poca morada;
tomó un entendedor e pobló la posada;
desfízose el cordero, que dél non fincó nada.

Quando ella oyó que venía el pintor,
mucho de priessa enbió por el entendedor;
díxole que le pintase commo podiese mejor
en aquel logar mesmo un cordero menor.

Pintóle con la grand priessa un eguado carnero,
conplido de cabeça, con todo su apero.
Luego en ese día vino el mensajero,
que ya don Pitas Pajas désta venía çertero.

Quando fue el pintor de Frandes venido,
fue de la su muger con desdén resçebido.
Desque en el palaçio con ella estudo,
la señal quel feziera non la echó en olvido.

Dixo don Pitas Pajas: «Madona, si vos plaz,
mostratme la figura e ajam buen solaz.»
Diz la muger: «Monseñer, vós mesmo la catat;
fey y ardidamente todo lo que vollaz.»

Cató don Pitas Pajas el sobre dicho lugar,
e vido un grand carnero con armas de prestar.
«¿Cómo es esto, madona? O, ¿cómo pode estar?
Que yo pinté corder, e trobo este manjar.»

Commo en este fecho es sienpre la muger
sotil e mal sabida, diz: «¿Cómo, monsseñer?
¿En dos años petid corder non se fazer carner?
Vós veniéssedes tenprano e trobaríades corder.»

Por ende te castiga, non dexes lo que pides;
non seas Pitas Pajas, para otro non errides;
con dezires fermosos a la muger conbides;
desque te lo prometa, guarda non lo olvides.

Pedro levanta la liebre e la mueve del covil;
non la sigue nin la toma; faze commo cazador vil;
otro Pedro que la sigue e la corre más sotil
tómala. Esto contesçe a caçadores mil.

Diz la muger entre dientes: «Otro Pedro es aquéste,
más garçón e más ardit quel primero que ameste.
El primero apost déste non vale más que un feste;
con aquéste e por éste faré yo, sí Dios me preste.»

Otrosí, quando vieres a quien usa con ella,
quier sea suyo o non, fabla le por amor d'ella;
si podieres, dal algo, non le ayas querella,
ca estas cosas pueden a la muger traella.

Por poquilla cosa del tu aver quel dieres,
servirte ha lealmente, fará lo que quisieres;
fará por los dineros todo quanto le pidieres;
que mucho o que poco, dal cada que podieres.

XXXVII

ENXIENPLO DE LA PROPIEDAT QUEL DINERO HA

Mucho faz el dinero e mucho es de amar:
al torpe faze bueno e omne de prestar;
faze correr al coxo e al mudo fablar;
el que non tiene manos dineros quiere tomar.

Sea un omme nesçio e rudo labrador,
los dineros le tazen fidalgo e sabidor;
quanto más algo tiene, tanto es más de valor;
el que non ha dineros non es de sí señor.

Si tovieres dineros, avrás consolaçión,
plazer e alegría, del papa raçión;
conprarás paraíso, ganarás salvaçión;
do son muchos dineros está mucha bendiçión.

Yo vi en corte de Roma, do es la santidad,
que todos al dinero fazen grand homildat;
grand onrra le fazían con grand solepnidat;
todos a él se omillan, commo a la magestat.

Fazié muchos priores, obispos e abbades,
arçobispos, doctores, patriarcas, potestades;
a muchos clérigos nesçios dava les dinidades;
fazié de verdat mentiras, e de mentiras verdades.

Fazía muchos clérigos e muchos ordenados,
muchos monges e monjas, religiosos sagrados;
el dinero los dava por bien examinados;
a los pobres dezían que non eran letrados.

Dava muchos juicios, mucha mala sentençia;
con muchos abogados era su mantenençia,
en tener pleitos malos e fazer abenençia;
en cabo por dineros avía penitençia.

El dinero quebranta las cadenas dañosas;
tira çepos e grillos e presiones peligrosas;
El que non tiene dineros, echanle las esposas;
por todo el mundo faze cosas maravillosas.

Yo vi fer maravillas do él mucho usava:
muchos meresçían muerte, que la vida les dava;
otros eran sin culpa, e luego los matava;
muchas almas perdía, e muchas salvava.

Faze perder al pobre su casa e su viña;
sus mueble e raízes, todo lo desaliña;
por todo el mundo anda su sarna e su tiña;
do el dinero juega, allí el ojo guiña.

Él faze cavalleros de neçios aldeanos,
condes e ricos omnes de algunos villanos;
con el dinero andan todos los omnes loçanos;
quantos son en el mundo le besan oy las manos.

Vi tener al dinero las mejores moradas,
altas e muy costosas, fermosas e pintadas;
castillos, heredades, e villas entorreadas,
todas al dinero sirven e suyas son conpradas.

Comía muchos manjares de diversas naturas;
vistía los nobles paños, doradas vestiduras;
traía joyas preçiosas en viçios e folguras,
guarnimientos estraños, nobles cavalgaduras.

Yo vi a muchos monges en sus predicaçiones
denostar al dinero e a sus tenptaçiones;
en cabo por dinero otorgan los perdones;
asuelven el ayuno, ansí fazen oraçiones.

Pero que le denuestan los monges por las plaças,
guárdanlo en convento en vasos e en taças;
con el dinero cunplen sus menguas e sus raças;
más condesijos tienen que tordos nin picaças.

Commo quier que los frailes non toman los dineros,
bien les dan de la çeja do son sus parçioneros;
luego los toman prestos sus omnes despenseros.
Pues que se dizen pobres, ¿qué quieren thessoreros?

Monges, frailes, clérigos, que aman a Dios servir,
si varruntan que el rico está ya para morir,
quando oyen sus dineros que comiençan a retenir,
quál d'ellos lo levará comiençan luego a reñir.

Allí están esperando quál avrá más rico tuero;
non es muerto, ya dizen: «Pater Noster» a mal aguero;
commo los cuervos al asno, quando le dessuellan el cuero:
«Cras, cras nós lo avremos, que nuestro es ya por fuero.»

Toda muger del mundo e dueña de alteza
págase del dinero e de mucha riqueza;
yo nunca vi fermosa que quisiese pobreza.
Do son muchos dineros, y es mucha nobleza.

El dinero es alcalde e juez mucho loado;
éste es conssejero e sotil abogado,
alguaçil e merino, bien ardit, esforçado;
de todos los ofiçios es muy apoderado.

En suma te lo digo, toma lo tú mejor:
el dinero del mundo es grand rebolvedor;
señor faze del siervo, de señor servidor;
toda cosa del siglo se faze por su amor.

Por dineros se muda el mundo e su manera;
toda muger cobdiçiosa de algo es falaguera;
por joyas e dineros salirá de carrera;
el dar quebranta peñas, fiende dura madera.

Derrueca fuerte muro e derriba grant torre;
a coíta a grand priessa el mucho dar acorre;
non ha siervo cabtivo que el dinero non le aforre;
el que non tiene que dar, su cavallo non corre.

Las cosas que son graves, fázelas de ligero;
por ende a tu vieja sé franco e llenero;
que poco o que mucho, non vaya sin loguero;
non me pago de joguetes do non anda el dinero.

Si algo non le dieres, cosa mucha o poca,
sey franco de palabra, non le digas razón loca;
quien non tiene miel en la orça, tenga la en la boca.
Mercador que esto faze bien vende e bien troca.

Si sabes estromentos bien tañer o tenplar,
si sabes o avienes en fermoso cantar,
a las vegadas poco, en onesto lugar
do la muger te oya, non dexes de provar.

Si una cosa sola a la muger non muda,
muchas cosas juntadas façer te han ayuda;
desque lo oye la dueña, mucho en ello coída;
non puede ser que a tienpo a bien non te recubda.

Con una flaca cuerda non alçarás grand tranca,
nin por un solo «¡harre!» non anda bestia manca;
a la peña pesada non la mueve una palanca;
con cuños e almadanas, poco a poco se arranca.

Prueva fazer ligerezas e fazer valentía;
quier lo vea o non, saber lo ha algún día;
non será tan esquiva que non ayas mejoría.
Non cansses de seguir la: vençerás su porfía.

El que la mucho sigue, el que la mucho usa,
en el coraçón lo tiene, maguer se le escusa;
pero que todo el mundo por esto le acusa,
en éste coída sienpre, por éste faz la musa.

Quanto es más sosañada, quanto es más corrida,
quanto es más por omne majada e ferida,
tanto más por él anda loca, muerta e perdida;
non coída ver la ora que con él sea ida.

Coída su madre cara que por la sosañar,
por corrella e ferilla, e por la denostar,
que por ende será casta, e la fará estar;
estos son aguijones que la fazen saltar.

Devía pensar su madre de quando era donzella,
que su madre non quedava de ferir la e corrella,
que más la ençendía; e pues devía por ella
judgar todas las otras e a su fija bella.

Toda muger nasçida es fecha de tal massa:
lo que más le defienden, aquello ante passa;
aquello la ençiende e aquello la traspassa.
Do non es tan seguida, anda más floxa, lasa.

A toda cosa brava, grand uso la amansa:
la çierva montesina mucho corrida canssa;
caçador que la sigue tómala quando descanssa;
la dueña mucho brava usando se faz manssa.

Por una vez al día que omne ge lo pida,
çient vegadas de noche de amor es requerida;
doña Venus ge lo pide por él toda su vida;
en lo quel mucho piden anda muy ençendida.

Muy blanda es el agua, mas dando en piedra dura;
muchas vegadas dando faze grand cavadura;
por grand uso él rudo sabe grand letura;
muger mucho seguida olvida la cordura.

Guárdate non te abuelvas a la casamentera:
doñear non la quieras, ca es una manera
por que te faría perder a la entendedera,
ca una congruença de otra sienpre tiene dentera.

XXXVIII

DE CÓMO EL AMOR CASTIGA AL ARÇIPRESTE QUE AYA EN SÍ BUENAS COSTUMBRES, E SOBRE TODO QUE SE GUARDE DE BEVER MUCHO VINO BLANCO E TINTO

Buenas costunbres deves en ti sienpre aver.
Guárdate sobre todo mucho vino bever;
que el vino fizo a Lot con sus fijas bolver,
en verguença del mundo, en saña de Dios caer.

Fizo cuerpo e alma perder a un hermitaño,
que nunca lo beviera: provólo por su daño;
retentó lo el diablo con su sotil engaño;
fizo le bever el vino; oye ensienplo estraño.

Era un hermitaño: quarenta años avía
que en todas sus obras en yermo a Dios servía;
en tienpo de su vida nunca él vino bevía;
en santidat e en ayuno e en oración bevía.

Tomava grand pesar el diablo con esto:
pensó commo podiese partir le de aquesto.
Vino a él un día con sotileza presto:
«Dios te salve, buen omne», díxol con sinple gesto.

Maravillóse el monge, diz: «A Dios me acomiendo.
Dime qué cosa eres, que yo non te entiendo.
Grand tienpo ha que estó aquí a Dios serviendo;
nunca ví aquí omne. Con la cruz me defiendo.»

Non pudo el diablo a su persona llegar.
Seyendo arredrado, començólo a retentar.
Diz: «Aquel cuerpo de Dios que tú deseas gustar,
yo te mostraré manera por que lo puedas tomar.»

«Non deves tener dubda que del vino se faze
la sangre verdadera de Dios; en ello yaze
sacramento muy santo; pruévalo si te plaze.»
El diablo al monge arma do lo enlaze.

Dixo el hermitaño: «Non sé qué es vino.»
Respondió el diablo, presto por lo que vino;
diz: «Aquellos taverneros que van por el camino
te darán asaz d'ello; ve por ello festino.»

Fízole ir por el vino, e desque fue venido,
dixo: «Santigua e beve, pues que lo as traído.
Prueva un poco dello, e desque ayas bevido,
verás que mi consejo te será por bien avido.»

Bevió el hermitaño mucho vino sin tiento;
commo era fuerte, puro, sacol de entendimiento.
Desque vido el diablo que ya echara çemiento,
armó sobrel su casa e su aparejamiento.

«Amigo», diz, «non sabes de noche nin de día,
quál es la ora çierta, nin el mundo como se guía;
toma gallo que te muestre las oras cada día;
con él alguna fenbra, que con ellas mejor cría.»

Creyó su mal consejo, ya el vino usava;
él estando con vino, vido commo se juntava
el gallo a las fenbras, con ellas se deleitava;
cobdició fazer fornicio, desque con vino estava.

Fue con él la cobdiçia, raíz de todos males,
loxuria e sobervia, tres pecados mortales,
luego el omeçidio, estos pecados tales,
trae el mucho vino a los descomunales.

Desçendió de la hermita, forçó a una muger;
ella dando muchas bozes non se pudo defender;
desque pecó con ella, temió mesturado ser:
mató la el mesquino, e óvose de perder.

Commo dize el proverbio, palabra es bien çierta,
que non ay encobierta que a mal non revierta,
fue la su mala obra en punto descobierta:
esa ora fue el monge preso e en refierta.

Descobrió con el vino quanto mal avía fecho;
fue luego justiçiado, commo era derecho;
perdió cuerpo e alma el cuitado mal trecho.
En el bever demás yaz todo mal provecho.

Faze perder la vista e acortar la vida;
tira la fuerça toda, sis toma sin medida;
faze tenblar los mienbros, todo seso olvida;
ado es el mucho vino toda cosa es perdida.

Faze oler el fuelgo, que es tacha muy mala;
uele muy mal la boca, non ay cosa quel vala;
quema las assaduras, el fígado trascala;
si amar quieres dueñas, el vino non te incala.

Los omnes enbriagos aína envejeçen;
en su color non andan, secan se e enmagresçen;
fazen muchas vilezas, todos los aborresçen;
a Dios lo yerran mucho, del mundo desfalleçen.

Adó más puja el vino quel seso dos meajas,
fazen roído los beodos commo puercos e grajas;
por ende vienen muertes, contiendas e barajas;
el mucho vino es bueno en cubas e en tinajas.

Es el vino muy bueno en su mesma natura:
muchas bondades tiene, si se toma con mesura;
al que de más lo beve, sácalo de cordura:
toda maldat del mundo fase, e toda locura.

Por ende fuy del vino e fas buenos gestos.
Quando fablares con dueña, dile doñeos apuestos;
los fermosos retráheres tien para desir aprestos;
sospirando le fabla, ojos en ella puestos.

Non tables muy apriesa, nin otrosí muy paso;
non seas rebatado, nin vagoroso, laso;
de quanto que pudieres, non le seas escaso;
de lo que le prometieres, non la trayas a traspaso.

Quien muy aína fabla, ninguno non lo entiende;
quien fabla muy paso, enójase quien le atiende.
El grant arrebatamiento con locura contiende;
el mucho vagaroso de torpe non se defiende.

Nunca omne escaso recabda de ligero,
nin acaba quanto quiere, si le veyen costumero;
a quien de oy en cras fabla non dan por verdadero;
al que manda e da luego, a esto loan primero.

En todos los tus fechos, en fablar e en ál,
escoge la mesura e lo que es cumunal;
commo en todas cosas poner mesura val,
así sin la mesura todo paresçe mal.

Non quieras jugar dados nin seas tablajero,
ca es mala ganançia, por que de logrero;
el judío al año da tres por quatro; pero
el tablax de un día dobla el su mal dinero.

Desque los omnes están en juegos ençendidos,
despojan se por dados, los dineros perdidos;
al tablagero fincan dineros e vestidos;
do non les comen se rascan los tahures amidos.

Los malos de los dados, dise lo maestre Roldán:
todas sus maestrías e las tachas que an;
más alholís rematan, pero non comen pan,
que corderos la Pascua, nin ansarones San Juan.

Non uses con vellacos, nin seas peleador;
non quieras ser caçurro, nin seas escarnidor;
nin seas de ti mismo e de tus fechos loador;
ca el que mucho se alaba de sí mismo es denostador.

Non seas mal desiente, nin seas enbidioso;
a la muger que es cuerda non le seas çeloso;
si algo nol provares, nol seas despechoso;
non seas de su algo pedidor codiçioso.

Ante ella non alabes otra de paresçer,
ca en punto la farás luego entristeçer;
cuidará que a la otra querrías ante vençer;
poder te ía tal achaque tu pleito enpeesçer.

119

De otra muger non le digas, mas a ella alaba;
el trebejo, dueña non lo quiere en otra aljaba;
rrasón de fermosura en ella la alaba;
quien contra esto faze, tarde o non recabda.

Non le seas mintroso, sey le muy verdadero;
quando juegas con ella, non seas tú parlero.
Do te fablare de amor, sey tú plasentero,
ca el que calla e aprende, éste es mansellero.

Ante otros de açerca tú mucho non la cates;
non le fagas señales, a ti mismo non mates;
ca muchos lo entienden que lo provaron antes;
de lexos algarea quedo, non te arrebates.

Sey commo la paloma, linpio e mesurado;
sey commo el pavón, loçano, sosegado;
sey cuerdo e non sañudo, nin triste nin irado;
en esto se esmera el que es enamorado.

De una cossa te guarda, quando amares una:
non te sepa que amas otra muger alguna;
si non, todo tu afán es sonbra de luna,
e es como quien sienbra en río o en laguna.

Pienssa si consintirá tu cavallo tal freno,
que tu entendedera amase a frey Moreno;
pues piensa por ti mesmo e cata bien tu seno,
e por tu coraçón judgarás el ajeno.

Sobre todas las cosas fabla de su bondat;
non te alabes d'ella, que es grand torpedat;
muchos pierden la dueña por dezir neçedat;
que quier que por ti faga, tenlo en poridat.

Si mucho le ençelares, mucho fará por ti;
do fallé poridat, de grado departí;
de omne mesturero nunca me entremetí;
a muchos de las dueñas por esto los partí.

Como tiene tu estómago en sí mucha vianda,
tenga la poridat, que es mucho más blanda;
Catón, sabio romano, en su libro lo manda:
diz que la poridat en buen amigo anda.

Travando con sus dientes descúbrese la çarça:
echan la de la viña, de la huerta e de la haça;
alçando el cuello suyo descobre se la garça;
buen callar çient sueldos val en toda plaça.

A muchos faze mal el omne mesturero:
a muchos desayuda, e a sí de primero;
rresçelan dél las dueñas e dan le por fazañero;
por mala dicha de uno pierde todo el tablero.

Por un mur muy pequeño que poco queso priso,
diçen luego: «Los mures han comido el queso.»
Sea él mal andante, sea él mal apresso,
quien a sí e a muchos estorva con mal sesso.

De tres cossas que le pidas a la muger falaguera,
darte ha la segunda si le guardas la primera;
si las dos bien guardares, tuya es la terçera;
non pierdas a la dueña por tu lengua parlera.

Si tú guardar sopieres esto que te castigo,
cras te dará la puerta quien te oy çierra el postigo;
la que te oy desama cras te querrá amigo;
faz consejo de amigo, fuye de loor de enemigo.

Mucho más te diria si podiese aqui estar;
mas tengo por el mundo otros muchos de pagar;
pésales por mi tardança, a mi pessa del vagar;
castiga te castigando, e sabrás a otros castigar.

Yo, Johan Ruiz, el sobre dicho arçipreste de Hita,
pero que mi coraçón de trobar non se quita,
nunca fallé tal dueña como a vós Amor pinta,
nin creo que la falle en toda esta cohita.

XXXIX

DE CÓMO EL AMOR SE PARTIÓ DEL ARÇIPRESTE E DE CÓMO DONA VENUS LO CASTIGÓ

Partióse Amor de mí e dexó me dormir.
Desque vino el alva començé de comedir
en lo que me castigó, e por verdat dezir,
fallé que en sus castigos sienpre usé bevir.

Maravilléme mucho, desque en ello penssé,
de commo en servir dueñas todo tienpo non cansé;
mucho las guardé sienpre, nunca me alabé.
¿Quál fue la raçón negra por que non recabdé?

Contra mi coraçón yo mesmo me torné;
porfiando le dixe: «Agora yo te porné
con dueña falaguera, e desta vez terné
que si bien non abengo, nunca más aberné.»

Mi coraçón me dixo: «Fazlo e recabdarás.
Si oy non recabdares, torna y luego cras;
lo que en muchos días acabado non as,
quando tú non coidares, a otra ora lo avrás.»

122

Fasaña es usada, proverbio non mintroso:
«Más val rato acuçioso que día peresoso.»
Partí me de tristesa, de cuidado dañoso;
busqué e fallé dueña de qual só deseoso.

De talla muy apuesta, de gestos amorosa,
doñegil, muy loçana, plasentera e fermosa,
cortés e mesurada, falagera, donosa,
graçiosa e risueña, amor de toda cosa.

La más noble figura de quantas yo aver pud:
biuda, rica es mucho, e moça de juventud,
e bien acostunbrada, es de Calataút;
de mí era vesina, mi muerte e mi salut.

Fija de algo en todo e de alto linaje,
poco salié de casa, segunt lo an de usaje.
Fui me a doña Venus, que le levase mensaje,
ca ella es comienço e fin deste viaje.

Ella es nuestra vida e ella es nuestra muerte:
enflaqueçe e mata al resio e al fuerte;
por todo el mundo tiene grant poder e suerte;
todo por su consejo se fará adó apuerte.

Señora doña Venus, muger de don Amor,
noble dueña, omíllome yo, vuestro servidor;
de todas cosas sodes vós e el Amor señor;
todos vos obedesçen commo a su fasedor.

Reys, duques e condes, e toda criatura,
vos temen e vos sirven commo a vuestra fechura.
Conplit los mis deseos e dat me dicha e ventura;
non me seades escasa, nin esquiva nin dura.

Non vos pidré grant cosa para vós me la dar,
pero a mí cuitado es me grave de far;
sin vós yo non la puedo començar nin acabar;
yo seré bien andante por lo vós otorgar.

So ferido e llagado, de un dardo só perdido:
en el coraçón lo trayo ençerrado e ascondido.
Non oso mostrar la laga, matar me a si la olvido,
e aun desir on oso el nonbre de quien me a ferido.

La llaga non se me dexa a mí catar nin ver;
ende mayores peligros espero que an de seer;
reçelo he que mayores dapños me podrán recreçer;
física nin melesina non me puede pro tener.

¿Quál carrera tomaré que me non vaya matar?
¡Cuitado yo! ¿Qué faré, que non la puedo yo catar?
Derecha es mi querella, rasón me fase cuitar,
pues que non fallo consejo nin qué me pueda prestar.

E por que muchas de cosas me enbargan e enpeçen,
he de buscar muchos cobros segunt que me pertenesçen;
las artes muchas vegadas ayudan, oras fallesçen;
por las artes biven muchos, por las artes peresçen.

Si se descubre mi llaga, quál es, dónde fue venir,
si digo quien me ferió, puedo tanto descobrir
que perderé melesina so esperança de guarir;
la esperança con conorte sabes a las veses fallir.

E si encubre del todo su ferida e su dolor,
si ayuda non demanda por aver salut mijor,
por ventura me vernía otro peligro peor:
morría de todo en todo; nunca vi cuita mayor.

Mijor es mostrar el omne su dolençia e su quexura
al menge e al buen amigo, quel darán por aventura
melesina e consejo por do pueda aver folgura,
que non el morir sin dubda e bevir en grant rencura.

El fuego más fuerte quexa ascondido, encobierto,
que non quando se derrama esparsido e descobierto;
pues éste es camino más seguro e más çierto,
en vuestras manos pongo el mi coraçón abierto.

Doña Endrina, que mora aquí en mi vezindat,
de fermosura e donaire e de talla e de beldat
sobra e vençe a todas quantas ha en la çibdat;
si el amor non me engaña, yo vos digo la verdat.

Esta dueña me ferió de saeta enarbolada;
atraviesa me el coraçón, en él la tengo fincada;
con toda la mi grant fuerça non puede ser arrancada;
la llaga va creziendo, del dolor non mengua nada.

A persona deste mundo yo non la oso fablar,
por que es de grand linaje e dueña de grand solar;
es de mejores parientes que yo, e de mejor lugar;
en le dezir mi deseo non me oso aventurar.

Con arras e con dones ruegan le cassamientos:
menos los preçia todos que a dos viles sarmientos;
adó es el grand linaje, aí son los alçamientos;
adó es el mucho algo, son los desdeñamientos.

Rica muger e fija de un porquerizo vil
escogerá marido qual quisiere entre dos mill.
Pues ansí aver non puedo a la dueña gentil,
aver la he por trabajo e por arte sotil.

Todas aquestas noblezas me la fazen querer;
por aquesto a ella non me oso atrever;
otro cobro non fallo que me pueda acorrer
si non vós, doña Venus, que lo podedes fazer.

Atrevíme con locura e con amor afincado:
muchas vezes ge lo dixe, que finqué mal denostado;
non me preçiava nada; muerto me trae, coitado;
si non fuese tan mi vezina, non sería tan penado.

Quanto más está omne al grand fuego allegado,
tanto muy más se quema que quando está alongado;
tanto mal non me sería si d'ella fuese arredrado;
así, señora doña Venus, sea de vós ayudado.

Ya sabedes nuestros males e nuestras penas parejas;
sabedes nuestros peligros, sabedes nuestras consejas.
¿Non me dades respuesta, nin me oyen vuestras orejas?
Oít me vós mansamente las mis coítas sobejas.

¿Non veen los vuestros ojos la mi triste catadura?
¡Tirat de mi coraçón tal saeta e tal ardura!
¡Conortad me esta llaga con juegos e folgura!;
¡Que non vaya sin conorte mi llaga e mi quexura!

¿Qual es la dueña del mundo tan brava e tan dura
que al su servidor non le faga mesura?
Afinco vos pidiendo con dolor e tristura;
el grand amor me faze perder salud e cura.

El color he ya perdido, mis sesos desfalleçen;
la fuerça non la tengo, mis ojos non paresçen;
si vós non me valedes, mis mienbros enflaquesçen.
Respondió doña Venus: «Los servidores vençen.

Ya fuste conssejado del Amor, mi marido:
dél en muchas maneras fuste aperçebido;
por que le fuste sañudo, con tigo poco estudo;
de lo quél non te dixo de mí te será repetido.

Si algo por ventura de mí te fuere mandado
de lo que mi marido te ovo conssejado,
serás dello más çierto, irás más segurado;
mejor es el consejo de muchos acordado.

Toda muger que mucho otea o es risueña,
dil sin miedo tus deseos, non te enbargue vergüeña;
apenas de mill una te lo niegue, mas desdeña;
amarte ha la dueña, que en ello pienssa e sueña.

Sírvela, non te enojes, sirviendo el amor creçe;
serviçio en el bueno nunca muere nin pereçe;
si se tarda, non se pierde, el amor non falleçe;
el grand trabajo sienpre todas las cosas vençe.

El amor leó a Ovidio en la escuela,
que non ha muger en el mundo, nin grande nin moçuela,
que trabajo e serviçio non la traya al espuela,
que tarde o que aína, crey que de ti se duela.

Non te espantes d'ella por su mala respuesta:
con arte o con serviçio ella la dará apuesta;
que siguiendo e serviendo en este coidado es puesta;
el omne mucho cavando la grand pena acuesta.

Si la primera onda de la mar airada
espantase al marinero, quando viene torbada,
nunca en la mar entrarié con su nave ferrada;
non te espante la dueña la primera vegada.

Jura muy muchas vezes el caro vendedor
que non da la merchandía si non por grand valor;
afincándole mucho el artero conprador,
lieva la merchandía por el buen corredor.

Sírvela con grand arte e mucho te achaca:
el can que mucho lame sin dubda sangre saca;
maestría e arte de fuerte faze flaca;
el conejo por maña doñea a la vaca.

A la muela pesada de la peña mayor,
maestría e arte la arrancan mejor;
anda por maestría ligera enderedor:
moverse ha la dueña por artero servidor.

Con arte se quebrantan los coraçones duros;
tómanse las çibdades, derríbanse los muros,
caen las torres altas, alçánse pesos duros;
por arte juran muchos e por arte son perjuros.

Por arte los pescados se toman so las ondas,
e los pies bien enxutos corren por mares fondas;
con arte e con ofiçio muchas cosas abondas;
por arte non ha cosa a que tú non respondas.

Omne pobre con arte pasa con chico ofiçio;
el arte al culpado salva lo del malefiçio;
el que llorava pobre canta rico en viçio;
façe andar de cavallo al peón el serviçio.

Los señores irados de manera estraña,
por el mucho serviçio pierden la mucha saña;
con buen serviçio vençen cavalleros de España;
pues vençer se la dueña non es cosa tan maña.

Non pueden dar los parientes al pariente por herençia
el mester e el oficio, el arte e la sabiençia;
nin pueden dar a la dueña el amor e la querençia;
todo esto da el trabajo, el uso e la femençia.

Maguer te diga de non, e aun que se ensañe,
non canses de seguir la, tu obra non se dañe;
faziendo le serviçio tu coraçón se bañe
non puede ser ques non mueva canpana que se tañe.

Con aquesto podrás a tu amiga sobrar:
la que te era enemiga mucho te querrá amar.
Los logares a do suele cada día usar,
aquellos deves tú mucho a menudo andar.

Si vieres que ay lugar, di le jugetes fermosos,
palabras afeitadas con gestos amorosos;
con palabras muy dulçes, con dezires sabrosos,
creçen mucho amores, e son más deseossos.

Quiere la mançebía mucho plazer con sigo;
quiere la muger al omne alegre por amigo;
al sañudo e al torpe non lo preçia un figo;
tristeza e renzilla paren mal enemigo.

El alegría al omne faze lo apuesto e fermoso,
más sotil e más ardit, más franco e más donoso;
non olvides los sospiros, en esto sey engañoso.
Non seas mucho parlero, non te tenga por mintroso.

Por una pequeña cosa pierde amor la muger,
e por pequeña tacha que en ti podría aver
tomará grand enojo, que te querrá aborresçer;
a ti mesmo contesçió e a otros podrá acaesçer.

Adó fablares con ella, si vieres que ay lugar,
un poquillo como a miedo non dexes de jugar;
muchas vezes cobdiçia lo que te va negar;
darte ha lo que non coídas, si non te das vagar.

Toda muger los ama, omnes aperçebidos:
más desea tal omne que todos bienes conplidos;
han muy flacas las manos, los calcañares podridos;
lo poco e lo mucho, fázenlo como amidos.

Por mejor tiene la dueña de ser un poco forçada,
que dezir: "Faz tu talente", como desvergonçada;
con poquilla de fuerça finca más desculpada;
en todas las animalias ésta es cosa provada.

Todas las fenbras han en sí estas maneras;
al comienço del fecho sienpre son referteras;
muestran que tienen saña e son muy regateras;
amenazan, mas non fieren; en çelo son arteras.

Maguer que faze bramuras la dueña que se doñea,
nunca el buen doñeador por esto enfaronea;
la muger bien sañuda e quel omne bien guerrea,
los doñeos la vençen, por muy brava que sea.

El miedo e la vergüença faze a las mugeres
non fazer lo que quieren, bien como tú lo quieres;
non finca por non querer; cada que podieres,
toma de la dueña lo que d'ella quisieres.

De tuyo o de ageno ve le bien apostado;
guarda non lo entienda que lo lievas prestado,
que non sabe tu vezino lo que tienes condesado;
encubre tu pobreza con mentir colorado.

El pobre con buen seso, e con cara pagada,
encubre su pobreza e su vida lazrada;
coge sus muchas lágrimas en su boca çerrada;
más val que fazer se pobre a quien nol dará nada.

Las mentiras a las devezes a muchos aprovecha;
la verdat a las de vezes muchos en daño echa;
muchos caminos ataja desviada estrecha;
ante salen a la peña que por carrera derecha.

Quando vieres algunos de los de su conpaña,
fazles muchos plazeres, fáblales bien con maña;
quando esto oye la dueña, su coraçón se baña:
servidor lijongero a su señor engaña.

Adó son muchos tizones e muchos tizonadores,
mayor será el fuego e mayores los ardores;
adó muchos le dixieren tus bienes e tus loores,
mayor será tu quexa et sus desseos mayores.

En quanto están ellos de tus bienes fablando,
luego está la dueña en su coraçón penssando
si lo fará o non, en esto está dubdando;
desque vieres que dubda, ve la tú afincando.

Si nol dan de las espuelas al cavallo farón,
nunca pierde faronía, nin vale un pepión;
asno coxo quando dubda, corre con el aguijón;
a muger que está dubdando afinque la el varón.

Desque están dubdando los omnes qué han de fazer,
poco trabajo puede sus coraçones vençer;
torre alta, desque tienbla, non ay si non caer;
la muger que está dubdando ligera es de aver.

Si tiene madre vieja tu amiga de beldat,
non la consintirá fablar con tigo en poridat;
es de la mançebía çelosa la vejedat;
sábelo e entiéndelo por la antigüedat.

Mucho son mal sabidas estas viejas riñosas;
mucho son de las moças guardaderas çelosas;
sospechan e barruntan todas aquestas cosas;
bien sabe las paranças quien pasó por las losas.

Por ende busca una buena medianera,
que sepa sabiamente andar esta carrera,
que entienda de vós anbos bien la vuestra manera;
qual don Amor te dixo, tal sea la trotera.

Guárdate non la tengas la primera vegada;
non acometas cosa por que finque espantada;
sin su plazer non sea tañida nin trexnada;
una vez echa le çevo, que venga segurada.

Asaz te he ya dicho, non puedo más aquí estar;
luego que tú la vieres, comiénçal de fablar;
mill tienpos e maneras podrás después fallar;
el tienpo todas cosas trae a su lugar.

Amigo, en este fecho, ¿qué quieres más que te diga?
Sey sotil e acuçioso e avrás tu amiga;
non quiero aquí estar: quiero me ir mi vía.»
Fue se doña Venus, a mí dexó en fadiga.

Se le conortan, non lo sanan al doliente los joglares;
el dolor creçe e non mengua oyendo dulçes cantares;
consejó me doña Venus, mas non me tiró pesares;
ayuda otra non me queda si non lengua e parlares.

Amigos, vo a grand pena e só puesto en la fonda;
vo a fablar con la dueña, quiera Dios que bien me responda;
puso me el marinero aína en la mar fonda;
dexóme solo e señero, sin remos con la brava onda.

¡Coitado! ¿Si escaparé? Grand miedo he de ser muerto.
Oteo a todas partes e non puedo fallar puerto;
toda la mi esperança e todo el mi confuerto
está en aquélla sola que me trae penado e muerto.

Ya vo razonar con ella, quiérol dezir mi quexura,
por que por la mi fabla venga a fazer mesura;
deziendo le de mis coítas, entenderá mi rencura;
a vezes de chica fabla viene mucha folgura.

XL

AQUÍ DIZE DE CÓMO FUE FABLAR
CON DOÑA ENDRINA EL ARÇIPRESTE

¡Ay, Dios, e quán fermosa viene doña Endrina por la plaça!
¡Qué talle, qué donaire, qué alto cuello de garça!
¡Qué cabellos, qué boquilla, qué color, qué buen andança!
Con saetas de amor fiere quando los sus ojos alça.

Pero tal lugar non era para fablar en amores:
a mí luego me venieron muchos miedos e tenblores;
los mis pies e las mis manos non eran de sí señores;
perdí seso, perdí fuerça, mudáronse mis colores.

Unas palabras tenía pensadas por le dezir;
el miedo de las conpañas me façían al departir;
apenas me conosçía, nin sabía por dó ir;
con mi voluntat mis dichos nin se podían seguir.

Fablar con muger en plaça es cosa muy descobierta:
a bezes mal perro atado tras mala puerta abierta;
bueno es jugar fermoso, echar alguna cobierta;
adó es lugar seguro, es bien fablar cosa çierta.

Señora, la mi sobrina que en Toledo seía,
se vos encomienda mucho, mill saludes vos enbía;
si oviés lugar e tienpo, por quanto de vós oía,
desea vos mucho ver, e conosçer vos querría.

Querían allá mis parientes cassar me en esta saçón
con una donçella muy rica, fija de don Pepión;
a todos dí por respuesta que la non quería, non;
de aquella sería mi cuerpo que tiene mi coraçón.

Abaxé más la palabra, díxel que en juego fablava,
por que toda aquella gente de la plaça nos mirava.
Desque ví que eran idos, que omne aí non fincava,
començél dezir mi quexura del amor que me afincava.

....

....

... otro non sepa la fabla, d'esto jura fagamos;
do se çelan los amigos, son más fieles entramos.

En el mundo non es cosa que yo ame a par de vós;
tienpo es ya pasado de los años más de dos
que por vuestro amor me pena. ¡Amo vos más que a Dios!
Non oso poner persona que lo fable entre nós.

Con la grant pena que paso, vengo a vos desir mi quexa:
vuestro amor e deseo, que me afinca e me aquexa,
nos "me tira, nos" me parte, non me suelta, non me dexa;
tanto más me da la muerte quanto más se me alexa.

Reçelo he que non me oídes esto que vos he fablado;
fablar mucho con el sordo es mal seso e mal recabdo;
cret que vos amo tanto que non é mayor cuidado;
esto sobre todas cosas me traye más afincado.

Señora, yo non me atrevo desir vos más rasones,
fasta que me respondades a estos pocos sermones;
desit me vuestro talante, veremos los coraçones.
Ella dixo: «Vuestros dichos non los preçio dos piñones.»

Bien así engañan muchos a otras muchas Endrinas;
el omne tan engañoso así engaña a sus vesinas;
non cuidedes que só loca por oir vuestras parlillas;
buscat a quien engañedes con vuestras falsas espinas.

Yo le dixe: «Ya sañuda, anden fermosos trebejos;
son los dedos en las manos, pero non son todos parejos;
todos los omnes non somos de unos fechos nin consejos;
la peña tienen blanco e prieto, pero todos son conejos.»

A las vegadas lasran justos por pecadores;
a muchos enpeesçen los ajenos errores;
fas mal culpa de malo a buenos e a mejores;
deven tener la pena a los sus fasedores.

El yerro que otro fiso a mi non faga mal:
avet por bien que vos fable alli so aquel portal;
non nos vean aquí todos los que andan por la cal;
aquí vos fablé uno, allí vos fablaré ál.

Paso a paso doña Endrina so el portal es entrada,
bien loçana e orgullosa, bien mansa e sosegada;
los ojos baxo por tierra, en el poyo asentada.
Yo torné en la mi fabla que tenía començada.

Escúcheme, señora, la vuestra cortesía,
un poquillo que vos diga la muerte mía.
Cuidades que vos fablo en engaño e en folía,
e non sé qué me faga contra vuestra porfía.

A Dios juro, señora, para aquesta tierra,
que quanto vos he dicho de la verdat non yerra;
estades enfriada más que la nief de la sierra,
e sodes atán moça que esto me atierra.

Fablo en aventura con la vuestra moçedat;
cuidades que vos fablo lisonja e vanidat;
non me puedo entender en vuestra chica hedat;
querriedes jugar con la pella más que estar en poridat.

Pero sea más noble para plasentería
e para estos juegos hedat e mançebía,
la vegedat en seso lieva la mejoría;
a entender las cosas el grand tienpo la guía.

A todas las cosas fase el grand uso entender;
el arte e el uso muestra todo el saber;
sin el uso e arte ya se va pereçer;
do se usan los omnes pueden se connocer.

Id e venit a la fabla otro día, por mesura,
pues que oy non me creedes, o non es mi ventura;
it e venid a la fabla: esa creençia atán dura,
usando oir mi pena, entenderedes mi quexura.

Otorgatme, ya señora, aquesto de buena miente,
que vengades otro día a la fabla sola miente;
yo pensaré en la fabla e sabré vuestro talente;
ál non oso demandar vos, venid seguramente.

Por la fabla se conosçen los más de los coraçones;
yo entenderé de vós algo e oiredes las mis rasones.
It e venit a la fabla, que mugeres e varones
por las palabras se conosçen e son amigos e conpañones.

Pero que omne non coma nin comiençe la mançana,
es la color e la vista alegria palançiana;
es la fabla e la vista de la dueña tan loçana
al omne conorte grande e plasentería bien sana.

Esto dixo doña Endrina, esta dueña de prestar:
Onrra es e non desonrra en cuerda miente fablar;
las dueñas e las mugeres deven su respuesta dar
a qual quiere que las fablare o con ellas rasonare.

Quanto esto vos otorgo, a vós o a otro qual quier:
fablat vós, salva mi onrra, quanto fablar vos quisier;
de palabras en juego diré las si las oyere;
non vos consintré engaño cada que lo entendiere.

Estar sola con vós solo, esto yo non lo faría;
non deve la muger estar sola en tal conpañía;
naçe dende mala fama; mi desonrra sería.
Ante testigos que nos veyan fablar vos he algund día.

Señora, por la mesura que agora prometedes,
non sé graçias que lo valan quantas vós mereçedes;
a la merçed que agora de palabra me fasedes
egualar non se podrían ningunas otras mercedes.

«Pero fío de Dios que aun tienpo verná
que quál es el buen amigo por las obras paresçerá;
querría fablar —non oso— tengo que vos pesará...
Ella dixo: "Pues desildo, e veré qué tal será."»

«Señora, que me prometades de lo que de amor queremos,
que si oviere lugar e tienpo, quando en uno estemos,
segund que lo yo deseo, vós e yo nos abraçemos.
Para vós, non pido mucho, ca con esto pasaremos.»

Esto dixo doña Endrina: «Es cosa muy provada
que por sus besos la dueña finca muy engañada;
ençendemiento grande pone el abraçar al amada;
toda muger es vençida desque esta joya es dada.

Esto yo non vos otorgo salvo la fabla, de mano.
Mi madre verná de misa, quiero me ir de aqui tenprano;
non sospeché contra mí que ando con seso vano;
tienpo verná que podremos fablarnos, vós e yo, este

[verano.»

Fuese la mi señora de la fabla su vía.
Desque yo fue naçido nunca vi mejor día,
solás tan plasentero e tan grande alegría;
quísome Dios bien guiar e la ventura mía.

Cuidados muchos me quexan a que non fallo consejo:
si mucho uso la dueña con palabras de trebejo,
puede seer tanta la fama que salrría a conçejo;
así perdería la dueña, que será pesar sobejo.

Si la non sigo, non uso, el amor se perderá:
si veye que la olvido, ella otro amará;
el amor con uso creçe, desusando menguará;
do la muger olvidares, ella te olvidará.

Do añadieres la leña, creçe sin dubda el fuego;
si la leña se tirare, el fuego menguará luego;
el amor e la bien querençia creçe con usar juego;
si la muger olvidares, poco preçiará tu ruego.

Cuidados tan departidos creçen me de cada parte:
con pensamientos contrarios el mi coraçón se parte,
e a la mi mucha cuita non sé consejo nin arte;
el amor, do está firme, todos los miedos departe.

Muchas vezes la ventura, con su fuerça e poder,
a muchos omnes non dexa su propósito fazer;
por esto anda el mundo en levantar e en caer;
Dios e el trabajo grande pueden los fados vençer.

Ayuda la ventura al que bien quiere guiar,
e a muchos es contraria, puede los mal estorvar;
el trabajo e el fado suelen se aconpañar;
pero sin Dios todo esto non puede aprovechar.

Pues que sin Dios non puede prestar cosa que sea,
Él guíe la mi obra, él mi trabajo provea,
por que el mi coraçón vea lo que dessea;
el que «amén» dixiere lo que cobdiçia lo vea.

Hermano nin sobrino non quiero por ayuda;
quando aquel fuego viene, todo coraçón muda;
uno a otro non guarda lealtad, nin la cuda;
amigança, debdo e sangre, la muger lo muda.

El cuerdo con buen seso pensar deve las cosas:
escoja las mejores e dexe las dañosas;
para mensajería, personas sospechosas
nunca son a los omnes buenas nin provechosas.

Busqué trotaconventos qual me mandó el amor;
de todas las maestras escogí la mejor;
Dios e la mi ventura, que me fue guiador,
açerté en la tienda del sabio corredor.

Fallé una tal vieja qual avia menester:
artera e maestra e de mucho saber:
doña Venus por Pánfilo non pudo más fazer
de quanto fizo aquésta por me fazer plazer.

Era vieja buhona destas que venden joyas:
éstas echan el laco, éstas cavan las foyas;
non ay tales maestras commo estas viejas troyas;
éstas dan la maçada —si as orejas, oyas.

Como lo han de uso estas tales buhonas,
andar de casa en casa vendiendo muchas donas,
non se reguardan d'ellas, están con las personas;
fazen con el mucho viento andar las atahonas.

Desque fue en mi casa esta vieja sabida,
dixe le: «Madre señora, tan bien seades venida;
en vuestras manos pongo mi salud e mi vida;
si vós non me acorredes, mi vida es perdida.»

Oí dezir de vós sienpre mucho bien e aguisado,
de quantos bienes fazedes al que a vós viene coitado,
como ha bien e ayuda quien de vós es ayudado;
por la vuestra buena fama yo he por vós enbiado.

Quiero fablar con vusco bien en como penitençia:
toda cosa que vos diga oíd la en paçiençia.
Si non vós, otro non sepa mi quexa e mi dolençia.
Diz la vieja. «Pues dezid lo, e aved en mi creençia.

Conmigo seguramente vuestro coraçón fablad;
faré por vós quanto pueda, guardar vos he lealtat;
ofiçio de corredores es de mucha poridat:
más encubiertas encobrimos que mesón de vezindat.

Si a quantas desta villa nós vendemos las alfajas
sopiesen unos de otros, muchas serían las barajas;
muchas bodas ayuntamos, que vienen a repantajas;
muchos panderos vendemos que non suenan las sonajas.»

Yo le dixe: «Amo una dueña sobre quantas yo vi;
ella, si me non engaña, paresçe que ama a mí.
Por escusar mill peligros, fasta oy lo encubrí;
toda cosa deste mundo temo mucho e temí.

De pequeña cosa nasçe fama en la vezindat;
desque nasçe tarde muere, maguer non sea verdat;
sienpre cada día cresçe con enbidia e falsedat;
poca cosa le enpeçe al mesquino en mesquindat.

Aquí es bien mi vezina: ruego vos que allá vayades,
e fablad entre nós anbos, lo mejor que entendades;
encobrid todo aquesto lo más mucho que podades;
açertad aqueste fecho, pues que vierdes las voluntades.»

Dixo: «Yo iré a su casa de esa vuestra vezina,
e le faré tal escanto e le daré tal atalvina
por que esa vuestra llaga sane por mi melezina.
Dezidme, ¿quién es la dueña?» Yo le dixe: «Doña Endrina.»

Díxome que esta dueña era bien su conosçienta.
Yo le dixe: «Por Dios amiga, guardat vos de sobervienta.»
Ella diz: «Pues fue casada, creed que se non arrepienta,
que non ay mula de alvarda que la troxa non consienta.

La çera que es mucho dura e mucho brozna e elada,
desque ya entre las manos una vez está maznada,
después con el poco fuego cient vezes será doblada;
doblarse ha toda dueña que sea bien escantada.

Miénbrese vos, buen amigo, de lo que dezir se suele:
que çivera en molino, el que ante viene muele;
mensaje que mucho tarda a muchos omnes desmuele;
el omne aperçebido nunca tanto se duele.

Amigo, non vos durmades, que la dueña que dezides,
otro quiere casar con ella, pide lo que vós pedides.
Es omne de buen linaje, viene donde vós venides.
Vayan ante vuestros ruegos que los ajenos conbites.

Yo lo trayo estorvando, por quanto non lo afinco,
ca es omne muy escaso, pero que es muy rico:
mandó me por vestuario una piel e un pellico;
dio me lo tan bien parado que nin es grande nin chico.

El presente que se da luego, si es grande de valor,
quebranta leyes e fueros e es del derecho señor;
a muchos es grand ayuda, a muchos estorvador;
tienpo ay que aprovecha, e tienpo ay que faz peor.

Esta dueña que dezides mucho es en mi poder:
si non por mí, non la puede omne del mundo aver;
yo se toda su fazienda e quanto ha de fazer;
por mi consejo lo faze, más que non por su querer.

Non vos diré más razones, que asaz vos he fablado;
de aqueste ofiçio bivo, non he de otro coidado:
muchas vezes he tristeza del lazerio ya pasado,
por que me non es agradesçido, nin me es gualardonado.

Si me diéredes ayuda de que passe algún poquillo,
a esta dueña e a otras moçetas de cuello albillo
yo faré con mi escanto que se vengan paso a pasillo;
en aqueste mi farnero las traeré al sarçillo.»

Yo le dixe: «Madre señora, yo vos quiero bien pagar,
el mi algo e mi casa a todo vuestro mandar;
de mano tomad pellote e id, nol dedes vagar;
pero ante que vayades, quiero vos yo castigar.

Todo el vuestro cuidado sea en aqueste fecho:
trabajat en tal manera por que ayades provecho;
de todo vuestro trabajo avredes ayuda e pecho;
pensat bien lo que fablardes, con seso e con derecho.

Del comienço fasta el cabo, pensat bien lo que digades:
fablad tanto e tal cosa que non vos arrepintades;
en la fin está la onrra e la desonrra, bien creades;
do bien acaba la cosa allí son todas bondades.

Mejor cosa es al omne, al cuerdo e al entendido,
callar do non le enpeçe e tienen le por sesudo,
que fablar lo que non le cunple, por que sea arrepentido;
o pienssa bien lo que fablas, o calla, faz te mudo.»

La buhona con farnero va taniendo cascaveles,
meneando de sus joyas, sortijas e alheleles;
dezía: «Por fazalejas conprad aquestos manteles.»
Vido la doña Endrina, dixo: «Entrad, non reçeledes.»

Entró la vieja en casa, dixo le: «Señora fija,
para esa mano bendicha quered esta sortija.
Si vós non me descobrierdes, dezir vos he una pastija
que penssé aquesta noche.» (Poco a poco la aguija)

«Fija, sienpre estades en casa ençerrada;
sola envejeçedes; quered alguna vegada
salir, andar en la plaça con vuestra beldat loada;
entre aquestas paredes non vos prestará nada.

En aquesta villa mora muy fermosa mançebía:
mançebillos apostados e de mucha loçanía;
en todas buenas costunbres creçen de cada día;
nunca veer pudo omne atán buena conpañía.

Muy bien me resçiben todos, con aquesta pobredat.
El mejor e el más noble de linaje e de beldat
es don Melón de la Uerta, mançebillo de verdat;
a todos los otros sobra en fermosura e bondat.

Todos quantos en su tienpo en esta tierra nasçieron,
en riquezas e en costunbres tanto como él non creçieron;
con los locos fázese loco, los cuerdos dél bien dixieron;
manso más que un cordero, nunca pelear lo vieron.

El sabio vençer al loco con seso non es tan poco:
con los cuerdos estar cuerdo, con los locos fazer se loco;
el cuerdo non eloqueçe por fablar al roça poco;
yo lo piensso en mi pandero muchas veçes que lo toco.

Mançebillo en la villa atal non se fallará:
non estraga lo que gana, mas antes lo guardará;
creo bien que tal fijo al padre semejará;
en el bezerillo verá omne el buey que fará.

El fijo muchas vezes como el padre prueva:
en semejar fijo al padre non es cosa tan nueva;
el coraçón del omne por la obra se prueva;
grand amor e grand saña, non puede ser que non se mueva.

Omne es de buena vida, e es bien acostunbrado;
creo que casaría él con vusco de buen grado;
si vós lo bien sopiésedes quál es e quán preçiado,
vós querríades aquesto que yo vos he fablado.

144

A veçes luenga fabla tiene chico provecho:
quien mucho fabla yerra, dize lo el derecho;
a vezes cosa chica faze muy grand despecho,
e de comienço chico viene granado fecho.

E a vezes pequeña fabla bien dicha, e chico ruego,
obra mucho en los fechos, a vezes recabda luego;
e de chica çentella nasçe grand llama de fuego;
e vienen grandes peleas a vezes de chico juego.

Sienpre fue mi costunbre e los mis pensamientos
levantar yo de mío e mover cassamientos,
fablar como en juego tales somovimientos,
fasta que yo entienda e vea los talentos.

Agora, señora fija, dezit me vuestro coraçón:
esto que vos he fablado, si vos plaze o si non.
Guardar vos he poridat, çelaré vuestra raçón;
sin miedo fablad conmigo todas quantas cosas son.»

Respondióle la dueña con mesura e bien:
«Buena muger, dezid me quál es ése, o quién,
que vós tanto loades, e quántos bienes tien;
yo penssaré en ello, si para mí convien.»

Dixo Trotaconventos: «¿Quien es, fija señora?
Es aparado bueno que Dios vos traxo agora:
mançebillo guisado, en vuestro barrio mora,
don Melón de la Uerta. ¡Queredlo en buen ora!

Creedme, fija señora, que quantos vos demandaron,
a par deste mançebillo ningunos non llegaron;
el día que vós nasçistes fadas alvas vos fadaron,
que para esse buen donaire atal cosa vos guardaron.»

Dixo doña Endrina: «Callad ese predicar,
que ya esse parlero me coidó engañar:
muchas otras vegadas me vino a retentar;
mas de mí él nin vós non vos podredes alabar.

La muger que vos cree las mentiras parlando,
e cree a los omnes con amores jurando,
sus manos se contuerçe, del coraçón travando,
que mal se lava la cara con lágrimas llorando.

Déxame de tus roídos, que yo tengo otros coidados,
de muchos que me tienen los mis algos forçados;
non me viene en miente desos malos recabdos,
nin te cunple agora dezirme esos mandados.»

«A la fe», dixo la vieja, «desque vos veen biuda,
sola, sin conpañero, non sodes tan temida;
es la biuda tan sola más que vaca corrida;
por ende aquel buen omne vos ternía defendida.

Este vos tiraría de todos esos pelmazos,
de pleitos e de afruentas, de vergüenças e de plazos;
muchos dizen que coídan parar vos tales lazos,
fasta que non vos dexen en las puertas llumazos.

Guardat vos mucho d'esto, señora doña Endrina;
si non, contesçer vos puede a vós mucho aína
commo al abutarda, quando la golondrina
le dava buen consejo, commo buena madrina.»

XLI

ENXIENPLO DE LA ABUTARDA
E DE LA GOLONDRINA

Érase un caçador, muy sotil paxarero;
fue senbrar cañamones en un viçioso ero,
para fazer sus cuerdas e sus lazos el redero;
andava el abutarda çerca en el sendero.

Dixo la golondrina a tórtolas e a pardales,
e más al abutarda, estas palabras tales:
«Comed aquesta semiente de aquestos eriales,
que es aquí senbrada por nuestros grandes males.»

Fezieron grande escarnio de lo que les fablava;
dixieron que se fuese, que locura chirlava.
La semiente nasçida, vieron como regava
el caçador el cáñamo e non las espantava.

Tornó la golondrina e dixo al abutarda
que arrancase la yerva, que era ya pujada;
que quien tanto la riega e tanto la escarda
por su mal lo fazía, maguera que se tarda.

Dixo el abutarda: «¡Loca, sandía, vana!
Sienpre estás chirlando locura de mañana;
non quiero tu consejo; vete para villana,
dexa me en esta vega tan fermosa e tan llana.»

Fuese la golondrina a casa del caçador:
fizo allí su nido quanto pudo mejor;
commo era gritadera e mucho gorjeador,
plogo al paxarero, que era madrugador.

Cogido ya el cáñamo e fecha la parança,
fue se el paxarero, commo solía a caça;
prendió al abutarda, levó la a la plaça;
dixo la golondrina: «Ya sodes en pelaça.»

Luego los ballesteros pelaron le las alas:
non le dexaron péñolas, si non chicas e ralas;
non quiso buen consejo, cayó en fuertes palas.
Guardat vos doña Endrina destas paranças malas.

Que muchos se ayuntan e son de un consejo,
por astragar lo vuestro e fazer vos mal trebejo;
juran que cada día vos levarán a conçejo;
commo al abutarda, vos pelarán el pellejo.

Mas éste vos defenderá de toda esta contienda:
sabe de muchos pleitos, e sabe de leyenda;
ayuda e deffiende a quien se le encomienda;
si él non vos defiende, non sé quien vos defienda.

Començó su escanto la vieja coitral:
«Quando el que buen siglo aya seía en este portal,
dava sonbra a las casas, e relusié la cal;
mas do non mora omne la casa poco val.

Así estades, fija, biuda e mançebilla,
sola e sin conpañero, commo la tortolilla;
deso creo que estades amariella e magrilla,
que do son todas mugeres, nunca mengua rensilla.

Dios bendixo la casa do el buen omne cría;
sienpre an gasajado, plaser e alegría;
por ende tal mançebillo para vós lo querría;
ante de muchos días veriedes la mejoría.»

Respondióle la dueña, diz: «Non me estaría bien
casar ante del año, que a biuda non convien,
fasta que pase el año de los lutos que tien,
casarse, ca el luto con esta carga vien.

Si yo ante casase, sería enfamada:
perdería la manda que a mí es mandada;
del segundo marido non sería tan onrrada;
ternié que non podría sofrir grand tenporada.»

«Fija», dixo la vieja, «el año ya es pasado;
tomad aqueste marido por omne e por velado.
Andemos lo, fablemos lo, tengamos lo çelado.
¡Hado bueno que vos tienen vuestras fadas fadado!

¿Qué provecho vos tien vestir ese negro paño,
andar envergonçada e con mucho sosaño?
Señora, dexar duelo e faset el cabo de año;
nunca la golondrina mejor consejó ogaño.

Xergas por mal señor, burel por mal marido,
a cavalleros e a dueñas es provecho vestido;
mas deven lo traer poco e faser chico roído;
grand plaser e chico duelo es de todo omne querido.»

Respondió doña Endrina: «Dexat; non osaría
faser lo que me desides, nin lo que él querría.
Non me digas agora más desa ledanía;
non me afinques tanto luego el primero día.

Yo non quise fasta agora mucho huen casamiento
que quantos me rogaron; sabes tú más de çiento.
Si agora tú me sacas de buen entendimiento...
....

Assentóse el lobo, estudo atendiendo:
los carneros valientes vinieron bien corriendo;
cogieron le al lobo en medio, en él feriendo;
él cayó quebrantado, ellos fueron fuyendo.

A cabo de grand pieça levantóse estordido.
Dixo: «Dio me el diablo el ageno roído;
yo ove buen aguero, Dios avía me lo conplido;
non quise comer tozino, agora soy escarnido.»

Salió de aquel prado, corrió lo más que pudo.
Vio en unos fornachos retoçar amenudo:
cabritos con las cabras, mucho cabrón cornudo;
«A la fe», diz «agora se cunple el estornudo.»

Quando vieron al lobo fueron mal espantados;
salieron a resçebir le los más adelantados:
«¡Ay señor guardiano!», dixieron los barbados,
«Bienvenido seades a los vuestros criados.

Quatro de nós queríamos ir vos a conbidar
que nuestra santa fiesta veniésedes a onrrar,
dezir nos buena missa e tomar buena yantar;
pues que Dios vos aduxo, quered la oy cantar.»

«Fiesta de seis capas e de grandes clamores
fazemos bien grande, sin perros e sin pastores;
vós cantad en boz alta: responderán los cantores.
Ofreçeremos cabritos, los más e los mejores.»

Creó se los el neçio, començó de aullar,
los cabrones e las cabras en alta boz balar;
oyeron lo los pastores, aquel grand apellidar;
con palos e con mastines viniéronlos a buscar.

Salió más que de passo, fizo ende retorno;
pastores e mastines troxieron lo en torno;
de palos e de pedradas ovo un mal sojorno.
Dixo: «Dio me el diablo cantar missa en forno.»

Fuese más adelante çerca de un molino;
falló y una puerca con mucho buen cochino;
«¡Ea!», diz, «ya désta tan buen día me vino,
que agora se cunple el mi buen adevino.»

Dixo luego el lobo a la puerca bien ansí:
«Dios vos dé paz, comadre, que por vós vine yo aquí;
vós e vuestros fijuelos, ¿qué fazedes por aí?
Mandad vós e faré yo; después governad a mí.»

La puerca, que se estava so los sauzes loçanos,
fabló contra el lobo, dixo dichos non vanos:
diz: «Señor abbad conpadre, con esas santas manos,
bautizat a mis fijuelos, por que mueran cristianos.

Después que vós ayades fecho este sacrifiçio,
ofreçer vos los he yo en graçias e en serviçio,
e vós faredes por ellos un salto sin bolliçio;
conbredes e folgaredes a la sonbra, al viçio.»

Abaxóse el lobo, allí so aquel sabze,
por tomar el cochino que so la puerca yaze;
dio le la puerca del rostro, echó le en el cabçe;
en la canal del molino entró, que mal le plaçe.

Troxo lo enderredor a mal andar el rodezno;
salió mal quebrantado, paresçía pecadezno.
Bueno le fuera al lobe pagar se con torrezno;
non oviera tantos males, nin perdiera su prezno.

Omne cuerdo non quiera el ofiçio dañoso;
non deseche la cosa de que está deseoso;
de lo quel pertenesçe non sea desdeñoso;
con lo quel Dios diere pase lo bien fermoso.

Algunos en sus cassas passan con dos sardinas;
en agenas posadas demandan gollorías;
desechan el carnero, piden las adefinas;
dizen que non conbrían tozino sin gallinas...

Fijo, el mejor cobro de quantos vós avedes
es olvidar la cosa que aver non podedes;
lo que non puede ser, nunca lo porfiedes;
lo que fazer se puede, por ello trabajedes.

¡Ay de mí, con qué cobro tan malo me venistes!
¡Qué nuevas atán malas, tan tristes me troxistes!
¡Ay vieja mata amigos! ¿Para qué me lo dixistes?
¡Tanto bien non me faredes quanto mal me fezistes!

¡Ay viejas pitofleras, mal apresas seades!
El mundo revolviendo a todos engañades:
mintiendo, aponiendo, desiendo vanidades,
a los nesçios fazedes las mentiras verdades.

¡Ay que todos mis mienbros comiençan a tremer!
Mi fuerça e mi seso e todo mi saber,
mi salud e mi vida e todo mi entender,
por esperança vana todo se va a perder.

¡Ay coraçón quexoso, cosa desaguisada!
¿Por qué matas el cuerpo do tienes tu morada?
¿Por qué amas la dueña que non te preçia nada?
Coraçón, por tu culpa bivirás vida penada.

Coraçón, que quisiste ser preso e tomado
de dueña que te tiene por de más olvidado,
posiste te en presión e sospiros e cuidado.
¡Penarás, ay coraçón, tan olvidado, penado!

¡Ay ojos, los mis ojos! ¿Por qué vos fustes poner
en dueña que non vos quiere nin catar nin ver?
Ojos, por vuestra vista vos quesistes perder;
penaredes, mis ojos, penar e amortesçer.

¡Ay lengua sin ventura! ¿Por qué queredes dezir?
¿Por qué quieres fablar? ¿Por qué quieres departir
con dueña que te non quiere nin escuchar nin oír?
¡Ay cuerpo tan penado, cómo te vas a morir!

¡Mugeres alevosas, de coraçón traidor,
que non avedes miedo, mesura nin pavor
de mudar do queredes el vuestro falso amor!
¡Ay muertas vos veades, de tal ravia e dolor!

Pues que la mi señora con otro fuer casada,
la vida deste mundo yo non la preçio nada;
mi vida e mi muerte ésta es señalada;
pues que aver non la puedo, mi muerte es llegada.

Diz: «Loco, ¿qué avedes, que tanto vos quexades?
Por ese quexo vano vós nada non ganades;
tenprad con el buen seso el pesar que ayades
alinpiat vuestras lágrimas, pensad qué fagades.

Grandes artes demuestra el mucho menester:
pensando los peligros podedes estorçer;
quiçá el grand trabajo puede vos acorrer;
Dios e el uso grande fazen los fados bolver.»

Yo le dixe: «¿Quál arte, quál trabajo, quál sentido
sanará golpe tan grand, de tal dolor venido?
Pues a la mi señora cras le dan marido,
toda la mi esperança pereçe e yo só perdido.

Fasta que su marido pueble el çementerio,
non casaría con migo, ca sería adulterio;
en nada es tornado todo el mi laçerio;
veo el daño grande e de más el haçerio.»

Dixo la buena vieja: «En ora muy chiquilla
sana dolor muy grande e sale grande postilla;
después de las muchas lluvias viene la buen orilla;
en pos de los grandes nublos grand sol e grant sonbrilla.

Viene salud e vida después de grand dolençia;
vienen muchos plazeres después de la tristençia.
Conortad vos, amigo, e tened buena creençia:
çerca son vuestros gozos de la vuestra querençia.

Doña Endrina es vuestra e fará mi mandado;
non quiere ella casarse con otro omne nado;
todo el su desseo en vós está firmado;
si mucho la amades, más vos tiene amado.»

«Señora madre vieja, ¿qué me dezides agora?
Fazedes commo madre quando el moçuelo llora,
que le dize falagos por que calle esa ora;
por eso me dezides que es mía mi señora.

Ansí fazedes, madre, vós a mí, por ventura,
por que pierda tristeza, dolor e amargura,
por que tome conote, e por que aya folgura.
¿Dezides me joguetes, o fablades me en cordura?»

154

«Conteçe», dixo la vieja, «ansí al amador,
commo al ave que sale de manos del astor:
en todo logar tiene que está el caçador,
que la quiere levar sienpre tiene temor.

Creed que verdat digo, e ansí lo fallaredes,
si verdat me dixistes e amor le avedes;
ella verdat me dixo, quiere lo que vós queredes;
perdet esa tristeza, que vós lo provaredes.

La fin muchas de vezes non puede recudir
con el comienço suyo, nin se puede seguir;
el curso de los fados non puede omne dezir;
sólo Dios e non otro sabe qué es por venir.

Estorva grandes fechos pequeña ocasión;
desesperar el omne es perder coraçón;
el grand trabajo cunple quantos deseos son;
muchas vezes allega riquezas a montón.

Todo nuestro trabajo e nuestra esperança
está en aventura, está en la balança;
por buen comienço espera omne la buena andança;
a vezes viene la cosa, pero faga tardança.»

«Madre, ¿vós non podedes conosçer o asmar
si me ama la dueña, o si me querrá amar?
Que quien amores tiene non los puede çelar
en gestos, o en sospiros, o en color o en fablar.»

«Amigo», diz la vieja, «en la dueña lo veo
que vos quiere e vos ama e tiene de vós desseo.
Quando de vós le fablo e a ella oteo,
todo se le demuda, el color e el aseo.

Yo a las de vegadas mucho canssada callo;
ella me diz que fable e non quiera dexallo;
fago que me non acuerdo, ella va començallo;
oye me dulçemente, muchas señales fallo.

En el mi cuello echa los sus braços entranbos:
ansí una grant pieça en uno nós estamos;
sienpre de vós dezimos, en ál nunca fablamos;
quando alguno viene, otra razón mudamos.

Los labros de la boca tiénblanle un poquillo;
el color se le muda bermejo e amarillo;
el coraçón le salta, ansí amenudillo;
aprieta me mis dedos, en sus manos, quedillo.

Cada que vuestro nonbre yo le estó deziendo,
otea me e sospira e está comediendo;
aviva más el ojo e está toda bulliendo;
paresçe que con vusco non se estaría dormiendo.

En otras cosas muchas entiendo esta trama;
ella non me lo niega, ante diz que vos ama.
Si por vós non menguare, abaxarse ha la rama,
e verná doña Endrina si la vieja la llama.»

«Señora madre vieja, la mi plazentería,
por vós mi esperança siente ya mejoría;
por la vuestra ayuda creçe mi alegría;
non canssedes vós, madre, seguilda cada día.

Tira muchos provechos a vezes la pereza;
a muchos aprovecha un ardit sotileza;
conplid vuestro trabajo e acabad la nobleza;
perderla por tardança sería grand avoleza.»

«Amigo, segund creo, por mí avredes conorte;
por mí verná la dueña andar al estricote.
Mas yo de vós non tengo si non este pellote;
si buen manjar queredes, pagad bien el escote.

A vezes non façemos todo lo que dezimos,
e quanto prometemos quizá non lo conplimos;
al mandar somos largos e al dar escasos primos;
por vanas promisiones trabajamos e servimos.

Madre, vós non temades que en mentira vos ande,
ca engañar al pobre es pecado muy grande;
yo non vos engañaría, nin Dios nunca lo mande;
si vos yo engañare, El a mí lo demande.

En lo que nós fablamos, fiuza dever avemos;
en la firme palabra es la fe que tenemos;
si en algo menguamos de lo que prometemos,
es vergüença e mengua, si conplir lo podemos.»

«Eso», dixo la vieja, «bien se dize fermoso;
mas el pueblo pequeño sienpre está temeroso
que será soberviado del rico poderoso;
por chica razón pierde el pobre e el coitoso.

El derecho del pobre pierde se muy aína;
al pobre e al menguado e a la pobre mesquina,
el rico los quebranta, su sobervia los enclina;
non son más preçiados que la seca sardina.

En toda parte anda poca fe e grand fallía;
encubre se en cabo con mucha artería;
non ha el aventura contra el fado valía;
a las vezes espanta la mar e faze buen día.

Lo que me prometistes, pongo lo en aventura;
lo que yo vos prometí tomad, e aved folgura.
Quiero me ir a la dueña, rogar le he por mesura
que venga a mi posada a vos fablar segura.

Si por aventura yo solos vos podiés juntar,
rruego vos que seades omne, do fuer lugar;
el su coraçón d'ella non sabe ál amar;
dar vos ha en chica ora lo que queredes far.»

Fue se a casa de la dueña, dixo: «¿Quién mora aquí?»
Respondióle la madre: «¿Quién es que llama y?»
«Señora doña Rama, yo, que por mi mal vos vi,
que las mi fadas negras non se parten de mí.»

Dixo le doña Rama: «¿Cómo venides, amiga?»
«¿Cómmo vengo, señora? Non sé cómo me lo diga:
corrida e amarga, que me di, toda enemiga
uno, non sé quién es, mayor que aquella viga.

Anda me todo el día como a çierva corriendo;
commo el diablo al rico omne, ansí me anda seguiendo,
quel lieve la sortija que traía vendiendo.
Está lleno de doblas fascas que non lo entiendo.»

Desque oyó aquesto la rensellosa vieja,
dexó la con la fija e fue se a la calleja.
Començó la buhona a dezir otra consseja:
a la raçón primera tornó le la pelleja.

Diz: «Ya levase el uerco a la vieja riñosa,
que por ella con vusco fablar omne non osa.
Pues, ¿qué, fija señora? ¿Cómo está nuestra cosa?
Veo vos bien loçana, bien gordilla e fermosa.»

Preguntóle la dueña: «Pues, ¿qué nuevas de aquél?»
Diz la vieja: «¿Qué nuevas? ¿Qué sé yo qué es dél?
Mesquino e magrillo, non ay más carne en él
que en pollo envernizo después de Sant Miguel.»

El grand fuego non puede encobrir la su llama,
nin el grande amor non puede encobrir lo que ama;
ya la vuestra manera entiende la ya mi alma;
mi coraçón con dolor sus lágrimas derrama,

Por que veo e conosco en vós cada vegada
que sodes de aquel omne locamente amada;
su color amarillo, la su faz demudada,
en todos los sus fechos vos trahe antojada.

E vós dés non avedes nin coíta nin enbargo;
dezides me «non» sienpre, maguer que vos encargo
con tantas de mesuras de aquel omne tan largo,
que lo traedes muerto, perdido e amargo.

Si anda o si queda, en vós está pensando.
los ojos façia tierra, non queda sospirando.
apretando sus manos, en su cabo fablando.
¡Raviosa vos veades! ¡Doled vos! ¿Fasta quándo...?

El mesquino sienpre anda con aquesta tristeza.
¡Par Dios, mal día él vido la vuestra grand dureza!
De noche e de día trabaja sin pereza,
mas non le aprovecha arte nin sotileza.

De tierra mucho dura fruta non sale buena:
¿Quién, si non el mesquino, sienbra en el arena?
Saca gualardón poco, grand trabajo e grand pena;
anda devaneando el pez con la ballena.

Primero por la talla él fue de vós pagado;
después con vuestra fabla fue mucho enamorado;
por aquestas dos cosas fue mucho engañado;
de lo que le prometistes non es cosa guardado.

Desque con él fablastes, más muerto lo trahedes.
Pero que aun vos callades, tan bien commo él ardedes;
descobrid vuestra llaga; si non, ansí morredes;
el fuego encobierto vos mata, e penaredes.

Dezid me de todo en todo bien vuestra voluntad:
¿Quál es vuestro talante? Dezid me la verdat.
O bien bien lo fagamos, o bien bien lo dexat;
que venir cada día non sería poridat.

El grand amor me mata, el su fuego parejo;
pero quanto me fuerça apremia me sobejo;
el miedo e la vergüença defienden me el trebejo;
a la mi quexa grande non le fallo consejo.

Fija, perdet el miedo, que se toma sin razón:
en casar vos en uno aquí non ay traición;
este es su deseo, tal es su coraçón,
de cassarse con vusco a ley e a bendiçión.

Entiendo su grand coíta en más de mill maneras:
dize a mí llorando palabras muy manzelleras:
«Doña Endrina me mata, e non sus conpañeras;
ella sanar me puede, e non las cantaderas.»

Desque veo sus lágrimas, e quán bien lo departe,
con piedat e coíta yo lloro por quel farte;
pero en mi talante alegro me en parte,
por que veo que vos ama e vos quiere sin arte.

En todo paro mientes, más de quanto coidades,
e veo que entre amos por egual vos amades;
con el ençendimiento morides e penades;
pues el amor lo quiere, ¿por qué non vos juntades?»

«Lo que tú me demandas, yo aquello cobdiçio,
si mi madre quisiere otorgar el ofiçio;
más que nós ál queramos, por vos fazer serviçio,
tal lugar non avremos para plazer e viçio.

Que yo mucho faría por mi amor de Fita;
mas guarda me mi madre, de mí nunca se quita.»
Dixo Trotaconventos: «¡A la vieja pepita
ya la Cruz la levase con el agua bendita!»

El amor cobdiçioso quiebra caustras e puertas:
vençe a todas guardas e tiene las por muertas.
Dexa el miedo vano e sospechas non çiertas;
las fuertes çerraduras le parescen abiertas.

Dixo doña Endrina a la mi vieja paga:
«Mi coraçón te he dicho, mi desÿeo e mi llaga;
pues mi voluntad vees, conseja me qué faga;
por me dar tu consejo vergüença en ti non aya.

Es maldat e falsía las mugeres engañar,
grand pecado e desonrra en las ansí dañar.
Vergüença que fagades, yo la he de çelar;
mis fechos e la fama, esto me faz dubdar.

Mas el que contra mí por acusar me venga,
tome me por palabra, a la peor se atenga;
faga quanto podiere, a osadas se tenga;
o callará vençido, o vaya se por Menga.

Véngase qual se quier comigo a departir:
todo lo peor diga que podiere dezir;
que aquel buen mançebo, dulçe amor e sin fallir,
él será en nuestra ayuda, que lo fará desdezir.

La fama non sonará, que yo la guardaré bien:
el mormullo e el roído, que lo digan non ay quien.
Sin verguença es el fecho, pues tantas carreras tien;
maravillo me, señora, esto por qué se detién.»

«¡Ay Dios!» dixo la dueña, «el coraçón del amador
¡en quántas guisas se buelve, con miedo e con temor!
Acá e allá lo trexna el su quexoso amor,
e de los muchos peligros non sabe quál es el peor.

Dos penas desacordadas canssan me noche e día:
lo que el amor desea, mi coraçón lo querría;
grand temor ge lo defiende, que mesturada sería.
¿Quál coraçón tan seguido de tanto non canssaría?

Non sabe qué se faga, sienpre anda descaminado;
rruega e rogando creçe la llaga del amor penado;
con el mi amor quexoso fasta aquí he porfiado;
mi porfía, él la vençe, es más fuerte apoderado.

Con aquestos pesares trae me muy quebrantada;
su porfía e su grand quexa ya me trahe cansada;
alegro me con mi tristeza, lasa mas enamorada;
más quiero morir su muerte que bevir vida penada.

Quanto más malas palabras omne dize e las entiende,
tanto más en la pelea se abiva e contiende;
quantas más dulçes palabras la dueña de amor atiende,
atanto más doña Venus la enflama e la ençiende.

E pues que vós non podedes amatar la vuestra llama,
façed bien su mandado del amor que vos ama.
Fija, la vuestra porfía a vós mata e derrama;
los plazeres de la vida perdedes si non se atama.

Vós de noche e de día lo vedes, bien vos digo,
en el vuestro coraçón al omne vuestro amigo;
él a vós ansí vos trahe en su coraçón con sigo;
acabad vuestros desseos, matan vos commo a enemigo.

Tan bien a vós commo a él este coidado vos atierra;
vuestras fazes e vuestros ojos andan en color de tierra;
dar vos ha muerte a entranbos la tardança e la desyerra;
quien non cree los mis dichos, más lo falle e más lo yerra.

Mas cierto, fija señora, yo creo que vós cuidades
olvidar o escusar aquello que más amades;
esto vós non lo penssedes nin cuidedes nin creades, que si
non la muerte sola non parte las voluntades.

Verdat es que los plazeres conortan a las de vezes;
por ende, fija señora, id a mi casa a vezes:
jugaremos a la pella e a otros juegos raezes;
jugaredes e folgaredes, e dar vos he ¡ay qué nuezes!

Nunca está mi tienda sin fruta a las loçanas:
nuchas peras e duraznos, ¡qué çidras e qué mançanas!
¡Qué castañas, qué piñones e qué muchas avellanas!
Las que vós queredes mucho, éstas vos serán más sanas.

Desde aquí a la mi tienda non ay si non una pasada;
en pellote vós iredes commo por vuestra morada.
Todo es aquí un barrio e vezindat bien poblada;
poco a poco nos iremos, jugando sin reguarda.

Id vos tan seguramente conmigo a la mi tienda,
commo a vuestra casa, a tomar buena merienda.
Nunca Dios lo quiera, fija, que de allí nasca contienda;
iremos calla callando, que otro non nos lo entienda.

Los omnes muchas vegadas, con el grand afincamiento, otorgan lo que non deven, mudan su entendimiento;
quando es fecho el daño, viene el arrepentimiento.
Çiega es la muger seguida, non tiene seso nin tiento.

Muger e liebre seguida, mucho corrida, conquista,
pierde el entendimiento, çiega e pierde la vista;
non vee redes nin lazos, en los ojos tiene arista;
andan por escarneçer la, coída que es amada e quista.»

Otorgó le doña Endrina de ir con ella fablar,
a tomar de la su fruta e a la pella jugar.
«Señora», dixo la vieja, «cras avremos buen vagar:
yo me verné para vós, quando viere que ay logar.»

Vínome Trotaconventos, alegre con el mandado:
«Amigo», diz, «¿cómo estades? Id perdiendo coidado;
encantador malo saca la culebra del forado;
cras verná fablar con vusco, yo lo dexo recabdado.

Bien sé que diz verdat vuestro proverbio chico,
que el romero fito que sienpre saca çatico.
Sed cras omne en todo, non vos tenga por teñico:
fablad, mas recabdat quando y yo non finco.

Catad non enperezedes, acordad vos de la fablilla:
"Quando te dan la cabrilla, acorre con la soguilla."
Recabdat lo que queredes, non vos tenga por çestilla,
que más val vergüença en faz que en coraçón manzilla.»

XLII

DE CÓMO DOÑA ENDRINA FUE A CASA
DE LA VIEJA E EL ARÇIPRESTE ACABÓ
LO QUE QUISO

Después fue de Santiago otro día seguiente:
a ora de medio día, quando yanta la gente,
vino doña Endrina con la mi vieja sabiente;
entró con ella en su tienda bien sosegadamente.

Commo la mi vejezuela me avía aperçebido,
non me detove mucho, para allá fui luego ido.
Fallé la puerta çerrada, mas la vieja bien me vido:
«¡Yuy!» diz, «¿Qué es aquello que faz aquel roído?

¿Es omne o es viento? Creo que es omne —¡Non miento!
¿Vedes, vedes cómo otea el pecado carboniento?
¿Es aquél? ¿Non es aquél? El me semeja, yo lo siento...
¡A la fe, aquél es don Melón! Yo lo conosco, yo lo viento.

Aquélla es la su cara e su ojo de bezerro.
¡Catat, catat cómmo assecha! ¡Barrunta nos commo perro!
¡Allí raviaría agora, que no puede tirar el fierro!
¡Mas quebrantaría las puertas: menéalas commo çençerro!

Çierto aquí quiere entrar. Mas, ¿por qué yo non le fablo?
Don Melón, tirad vos dende, ¿troxo vos y el diablo?
¡Non quebrantedes mis puertas! Que del abbad de San Paulo
las ove ganado; non posistes aí un clavo.

Yo vos abriré la puerta... ¡Esperat, non la quebredes!
E con bien e con sosiego dezid si algo queredes.
Luego vos id de mi puerta, non nos alhaonedes.
Entrad mucho en buen ora, yo veré lo que faredes.»

«¡Señora doña Endrina! ¡Vós, la mi enamorada!
Vieja, ¿por esto teníades a mí la puerta çerrada?
¡Tan buen día es oy éste, que fallé a tal çellada!
Dios e mi buena ventura me la tovieron guardada...»

«... Quando yo salí de casa, pues que veíades las redes,
¿por qué fincavades con él sola entre estas paredes?
A mí non rebtedes, fija, que vós lo meresçedes.
El mejor cobro que tenedes, vuestro mal que lo calledes.

Menos de mal será que esto poco çeledes,
que non que vos descobrades e ansí vos pregonedes.
Casamiento que vos venga por esto non lo perderedes.
Mejor me paresçe esto que non que vos enfamedes.

E pues que vós dezides que es el daño fecho,
defienda vos e ayude vos a tuerto e a derecho.
Fija, a daño fecho aved ruego e pecho;
callad, guardat la fama, non salga de so techo.

Si non parlase la picaça más que la codorniz,
non la colgarían en plaça, nin reirían de lo que diz.
Castigad vos, ya amiga, de otra tal contraíz,
que todos los omnes fazen commo don Melón Ortiz.»

Doña Endrina le dixo: «¡Ay viejas tan perdidas!
A las mugeres trahedes engañadas e vendidas.
Ayer mill cobros me davas, mill artes, mill salidas;
oy, que só escarnida, todas me son fallidas.»

Si las aves lo podiesen bien saber e entender
quántos laços les paran, non las podrían prender;
quando el lazo veen, ya las lievan a vender;
mueren por el poco çevo, non se pueden defender.

Sí los peçes de las aguas: quando veen el anzuelo,
ya el pescador los tiene e los trahe por el suelo.
La muger vee su daño quando ya finca con duelo;
non la quieren los parientes, padre, madre nin avuelo.

El que la ha desonrrada dexa la, non la mantiene;
va se perder por el mundo, pues otro cobro non tiene;
pierde el cuerpo e el alma, a muchos esto aviene.
Pues otro cobro yo non he, así fazer me conviene.

Está en los antiguos seso e sabiençia;
es en el mucho tienpo el saber e la çiençia.
La mi vieja maestra ovo ya conçiençia,
e dio en este pleito una buena sentençia:

El cuerdo gravemente non se deve quexar
quando el quexamiento non le puede pro tornar;
lo que nunca se puede reparar nin emendar,
deve lo cuerdamente sofrir e endurar.

A las grandes dolençias, a las desaventuras,
a los acaesçimientos, a los yerros de locuras,
deve buscar consejo, melezinas e curas;
el sabidor se prueva en coítas e en presuras.

La ira, la discordia, a los amigos mal faz:
pone sospechas malas en el cuerpo do yaz.
Aved entre vós anbos concordia e paz;
el pesar e la saña tornadlo en buen solaz.

Pues que por mí dezides que el daño es venido,
por mí quiero que sea el vuestro bien avido:
vós sed muger suya e él vuestro marido.
Todo vuestro deseo es bien por mí conplido.

Doña Endrina e don Melón en uno casados son:
alégranse las conpañas en las bodas con razón.
Si villanía he dicho, aya de vós perdón,
que lo feo de la estoria diz Pánfilo e Nasón.

XLIII

DEL CASTIGO QUEL ARÇIPRESTE DA
A LAS DUEÑAS E DE LOS NONBRES
DEL ALCAYUETA

Dueñas, aved orejas, oíd buena liçión:
entendet bien las fablas, guardat vos del varón;
guardat vos non vos contesca commo con el león
al asno sin orejas e sin su coraçón.

El león fue doliente, dolía le la tiesta;
quando fue sano d'ella, que la traía enfiesta,
todas las animalias, un domingo en la siesta,
vinieron antel todas a fazer buena fiesta.

Estava y el burro, fezieron dél joglar:
commo estava bien gordo, començó a retoçar,
su atanbor taniendo, bien alto a rebuznar;
al león e a los otros quería los atronar.

Con las sus caçurrías el león fue sañudo:
quiso abrillo todo, alcançar non lo pudo;
su atanbor taniendo, fue se, más y non estudo;
sentióse por escarnido el león del orejudo.

El león dixo luego que merçed le faría;
mandó que lo llamasen, que la fiesta onrraría;
quanto él demandase, tanto le otorgaría;
la gulhara juglara dixo quel llamaria.

Fuese la raposilla adó el asno andava
paçiendo en un prado, tan bien lo saludava:
«Señor», dixo, «confrade, vuestro solaz onrrava
a todos, e agora non vale una fava.

Más valía vuestra albuérbola e vuestro buen solaz,
vuestro atanbor sonante, los sonetes que faz,
que toda nuestra fiesta. Al león mucho plaz
que tornedes al juego en salvo e en paz.»

Creo falsos falagos, él escapó peor:
tornó se a la fiesta bailando el cantador;
non sabía la manera el burro de señor;
escota juglar neçio el son del atanbor.

Commo el león tenía sus monteros armados,
prendieron a don Burro como eran castigados;
al león lo troxieron, abriol por los costados;
de la su segurança son todos espantados.

Mandó el león al lobo, con sus uñas parejas,
que lo guardase todo mejor que las ovejas.
Quanto el león traspuso una o dos callejas,
el coraçón el lobo comió e las orejas.

Quando el león vino, por comer saborado,
pidió al lobo el asno que le avía encomendado:
sin coraçón e sin orejas troxo lo desfigurado;
el león contra el lobo fue sañudo e irado.

Dixo al león el lobo quel asno tal nasçiera;
que si él coraçón e orejas toviera,
entendiera sus mañas e sus nuevas oyera;
mas que lo non tenía e por ende veniera.

Assí, señoras dueñas, entended el romançe:
guardat vos de amor loco, non vos prenda nin alcançe;
abrid vuestras orejas, vuestro coraçón se lance
en amor de Dios linpio, loco amor nol trançe.

La que por desaventura es o fue engañada,
guarde se que non torne al mal otra vegada;
de corazón e de orejas non quiera ser menguada;
en ajena cabeça sea bien castigada.

En muchas engañadas castigo e seso tome;
non quiera amor falso, loco riso non asome;
ya oístes que asno de muchos, lobos lo comen;
non me maldigan algunos que por esto se concomen.

De fabla chica, dañosa, guade se muger falaguera,
que de un grano de agraz se faze mucha dentera;
de una nuez chica nasçe grand árbor de noguera,
e muchas espigas nasçen de un grano de çivera.

Andan por todo el pueblo d'ella muchos dezires:
muchos después la enfaman con escarnios e reíres.
Dueña, por te dezir esto, non te asañes nin te aíres:
mis fablas e mis fazañas, ruégote que bien las mires.

Entiende bien mi estoria de la fija del endrino:
dixe la por te dar ensienplo, non por que a mí vino.
Guarda te de falsa vieja, de riso de mal vezino;
sola con omne non te fíes, nin te llegues al espino.

Seyendo yo, después d'esto, sin amor e con cuidado,
vi una apuesta dueña ser en su estrado;
mi coraçón en punto levómelo forçado;
de dueña que yo viese nunca fui tan pagado.

De talla la mejor de quantas yo ver pud:
niña de pocos días, rica e de virtud,
fermosa, fija dalgo e de mucha joventud;
nunca vi tal commo ésta, sí Dios me dé salud.

Apuesta e loçana, e dueña de linaje,
poco salía de casa, era como salvaje.
Busqué trotaconventos que siguiese este viaje,
que éstas son comienço para el santo pasaje.

Sabed que non busqué otro Ferrand Garçía,
nin lo coído buscar para mensajería;
nunca se omne bien falla de mala conpañía;
de mensajero malo guarde me Santa María.

Aquesta mensajera fue vieja bien leal:
cada día llegava la fabla, más non ál;
en este pleitesía puso femençia tal
que çerca de la villa puso el arraval.

Luego en el comienço fiz aquestos cantares;
levó ge los la vieja con otros adamares.
«Señora», diz «conpradme aquestos almajares.»
La dueña dixo: «Plazme, desque me los mostrares.»

Començó a encantalla, díxole: «Señora fija,
catad aquí que vos trayo esta preçiosa sortija,
dan vós esta çinta.» Poco a poco la aguija.
«Si me non mesturardes, diré vos una pastija.»

Diz: «Yo sé quién vos querría más cada día ver
que quien le diese esta villa con todo su aver.
Señora, non querades tan horaña ser:
quered salir al mundo a que vos Dios fizo nasçer.»

Encantóla de guisa que la enveleñó;
dio le aquestas cantigas, la çinta le çiñió
en dando le la sortija del ojo le guiñó;
somovió la ya quanto e bien lo adeliñó.

Commo dize la fabla que del sabio se saca,
que çedaçuelo nuevo tres días en estaca,
dixo me esta vieja (por nonbre ha Urraca)
que non querría ser más rapaça nin vellaca.

Yo le dixe commo en juego: «¡Picaça parladera!
Non tomes el sendero e dexes la carrera;
sirve do avrás pro, pues sabes la manera,
que non mengua cabestro a quien tiene çivera.»

Non me acordé estonçe desta chica parlilla,
que juga jugando dize el omne grand manzilla:
fue sañuda la vieja tanto que amaravilla;
toda la poridat fue luego descobrilla.

Fue la dueña guardada quanto su madre pudo:
non la podía aver ansí tan amenudo.
Aína yerra omne que non es aperçebido:
o piensa bien qué fables, o calla, faz te mudo.

Prové lo en Urraca, dó te lo por consejo,
que nunca mal retrayas a furto nin en conçejo,
desque tu poridat yaze en tu pellejo,
que commo el verdadero non ay tan mal trebejo.

A la tal mensajera nunca le digas maça;
bien o mal commo gorgee, nunca le digas picaça,
señuelo, cobertera, almadana, coraça,
altaba, trainel, cabestro nin almohaça.

Garavato nin tía, cordel nin cobertor,
escofina, avancuerda..., nin rascador,
pala, aguzadera, freno nin corredor,
nin badil nin tenazas, nin anzuelo pescador.

Canpana, taravilla, alcayata nin porra,
xáquima, adalid, nin guía nin handora;
nunca le digas trotera, aun que por ti corra;
creo que si esto guardares, que la vieja te acorra.

Aguijón, escalera, nin abejón nin losa,
traílla, nin trechón, nin registro nin glosa;
dezir todos sus nonbres es a mí fuerte cosa,
nonbres e maestrías más tienen que raposa.

Commo dize un derecho que coíta non ay ley,
coitando me amor, mi señor e mi rey,
doliendo me de la dueña mucho, esto me crey,
que estava coitada commo oveja sin grey,

Ove con la grand coíta rogar a la mi vieja
que quisiese perder saña de la mala consseja;
la liebre del covil saca la la comadreja;
de prieto fazen blanco bolviendo le la pelleja.

«A la he», diz, «Açipreste, vieja con coíta trota,
e tal fazedes vós por que non tenedes otra;
tal vieja para vós guardad la, que conorta;
que mano besa omne que la querría ver corta.

Nunca jamás vos contesca, e lo que dixe apodo:
yo lo desdiré muy bien e lo desfaré del todo,
así como se desfaze entre los pies el lodo;
yo daré a todo çima e lo traheré a rodo.

Nunca digades nonbre malo nin de fealdat;
llamatme Buen Amor e faré yo lealtat;
ca de buena palabra paga se la vezindat;
el buen dezir non cuesta más que la nesçedat.»

Por amor de la vieja, e por dezir razón,
«buen amor» dixe al libro, e a ella toda saçón;
desque bien la guardé ella me dio mucho don;
non ay pecado sin pena, nin bien sin gualardón.

Fizo grand maestría e sotil travesura:
fizo se loca pública, andando sin vestidura;
dixo luego la gente: «¡Dé Dios mala ventura
a vieja de mal seso que faze tal locura!»

Dizen por cada cantón: «¡Que sea mal apreso
quien nunca a vieja loca creyese tal mal seso!»
De lo que ante creían fue cada uno repiso;
dixe yo: «En mano de vieja nunca di mejor beso.»

Fue a pocos de días amatada la fama;
a la dueña non la guardan su madre nin su ama;
torné me a mi vieja commo a buena rama;
quien tal vieja toviere, guarde la commo al alma.

Fizo se corredera de las que venden joyas:
ya vos dixe que éstas paran cavas e foyas;
non ay tales maestras commo estas viejas troyas;
éstas dan la maçada —si as orejas, oyas.

Otrosí vos dixe que estas tales buhonas
andan de casa en casa vendiendo muchas donas;
non se guardan d'ellas, están con las personas;
fazen con el su viento andar las atahonas.

La mi leal Urraca, ¡que Dios me la matenga!
tovo en lo que puso: non lo faz toda Menga.
Diz: «Quiero me aventurar a que quier que me venga,
e fazer que la pella en rodar non se tenga.

Agora es el tienpo, pues que ya non la guardan:
con mi buhonería de mí non se guardan;
quanto de vós dixieron, yo faré que lo padan,
ca dos viejos non lidian, los cuervos non se gradan.

Si la enfichizó, o si le dio atincar,
o si le dio rainela, o si le dio mohalinar,
o si le dio ponçoña, o algund adamar,
mucho aína la sopo de su seso sacar.

Como taze venir el señuelo al falcón,
así fizo venir Urraca la dueña al rincón;
ca dixe vos, amigo, que las fablas verdat son;
sé que "el perro viejo non ladra a tocón".

Como es natural cosa el nasçer e el morir,
ovo por mal pecado la dueña a tallir:
murió a pocos días, non lo puedo dezir;
Dios perdone su alma e quiera la resçebir.»

Con el triste quebranto e con el grand pesar,
yo caí en la cama e coidé peligrar;
pasaron bien dos días que me non pud levantar;
dixe yo: «Qué buen manjar si non por el escotar.»

XLIV

DE LA VIEJA QUE VINO A VER
AL ARÇIPRESTE E DE LO QUE LE CONTESÇIÓ
CON ELLA

El mes era de março, salido el verano:
vino me ver un vieja, díxome luego de mano:
«¡Moço malo, moço malo, más val enfermo que sano!»
Yo travé luego d'ella e fablé le en seso vano.

Con su pesar la vieja dixo me muchas vezes:
«Açipreste, más es el roído que las nuezes.»
Dixel yo: «Dio me el diablo estas viejas rahezes;
desque han bevido el vino dizen mal de las fezes.»

De toda esta lazeria e de todo este coxixo
fiz cantares caçurros de quanto mal me dixo;
non fuyan dello las dueñas, nin los tengan por lixo,
ca nunca los oyó dueña que dellos mucho non rixo.

A vós, dueñas señoras, por vuestra cortesía,
demando vos perdón, que sabed que non querría
aver saña de vós, ca de pesar morría.
Conssentid entre los sessos una tal bavoquía.

Por me lo otorgar, señoras, escrevir vos he grand saçón,
de dicho e de fecho e de todo coraçón,
non puede ser que non yerre omne en grand raçón;
el oidor cortés tenga presto el perdón.

XLV

DE CÓMO EL ARÇIPRESTE FUE A PROVAR LA SIERRA, E DE LO QUE LE CONTESCIÓ CON LA SERRANA

Provar todas las cosas, el Apóstol lo manda:
fui a provar la sierra e fiz loca demanda;
luego perdí la mula, non fallava vianda;
quien más de pan de trigo busca sin seso anda.

El mes era de março, día de Sant Meder:
pasada de Loçoya, fui camino prender;
de nieve e de granizo non ove do me asconder;
quien busca lo que non pierde lo que tiene deve perder.

En çima deste puerto vi me en grant rebata:
fallé una vaqueriza çerca de una mata;
pregunté le quien era, respondió me: «La Chata;
yo só la Chata rezia que a los omnes ata.

Yo guardo el portadgo e el peaje cojo;
el que de grado me paga, non le fago enojo;
el que non quiere pagar, priado lo despojo.
Paga me, si non verás commo trillan rastrojo.»

Detovo me el camino, commo era estrecho:
una vereda angosta, vaqueros la avían fecho;
desque me vi en coíta, arrezido, mal trecho,
«Amiga», dixel, «amidos faze el can barvecho.

Dexa me passar, amiga, dar te he joyas de sierra:
si quieres, di me quáles usan en esta tierra;
ca segund es la fabla, quien pregunta non yerra,
e por Dios da me possada, que el frío me atierra.»

Respondióme la Chata: «Quien pide non escoge;
prométeme qué quiera antes que me enoje;
non temas, sim das algo, que la nieve mucho moje;
consejo te que te abengas antes que te despoje.»

Commo dize la vieja, quando beve su madexa,
«Comadre, quien más non puede, amidos morir se dexa»,
yo, desque me vi con miedo, con frío e con quexa,
mandé la prancha con broncha, e con çorrón de coneja.

Echóme a su pescueço por las buenas respuestas,
e a mí non me pesó por que me llevó a cuestas;
escusó me de passar los arroyos e las cuestas.
Fiz de lo que y passó las coplas de yuso puestas.

CÁNTICA DE SERRANA

Passando una mañana
el puerto de Malangosto,
salteóme una serrana
a la asomada del rostro.
«Fademaja», diz, «¿dónde andas?
¿Qué buscas, o qué demandas
por aqueste puerto angosto?»

Díxele yo a la pregunta:
«Vo me fazia Sotos Alvos.»
Diz: «El pecado te barrunta
en fablar verbos tan bravos,
que por esta encontrada
que yo tengo guardada
non pasan los omnes salvos.»

Paróseme en el sendero
la gaha roín, heda.
«A la he», diz, «escudero,
aquí estaré yo queda
fasta que algo me prometas;
por mucho que te arremetas,
non pasarás la vereda.»

Díxele yo: «Por Dios, vaquera,
non mi estorves mi jornada;
tira te de la carrera,
que non trax para ti nada.»
Ella diz: «Dende te torna,
por Somosierra trastorna,
que no avrás aquí passada.»

La Chata endiablada
(¡Que Sant Illán la confonda!)
arrojóme la cayada
e rodeóme la fonda,
enaventóme el pedrero.

Diz: «Par el Padre verdadero,
tú me pagarás oy la ronda.»

Fazía nieve e granizava.
Dixo me la Chata luego,
fascas que me amenazava:
«Pagam, si non verás juego.»
Dixel yo: «Par Dios, fermosa,
dezir vos he una cosa:
más querría estar al fuego.»

Diz: «Yo te levaré a casa,
e mostrarte he el camino;

fazerte he fuego e brasa;
darte he del pan e del vino.
¡A la é! prométeme algo,
e tenerte he por fidalgo.
¡Buena mañana te vino!»

Yo, con miedo e arrezido,
prometil una garnacha,
e mandel para el vestido
una broncha e una prancha.
Ella diz: «Dam más, amigo.
Anda acá, trete con migo,
non ayas miedo al escacha.»

Tomóme rezio por la mano,
en su pescueço me puso,
commo a çurrón liviano,
e levom la cuesta ayuso;
«Hadeduro, non te espantes,
que bien te daré que yantes,
commo es de la sierra uso.»

Pússome mucho aína
en una venta con su enhoto;
dio me foguera de enzina,
mucho gaçapo de soto,
buenas perdizes asadas,
fogaças mal amassadas,
e buena carne de choto.

De buen vino un quartero,
manteca de vacas mucha,
mucho queso assadero,
leche, natas e una trucha.
Dize luego: «Hadeduro,

comamos deste pan duro;
después faremos la lucha.»

Desque fui un poco estando,
fuime desatiriziendo;
commo me iva calentando,
ansí me iva sonrriendo;
oteóme la pastora,
diz: «Ya conpañón, agora
creo que vo entendiendo.»

La vaquera traviessa
diz: «Luchemos un rato:
liévate dende apriesa,
desbuélvete de aqués hato.»
Por la muñeca me priso,
ove de fazer quanto quiso;
creo que fiz buen barato.

XLVI

DE LO QUE CONTESÇIÓ AL ARÇIPRESTE
CON LA SERRANA

Después desta ventura fuime para Segovia;
non a comprar las joyas para la Chata troya:
fui ver una costilla de la serpiente groya
que mató al viejo Rando, segund dize en Moya.

Estude en esa çibdat, e espendí mi cabdal;
non fallé pozo dulçe nin fuente perenal:
desque vi la mi bolsa que se parava mal,
dixe: «Mi casilla e mi fogar çient sueldos val.»

Torné para mi casa luego al terçer día;
mas non vine por Loçoya, que joyas non traía;
coidé tomar el puerto que es de la Fuent Fría;
erré todo el camino, commo quien lo non sabía.

Por el pinar ayuso fallé una vaquera,
que guardava sus vacas en aquesa ribera.
«Omillo me», dixe yo, «serrana fallaguera;
o morarme he con vusco o mostrad me la carrera.»

«Semejas me», diz, «sandío, que ansí te conbidas;
non te llegues a mí, ante te lo comidas;
si non, yo te faré que mi cayada midas;
si en lleno te cojo, bien tarde la olvidas.»

Commo dize la fabla del que de mal nos quita,
«escarva la gallina e falla su pepita»;
provéme de llegar a la chata maldita;
diome con la cayada en la oreja ficta.

Derribóme cuesta ayuso e caí estordido;
allí prové que era mal golpe el del oído.
«Confonda Dios», dixe yo, «çigüeña en el exido,
que de tal guisa coje çigoñinos en nido.»

Desque ovo en mí puesto las sus manos iradas,
dixo la descomulgada: «Non pises las aradas;
non te ensañes del juego, que esto a las vegadas,
cohiérense en uno las buenas dineradas.»

«Entremos a la cabaña, Ferruzo non lo entienda;
meter te he por camino e avrás buena merienda;
lieva te dende, cornejo, non busques más contienda.»
Desque la vi pagada, levantéme corriendo.

Tomóme por la mano, e fuemos nos en uno:
era nona passada e yo estava ayuno:
desque en la choza fuimos, non fallamos ninguno;
dixo me que jugásemos el juego por mal de uno.

«Par Dios», dixe yo, «amiga más querría almozar,
que ayuno e arreçido, non omne podría solazar;
si ante non comiese, non podría bien luchar.»
Non se pagó del dicho e quiso me amenazar.

Penssó de mí e d'ella. Dixe yo. «Agora se prueva
que pan e vino juega, que non camisa nueva.»
Escoté la merienda e partí me dalgueva;
dixe le que me mostrase la senda, que es nueva.

Rogóme que fincase con ella esa tarde,
ca mala es de amatar el estopa, de que arde;
díxele yo: «Estó de priessa, sí Dios de mal me guarde.»
Assañóse contra mí; resçelé e fui covarde.

Sacóme de la choca e llegóme a dos senderos:
anbos son bien usados e anbos son camineros.
Andé lo más que pud aína los oteros;
llegué con sol tenprano al aldea de Ferreros.

Desta burla passada fiz un cantar atal:
non es mucho fermoso, creo, nin comunal;
fasta que el libro entiendas, dél bien non digas nin mal,
ca tú entenderás uno e el libro dize ál.

CÁNTICA DE SERRANA

Sienpre se me verná miente
desta serrana valiente,
Gadea de Río Frío.

Allá fuera desta aldea,
la que aquí he nonbrado,
encontréme con Gadea:
vacas guarda en el prado.
Yol dixe: «En buena ora sea
de vós, cuerpo tan guisado.»
Ella me respuso: «¡Ea!
La carrera as errado,
e andas commo radío.»

«Radío ando, serrana,
en esta grand espessura.
A las vezes omne gana
o pierde por aventura.
Mas quanto esta mañana,
del camino non he cura,
pues vos yo tengo, hermana,
aquí en esta verdura,
ribera de aqueste río.»

Rióme como repuso
la serrana tan sañuda;
desçendió la cuesta ayuso,
commo era atrevuda;
dixo: «Non sabes el uso
comos doma la res muda;
quicá el pecado puso
esa lengua tan aguda.
Si la cayada te enbío.»

Enbióme la cayada,
aquí tras el pastorejo;
fízome ir la cuesta lada,
derribóme en el vallejo.
Dixo la endiablada:
«Así apiuelan el conejo.
Sober té», diz, «el alvarda
si non partes del trebejo.
Lieévate, vete, sandío.»

Hospedóme e diome vianda,
mas escotar me la fizo;
por que non fiz quanto manda,
diz: «¡Roín, gaho, envernizo!
¡Commo fiz loca demanda
en dexar por ti el vaquerizo!
Yot mostraré, si non ablandas,
cómmo se pella el erizo,
sin agua e sin roçío.»

XLVII

DE LO QUE CONTESÇIÓ AL ARÇIPRESTE
CON LA SERRANA

Lunes antes del alva començé mi camino:
fallé çerca el Cornejo, do tajava un pino,
una serrana lerda. Diré vos qué me avino:
coidós cassar conmigo commo con su vezino.

Preguntóme muchas cosas, coidós que era pastor;
por oír de mal recabdo, dexós de su lavor;
coidós que me traía rodando en derredor;
olvidóse la fabla del buen conssejador

185

Que dize a su amigo, queriéndol conssejar:
«Non dexes lo ganado por lo que as de ganar;
si dexas lo que tienes por mintroso coidar,
non avrás lo que quieres, poder te has engañar.»

De quanto que pasó fize un cantar serrano,
éste de yuso escripto que tienes so la mano.
Façía tienpo muy fuerte, pero era verano;
pasé de mañana el puerto por sosegar tenprano.

CÁNTICA DE SERRANA

Do la casa del Cornejo,
primer día de semana,
en comedio de vallejo
encontré una serrana,
vestida de buen vermejo,
e buena çinta de lana.
Díxele yo: «Dios te salve, hermana.»

Diz: «¿Qué buscas por esta tierra
¿Cómmo andas descaminado?»
Dixe: «Ando por esta sierra,
do querría cassar de grado.»

Ella dixo: «Non lo yerra
el que aquí es cassado;
busca e fallarás recabdo.
Mas, pariente, tú te cata
si sabes de sierra algo.»
Yol dixe: Bien sé guardar mata;
yegua en çerro cavalgo;

sé el lobo cómmo se mata;
quando yo en pos él salgo,
antes lo alcanço quel galgo.

Sé muy bien tornear vacas,
e domar bravo novillo;
sé maçar e fazer natas,
e fazer el odrezillo;
bien sé guitar las abarcas,
e tañer el caramillo,
e cavalgar bravo potrillo.

Sé fazer el altibaxo
e sotar a qual quier muedo;
non fallo alto nin baxo
que me vença, segund cuedo;
quando a la lucha me abaxo,
al que una vez travar puedo,
derribol si me denuedo.

Diz: «Aquí avrás casamiento
tal qual tú demandudieres:
casar me he de buen talento
con tigo, si algo dieres;
farás buen entendimiento.»
Dixel: «Píde lo que quisieres,
e darte he lo que pidieres.»

Diz: «Dame un prendedero
que sea de bermejo paño,
e dame un bel pandero,
e seis anillos de estaño,
un çamarrón disantero,
garnacho para entre el año,
e non fables en engaño.

Dam çarçillos de hevilla,
de latón bien reluziente;
e dame toca amarilla,
bien listada en la fruente,
çapatas fasta rodilla,
e dirá toda la gente:
"¡Bien casó Menga Lloriente!"»

Yol dixe: «Dar te he esas cosas,
e aun más, si más comides,
bien loçanas e fermosas.
A tus parientes conbides;
luego fagamos las bodas,
e esto non lo olvides,
que ya vo por lo que pides.»

XLVIII

DE LO QUE CONTESÇIÓ AL ARÇIPRESTE CON LA SERRANA, E DE LAS FIGURAS DELLA

Sienpre ha la mala manera la sierra e la altura:
si nieva o se yela, nunca da calentura.
bien en çima del puerto fazía orrilla dura:
viento con grand elada, rozío con gran friura.

Commo omne non siente tanto frío si corre,
corrí la cuesta ayuso, ca diz: «Quien da a la torre,
antes dize la piedra que sale el alhorre.»
Yo dixe: «Só perdido si Dios non me acorre.»

Nunca desque nasçí pasé tan grand peligro
de frío: al pie del puerto fallé me con vestiglo,
la más grande fantasma que ví en este siglo:
yeguarisa trifuda, talla de mal çeñiglo.

Con la coíta del frío e de aquella grand elada,
rroguel que me quisiesse ese día dar posada;
dixo me quel plazía, sil fuese bien pagada;
tóvelo a Dios en merçed, e levóme a la Tablada.

Sus mienbros e su talla non son para callar,
ca bien creed que era grand yegua cavallar;
quien con ella luchase, non se podría bien fallar;
si ella non quisiese, non la podría aballar.

En el Apocalipsi, Sant Johan Evangelista
non vido tal figura nin de tan mala vista;
a grand hato daría lucha e grand conquista;
non sé de quál diablo es tal fantasma quista.

Avía la cabeça mucho grande sin guisa;
cabellos chicos e negros, más que corneja lisa;
ojos fondos, bermejos, poco e mal devisa;
mayor es que de yegua la patada do pisa.

Las orejas mayores que de añal burrico;
el su pescueço negro, ancho, velloso, chico;
las narizes muy gordas, luengas, de çarapico;
bevería en pocos días cabdal de buhón rico.

Su boca de alana, e los rostros muy gordos;
dientes anchos e luengos, asnudos e moxmordos;
las sobreçejas anchas e más negras que tordos;
los que quieren casarse aquí non sean sordos.

Mayores que las mías tiene sus prietas barvas.
Yo non vi en ella ál; mas si tú en ella escarvas,
creo que fallarás de las chufetas darvas;
valdría se te más trillar en las tus parvas.

Mas en verdat sí, bien vi fasta la rodilla:
los huesos mucho grandes, la çanca non chiquilla;
de las cabras de fuego una grand manadilla;
sus tovillos mayores que de una añal novilla.

Más ancha que mi mano tiene la su muñeca:
vellosa, pelos grandes, pero non mucho seca;
boz gorda e gangosa, a todo omne enteca,
tardía como ronca, desdonada e hueca.

El su dedo chiquillo mayor es que mi pulgar:
pienssa de los mayores si te podrías pagar;
si ella algund día te quisiesse espulgar,
bien sentiría tu cabeça que son viga de lagar.

Por el su garnacho tenía tetas colgadas:
davan le a la çinta pues que estavan dobladas;
ca estando senzillas, dar lién so las ijadas;
a todo son de çítola andarían sin ser mostradas.

Costillas mucho grandes en su negro costado;
unas tres vezes conté las, estando arredrado.
Digo te que non vi más, nin te será más contado,
ca moço mesturero non es bueno para mandado.

De quanto que me dixo, e de su mala talla,
fize bien tres cantigas, más non pud bien pintalla;
las dos son chançonetas, la otra de trotalla;
de la que te non pagares, vey la e ríe e calla.

CÁNTICA DE SERRANA

Çerca la Tablada,
la sierra passada,
falléme con Alda
a la madrugada.

En çima del puerto,
coidé me ser muerto
de nieve e de frío,
e dese roçío,
e de grand elada.

A la deçida,
di una corrida;
fallé una serrana
fermosa, loçana
e bien colorada.

Dixe yo a ella:
«Omíllome, bella.»
Diz: «Tú que bien corres,
aquí non te engorres;
anda tu jornada.»

Yol dixe: «Frío tengo,
e por eso vengo
a vós, fermosura;
quered por mesura
oy dar me posada.»

Díxome la mosa:
«Pariente, mi choca,
el que en ella posa
conmigo desposa,
o me da soldada.»

Yol dixe: «De grado,
mas yo so cassado
aquí en Ferreros;
mas de mis dineros
dar vos he, amada.»

Diz: «Trota con migo.»
Levó me con sigo,
e diom buena lunbre
commo es de costunbre
de sierra nevada.

Dio me pan de çenteno,
tiznado, moreno,
e diom vino malo,
agrillo e ralo,
e carne salada.

Diom queso de cabras.
«Fidalgo», diz, «abras
ese braço e toma
un canto de soma
que tengo guardada.»

Diz: «Huesped, almuerça
e beve, e esfuerça;
calienta te e paga;
de mal nos te faga
fasta la tornada.

Quien dones me diere
quales yo pediere,
avrá bien de çena,
e lechiga buena,
que nol coste nada.»

«Vos que eso dezides,
¿por qué non pedides
la cosa çertera?»
Ella diz: «Maguera;
e ¿sim será dada?

Pues, dam una çinta
bermeja, bien tinta,
e buena camisa
fecha a mi guisa,
con su collarada.

E dam buenas sartas
de estaño, e fartas,
e da me halía
de buena valía,
pelleja delgada.

E dam buena toca
listada de cota,
e da me çapatas
de cuello bien altas,
de pieça labrada.

Con aquestas joyas
—quiero que lo oyas—
serás bien venido;
serás mi marido,
e yo tu velada.»

«Serrana señora,
tanto algo agora
non trax, por ventura;
mas faré fiadura
para la tornada.»

Dixo me la heda:
Do non ay moneda
non ay merchandía,
nin ay tan buen día,
nin cara pagada.

Non ay mercadero
bueno sin dinero;
e yo non me pago
del que nom da algo,
nin le do la posada.

«Nunca de omenaje
pagan ostelaje;
por dineros faze
omne quanto plaze
cosa es provada.»

XLIX

DEL DITADO QUEL ARÇIPRESTE OFFREÇIÓ
A SANTA MARÍA DEL VADO

Santiago apóstol diz que todo bien conplido
e todo don muy bueno de Dios bien escogido.
E yo, desque salí de todo aqueste roído,
torné rogar a Dios que me non diese a olvido.

Çerca de aquesta sierra ay un logar onrrado,
muy santo e muy devoto, Santa María del Vado:
fui tener y vigilia, commo es acostunbrado;
a onrra de la Virgen ofreçíle este ditado:

A ti noble Señora, madre de piedat,
luz luziente al mundo, del cielo claridat,
mi alma e mi cuerpo, ante tu magestat,
ofresco con cantigas, e con grand omildat.

Omíllome, Reína,
Madre del Salvador,
Virgen santa e dina,
oye a mí pecador.

Mi alma en ti cuida
e en tu alabança;
de ti non se muda
la mi esperança;
Virgen, tú me ayuda,
e sin detardança
ruega por mí a Dios,
tu fijo, mi señor.

Porque en grand gloria
estás, e con plazer,
yo en tu memoria
algo quiero fazer:
la triste estoria
que a Jesú yazer
fizo en presiones
en penas e en dolor.

L

DE LA PASIÓN DE NUESTRO SEÑOR
JESUCHRISTO

Miércoles a terçia,
el cuerpo de Cristo,

Judea lo apreçia,
esa ora fue visto.
¡Quan poco lo preçia
al tu fijo quisto
Judas, el quel vendió,
su disçípulo traidor!

Por treinta dineros
fue el vendimiento,
quel caen señeros
del noble ungento;
fueron plazenteros
del pleiteamiento:
dieron le algo
al falso vendedor.

A ora de maitines,
dando le Judas paz,
los judíos golhines,
commo si fuese rapaz,
aquestos mastines,
así ante su faz,
travaron dél luego,
todos en deredor.

Tú con él estando
a ora de prima,
viste lo levando,
feriendo que lastima;
Pilatos judgado,
escupen le en çima
de su faz tan clara,
del çielo resplandor.

A la terçera ora
Cristos fue judgado
judgó lo el atora,

pueblo porfiado;
por aquesto morrá,
en cabtivo dado,
del cual nunca saldrá
nin avrá librador,

Diziéndole: «Vaya»,
liévanlo a muerte;
sobre la su saya
echáronle suerte,
quál d'ellos la aya,
pesar atán fuerte.
¿Quién lo dirié, Dueña,
quál fue destos mayor?

A ora de sesta
fue puesto en la cruz.
Grand coita fue aquesta
por el tu fijo duz;
mas al mundo presta,
que dende vino luz,
claridat del çielo,
por sienpre durador.

A ora de nona
morió, e contesçió
que por su persona
el sol escuresçió;
dándol del ascona,
la tierra estremeçió;
sangre e agua salió,
del mundo fue dulçor.

A la vesperada,
de cruz fue desçendido;
cunpleta llegada,

de unguente ungido;
de piedra tajada
en sepulcro metido;
çenturio fue dado
luego por guardador.

Por aquestas llagas
desta santa pasión,
a mis coitas fagas
aver consolaçión;
Tú que a Dios pagas,
da me tu bendiçión,
que sea yo tuyo
por sienpre servidor.

LI

DE LA PASIÓN DE NUESTRO SEÑOR JESUCHRISTO

Los que la ley avemos
de Cristos de guardar,
de su muerte devemos
dolernos e acordar.

Cuentan las profiçías
lo que se ovo a conplir:
primero Jeremías
como ovo de venir;
diz luego Isaías
que lo avía de parir
la Virgen que sabemos
Santa María estar.

Dize otra proffeçía
de aquella vieja ley
que el cordero vernía
e salvaría la grey;
Daniel lo dezía,
Por Cristos nuestro rey;
en Davit lo leemos
segund el mi coidar.

Commo profetas dizen,
esto ya se conplió:
vino en Santa Virgen,
e de Virgen nasçió
al que todos bendiçen;
por nós todos morió,
Dios e omne que veemos
en el santo altar.

Por salvar fue venido
el linaje umanal;
fue de Judas vendido
por muy poco cabdal;
fue preso e ferido
de los jodíos mal,
este Dios en que creemos,
fuéronlo açotar.

En su faz escopieron,
del çielo claridat;
espinas le pusieron
de mucha crueldat;
en la cruz lo sobieron
sin toda piedat;
destas llagas tenemos
dolor e grant pessar.

Con clavos enclavaron
las manos e pies dél;
la su set abebraron
con vinagre e fiel.
Las llagas quel llagaron
son más dulçes que miel
a los que en él avemos
esperança sin par.

En cruz fue por nós muerto,
ferido e llagado;
e despúes fue abierto
de ascona su costado;
por estas llagas çierto
es el mundo salvado;
a los que en Él creemos,
Él nos quiera salvar.

LII

DE LA PELEA QUE OVO DON CARNAL
CON LA QUARESMA

Açercando se viene un tienpo de Dios santo:
fui me para mi tierra por folgar algund quanto.
Dende a siete días era Quaresma tanto;
puso por todo el mundo miedo e grand espanto.

Estando a la mesa con don Jueves Lardero,
truxo a mí dos cartas un ligero trotero;
dezir vos he las notas, ser vos he tardinero,
ca las cartas leídas, dilas al menssajero.

«De mí, Santa Quaresma, sierva del Salvador,
enbiada de Dios a todo pecador,
a todos los arçiprestes e clérigos sin amor,
salud en Jesú Cristo fasta la Pasqua Mayor.

Sabed que me dixieron que ha çerca de un año
que anda don Carnal sañudo, muy estraño,
astragando mi tierra, faziendo mucho dapño,
vertiendo mucha sangre, de lo que más me asaño.

E por aquesta razón, en vertud de obediençia,
vos mando firmemente, so pena de sentençia,
que por mí e por mi ayuno e por mi penitençia
que lo desafiedes luego con mi carta de creençia.

Dezidle de todo en todo que de oy en siete días,
la mi persona mesma e las conpañas mías
iremos pelear con él e con todas sus porfías;
creo que se me non tenga en las carneçerías.

Dadla al mensajero, esta carta leída;
liévela por la tierra, non la traya escondida,
que non diga su gente que non fue aperçebida.
Dada en Castro de Ordiales, en Burgos resçebida.»

Otra carta traía, abierta e sellada,
una concha muy grande de la carta colgada;
aquel era el sello de la dueña nonbrada;
la nota es aquesta —a Carnal fue enbiada:

«De mí, doña Quaresma, justiçia de la mar,
alguaçil de las almas que se han de salvar,
a ti, Carnal goloso, que te non coídas fartar,
enbíote el Ayuno por mí desafiar:

Desde oy en siete días tú e tu almohalla,
que seades con migo en el canpo a la batalla,
fasta el sábado santo dar vos he lid sin falla;
de muerto o de preso, non podrás escapalla.»

Leí amas las cartas, entendí el ditado:
vi que venía a mí el un fuerte mandado,
ca non tenía amor, nin era enamorado;
a mí e a mi huésped puso nos en coidado.

Do tenía a don Jueves por huésped a la mesa,
levantó se bien alegre, de lo que non me pesa;
dixo: «Yo só el alférez contra esta mal apresa;
yo justaré con ella, que cada año me sopesa.»

Diome muy muchas graçias por el mi buen conbid.
Fue se, e yo fiz mis cartas, dixe le al Viernes. «Id
a don Carnal mañana, e todo esto le dezit:
que venga aperçebido el martes a la lid.»

Las cartas resçebidas, don Carnal argulloso
mostró en sí esfuerço, pero estava medroso;
non quiso dar respuesta, vino a mí acuçioso;
truxo muy grand mesnada, commo era poderoso.

Desque vino el día del plazo señalado,
vino don Carnal ante; estava esforçado,
de gentes muy guarnidos muy bien aconpañado;
serié don Alexandre de tal real pagado.

Pusso en la delantera muchos buenos peones:
gallinas e perdizes, conejos e capones,
ánades e lavancos e gordos anssarones;
fazían su alarde çerca de los tizones.

Estos traían lanças de peón delantero:
espeto muy conplidos de fierro e de madero;
escudavan se todos con el grand tajadero;
en la buena yantar éstos venían primero.

En pos los escudados están los ballesteros:
las ánsares çeçinas, costados de carneros,
pernas de puerco fresco, los jamones enteros;
luego en pos de aquestos están los cavalleros.

Las puestas de la vaca, lechones e cabritos;
allí andan saltando e dando grandes gritos;
luego los escuderos, muchos quesuelos friscos,
que dan de las espuelas a los vinos bien tintos.

Venía buena mesnada rica de infançones:
muchos buenos faisanes, los loçanos pavones;
venían muy bien guarnidos, enfiestos los pendones;
traían armas estrañas e fuertes guarniçiones.

Eran muy bien labradas, tenpradas e bien finas:
ollas de puro cobre traían por capellinas;
por adáragas calderas, sartenes e cozinas;
rreal de tan grand preçio non tenían las sardinas.

Vinieron muchos gamos, e el fuerte javalí;
«Señor», diz, «non me escusedes de aquesta lid a mí,
que ya muchas vegadas lidié con don Alí;
usado só de lid, sienpre por ende valí.»

Non avía acabado dezir bien su verbo,
ahé vos adó viene muy ligero el çiervo;
«Omillo me», diz, «señor, yo el tu leal siervo;
por te fazer serviçio, non fui por ende siervo.»

Vino presta e ligera al alarde la libre;
«Señor», diz, «a la dueña yo lo metré la fiebre;
dalle he la sarna e diviesos, que de lidiar nol mienbre;
más querría mi pelleja, quando alguno le quiebre.»

Vino el cabrón montés con corços e torcazas,
deziendo sus bramuras e muchas amenazas,
«Señor», diz, «a la dueña, si con migo las enlazas,
non te podrá enpesçer con todas sus espinaças.»

Vino su paso a paso el buey viejo lindero:
«Señor», diz, «a herén me echa oy el yuguero;
non só para afrae en carrera nin en ero,
mas fago te serviçio con la carne e cuero.»

Estava don Toçino con mucha otra çecina:
çidiérbedas e lomos, finchida la cozina,
todos aperçibidos para la lid malina.
La dueña fue maestra: non vino tan aína.

Commo es don Carnal muy grand enperador,
e tiene por todo el mundo poder commo señor,
aves e animalias, por el su grand amor,
vinieron muy omildes, pero con grand temor.

Estava don Carnal ricamente assentado
a messa mucho farta en un rico estrado;
delante sus juglares, commo omne onrrado;
desas muchas viandas era bien abastado.

Estava delante dél su alférez homil,
el inojo fincado, en la mano el barril;
tañía amenudo con él el añafil;
parlava mucho el vino, de todos alguaçil.

Desque vino la noche, mucho después de çena,
que tenía cada uno ya la talega llena,
para entrar en la fazienda con la dueña serena,
adormieron se todos después de la ora buena.

Essa noche los gallos con grand miedo estovieron:
velaron con espanto, nin punto non dormieron;
non avía maravilla, que sus mugeres perdieron;
por ende se alboroçaron del roído que oyeron.

Faza la media noche, en medio de las salas,
vino doña Quaresma: «¡Dios Señor, Tú me valas!»
dieron bozes los gallos, batieron de las alas;
llegaron a don Carnal aquestas nuevas malas.

Commo avía el buen omne sobra mucho comido,
con la mucha vianda mucho vino ha bevido;
estava apezgado e estava adormido;
por todo el su real entró el apellido.

Todos amodorridos fueron a la pelea;
pusieron las sus azes, ninguno non pletea;
la conpaña del mar las sus armas menea;
vinieron se a ferir, deziendo todos: «¡Ea!»

El primero de todos que ferió a don Carnal
fue el puerro cuello alvo, e ferió lo muy mal;
fizo le escopir flema, ésta fue grand señal;
tovo doña Quaresma que era suyo el real.

Vino luego en ayuda la salada sardina:
firió muy reziamente a la gruesa gallina;
atravesó se le en el pico, afoga la aína;
después a don Carnal falsol la capellina.

Vinién las grandes mielgas en esta delantera;
los verdeles e xibias guardan la costanera;
buelta es la pelea de muy mala manera:
caía de cada cabo mucha buena mollera.

De parte de Valençia venían las anguillas,
salpresas e trechadas, a grandes manadillas;
davan a don Carnal por medio de las costillas;
las truchas de Alverche dávanle en las mexillas.

Aí andava el atún commo un bravo león:
fallóse con don Tozino, díxole mucho baldón;
si non por doña Çeçina, quel desvió el pendón,
diera le a don Lardo por medio del coraçón.

De parte de Bayona venién muchos caçones:
mataron las perdizes, castraron los capones.
Del río de Henares venían los camarones:
fasta en Guadalquivir ponían sus tendejones.

Allí con los lavancos lidian barvos e peçes:
diz la pixota al puerco: «¿Dó estás, que non paresçes?
Si ante mí te paras, dar te he lo que meresçes;
ençierra te en la mesquita, non vayas a las prezes.»

Allí vino la lixa en aquel desbarato:
traía muy duro cuero con mucho garavato;
e a costados e a piernas dávales negro rato;
ansí travava d'ellos como si fuese gato.

Recudieron del mar, de piélagos e charcos,
conpañas mucho estrañas e de diversos marcos;
traían armas muy fuertes e ballestas e arcos;
más negra fue aquesta que non la de Alarcos.

De Santander vinieron las bermejas langostas:
traían muchas saetas en sus aljavas postas;
fazían a don Carnal pagar todas las costas;
las plazas que eran anchas fazíansele angostas.

Fecho era el pregón del año jubileo:
para salvar sus almas avían todos desseo;
quantos son en la mar vinieron al torneo;
arenques e vesugos vinieron de Bermeo.

Andava y la utra con muchos conbatientes,
feriendo e matando de las carnosas gentes;
a las torcaças matan las sabogas valientes;
el dolfín al buey viejo derribóle los dientes.

Sávalos e albures e la noble lanprea
de Sevilla e de Alcántara venían a levar prea;
sus armas cada uno en don Carnal enplea;
non le valía nada desçeñir la correa.

Bravo andava el tollo, un duro villanchón:
tenía en la su mano grand maça de un trechón;
dio en medio de la fruente al puerco e al lechón;
mandó que los echasen en sal de Villenchón.

El pulpo a los pavones non les dava vagar,
nin aun a los faisanes non dexava bolar;
a cabritos e a gamos queríalos afogar;
como tiene muchas manos, con muchos puede lidiar.

Allí lidian las ostias con todos los conejos;
con la liebre justavan los ásperos cangrejos;
d'ella e d'ella parte dan se golpes sobejos;
de escamas e de sangre van llenos los vallejos.

Allí lidia el Conde de Laredo muy fuerte,
congrío çeçial e fresco: mandó le mala suerte,
a don Carnal seguiendo, llegándol a la muerte;
estava mucho triste, non falla quél confuerte.

Tomó ya quanto esfuerço, e tendió su pendón;
ardiz e denodado fuese contra don Salmón;
de Castro de Urdiales llegava esa saçón;
atendióle el fidalgo, non le dixo de non.

Porfiaron grand pieça e pasaron grand pena;
si a Carnal dexaran, dieral mal estrena;
mas vino contra él la gigante ballena:
abraçóse con él, echólo en la arena.

Las más de sus conpañas eran le ya fallesçidas;
muchas d'ellas murieron e muchas eran foídas;
pero ansí apeado fazía grandes acometidas;
deffendió se quanto pudo con manos enflaqueçidas.

Commo estava ya con muy pocas conpañas,
el javalín e el çiervo fuyeron a las montañas;
todas las otras reses fuéronle muy estrañas;
los que con él fincaron non valían dos castañas.

Si non fuese la çeçina, con el grueso tocino,
que estava amarillo, de días mortezino,
que non podía de gordo lidiar sin el buen vino,
estava muy señero, çercado e mesquino.

La mesnada del mar fizo se un tropel:
fincaron las espuelas, dieron todos en él;
non lo quisieron matar, ovieron duelo dél;
a él e a los suyos metieron en un cordel.

Troxieron los atados por que non escapasen;
dieron los a la dueña ante que se aforrasen;
Mandó luego la dueña que a Carnal guardasen,
e a doña Çeçina con el Toçino colgasen.

Mandólos colgar altos, bien como atalaya,
e que a descolgallos ninguno y non vaya;
luego los enforcaron de una viga de faya;
el sayón iva deziendo: «Quien tal fizo tal aya.»

Mandó a don Carnal quel guardase el Ayuno,
e él fuese carçelero, que non lo viese ninguno,
si non fuese doliente, o confesor alguno,
e quel diesen a comer al día manjar uno.

LIII

DE LA PENITENÇIA QU'EL FLAIRE DIO A DON CARNAL E DE CÓMO EL PECADOR SE DEVE CONFESSAR, E QUIEN HA PODER DE LO ABSOLVER

Vino luego un fraile para lo convertir:
començó le a predicar, de Dios a departir;
ovo se don Carnal luego mucho a sentir,
demandó penitençia con grand arrepentir.

En carta, por escripto, le dava sus pecados,
con sello de poridat çerrados e sellados;
rrespondió le el fraile quel non serían tomados.
Çerca desto le dixo muchos buenos ditados.

Non se faze penitençia por carta nin por escripto,
si non por la boca misma del pecador contrito;
non puede por escripto ser asuelto nin quito:
menester es la palabra del confesor bendito.

Pues que de penitençia vos fago mençión,
rrepetir vos querría una buena liçión:
devedes creer firmemente con pura devoçión
que por la penitencia avredes salvaçión.

Por que la penitençia es cosa tan preçiada,
non devedes, amigos, dexar la olvidada;
fablar en ella mucho es cosa muy loada;
quanto más la seguiéremos, mayor es la soldada.

Es me cosa muy grave en tan grand fecho fablar:
es piélago muy fondo, más que todo el mar;
só rudo e sin çiençia, non me oso aventurar,
salvo un poquillo que oí disputar.

E por aquesto que tengo en coraçón de escrevir,
tengo del miedo tanto quanto non puedo dezir;
con la çiençia poca he grand miedo de fallir;
señores, vuestro saber quiera mi mengua conplir.

Escolar só mucho rudo, nin maestro nin doctor:
aprendí e sé poco para ser demostrador;
aquesto que yo dixiere, entendet lo vós mejor;
so la vuestra emienda pongo el mi error.

En el santo Decreto ay grand disputaçión
si se faze penitençia por la sola contriçión:
determina al cabo que es la confesión
menester de todo en todo, con la satisfaçión.

Verdat es todo aquesto do puede omne fablar,
do ha tienpo e vida para lo emendar;
do aquesto fallesçe, bien se puede salvar
por la contriçión sola, pues ál non puede far.

Quito quanto a Dios, que es Sabidor conplido;
mas, quanto a la Iglesia, que non judga de ascondido,
es menester que faga por gestos e gemido
sinos de penitençia que es arrepentido.

En sus pechos feriendo, a Dios manos alçando,
sospiros dolorosos muy triste sospirando,
signos de penitençia de los ojos llorando;
do más fazer non puede, la cabeça enclinando.

Por aquesto es quito del infierno, mal lugar,
pero que a purgatorio lo va todo a purgar;
allí faz la emienda purgando el su errar
con la misericordia de Dios que lo quiere salvar.

Que tal contriçión sea penitençia bien llena,
ay en la Santa Iglesia mucha prueva e buena:
por contriçión e lágrimas la Santa Madalena
fue quita e absuelta de culpa e de pena.

Nuestro señor Sant Pedro, tan santa criatura,
negó a Jesú Cristo con miedo e quexura;
sé yo que lloró lágrimas tristes con amargura;
e satisfaçión otra non fallo escriptura.

El rey don Ezechías, de muerte condenado,
lloró mucho contrito, a la pared tornado;
de Dios tan piadoso luego fue perdonado;
quinçe años de vida añadió al culpado.

Muchos clérigos sinples, que non son tan letrados,
oyen de penitençia a todos los errados;
quier a sus parrochianos, quier a otros culpados,
a todos los absuelven de todos sus pecados.

En esto yerran mucho, que lo non pueden fazer;
de lo que fazer non pueden non se deven entremeter;
si el çiego al çiego adiestra, o lo quier traer,
en la foya dan entranbos e dentro van caer.

¿Qué poder ha en Roma el juez de Cartajéna?
o ¿qué juzgará en Françia el alcalde de Requena?
Non deve poner omne su foz en miese ajena;
faze injuria e dapño, e meresçe grand pena.

Todos los casos grandes, fuertes, agraviados,
a arçobispos e a bispos e a mayores prelados,
segund común derecho, les son encomendados,
salvo los que del papa son en sí reservados.

Los que son reservados del papa espiçiales,
son muchos en derecho dezir quántos e quáles;
serié mayor el romançe más que dos manuales;
quien saber los quisiere, oya las decretales.

Pues que el arçobispo, bendicho e conssagrado,
de palio e de blago e de mitra onrrado,
con pontifical non es destos apoderado,
¿por qué el sinple clérigo es desto tan osado?

Otrosí, del obispo e de los sus mayores
son otros casos muchos de que son oidores;
pueden bien asolver los e ser dispenssadores;
son mucho defendidos a clérigos menores.

Muchos son los primeros, e muchos son aquéstos;
quien quisiere saber los, estudio do son puestos;
trastorne bien los libros, las glosas e los testos;
el estudio a los rudos faze sabios maestros.

Lea en el Espéculo e en el su Repertorio,
los libros de Ostiense, que son grand parlatorio,
el Inoçençio Quarto, un sotil consistorio,
el Rosario de Guido, Novela e Directorio.

Dotores más de çiento, en libros e en questiones,
con fuertes argumentos e con sotiles razones,
tienen sobre estos casos diversas opiniones;
pues, por non dezir tanto, non me rebtedes, varones.

Vós, don clérigo sinple, guardat vos de error:
de mi parrochiano non seades confesor;
de poder que non avedes non seades judgador;
non querades vós penar por ajeno pecador.

Sin poder del prelado, o sin aver liçençia
del su clérigo cura, non le dedes penitençia;
guardat non lo absolvades, nin dedes la sentençia
de los casos que non son en vuestra pertenençia.

Segund común derecho, aquesta es la verdat;
mas en ora de muerte o de grand neçesidat,
do el pecador non puede aver de otro sanidat,
a vuestros e ajenos oíd, absolved e quitad.

En tienpo de peligro, do la muerte arrapa,
vós sodes para todo arçobispo e papa;
todo el su poder está so vuestra capa;
la grand neçesidat todos los casos atapa.

Pero que aquéstos tales, devedes les mandar
que si antes que mueran, si podieren fablar,
e puedan aver su cura para se confesar,
que lo fagan e cunplan, para mejor estar.

E otrosí mandatle a este tal doliente
que si dende non muere, quando fuere valiente,
que de los casos grandes que vós distes ungente,
que vaya a lavar se al río o a la fuente.

Es el papa, sin dubda, la fuente perenal,
ca es de todo el mundo vicario general;
los ríos son los otros que han pontifical:
arçobispos e obispos, patriarca, cardenal.

El fraile sobre dicho, que ya vos he nonbrado,
era del papo papa, e dél mucho privado;
en la grand nesçesidat a Carnal aprisionado
absolvió le de todo quanto estava ligado.

Desque el santo fraire ovo a Carnal confesado,
dio le esta penitençia: que por tanto pecado
comiese cada día un manjar señalado,
e non comiese más, e sería perdonado.

El día del domingo, por tu cobdiçia mortal,
conbrás garvanços cochos con azeite e non ál;
irás a la iglesia e non estarás en la cal,
que non veas el mundo nin cobdiçies el mal.

En el día del lunes, por la tu sobervia mucha,
conbrás de las arvejas, mas non salmón nin trucha;
irás oír las oras, non provarás la lucha,
nin bolverás pelea segund que la as ducha.

Por tu grand avariçia mándote que el martes
que comas los formigos e mucho non te fartes;
el terçio de tu pan comerás, o las dos partes;
para por Dios lo otro te mando que apartes.

Espinacas conbrás el miércoles, non espesas,
por la tu grand loxuria, comerás muy pocas desas;
non guardaste casadas, nin a monjas profesas;
por conplir adulterio fazías grandes promesas.

El jueves çenarás, por la tu mortal ira,
e por que te perjuraste deziendo la mentira,
lentejas con la sal; en rezarte remira;
quando mejor te sepan, por Dios de ti las tira.

Por la tu mucha gula e tu grand golosina,
el viernes pan e agua comerás, e non cozina;
fostigarás tus carnes con santa disçiplina;
aver te ha Dios merçed, e saldrás de aquí aína.

Come el día del sábado las fabas e non más;
por tu envidia mucha, pescado non comerás;
commo quier que algund poco en esto lazrarás,
tu alma pecador ansí la salvarás.

«Anda en este tienpo por cada çiminterio;
visita las iglesias rezando el salterio;
está y muy devoto al santo ministerio;
ayudar te ha Dios, e avrás pro del lazerio.»

Dada la penitençia, fizo la confesión;
estava don Carnal con muy grand devoçión,
deziendo «mía culpa»; dio le la absoluçión.
Partió se dél el fraile, dada la bendiçión.

Fincó allí ençerrado don Carnal el coitoso;
estava de la lid muy flaco e lloroso,
doliente e mal ferido, costribado e dolioso;
non lo vee ninguno cristiano religioso.

LIV

DE LO QUE SE FAZE MIÉRCOLES CORVILLO
E EN LA QUARESMA

Desque ovo la dueña vençido la fazienda,
movió todo el real, mandó coger su tienda;
andando por el mundo, mandó fazer emienda
los unos a los otros, non se paga de contienda.

Luego el primero día, el miércoles corvillo,
en las casas do anda, çesta nin canistillo
non dexa, tajador, baçín nin cantarillo,
que todo non lo munda sobre linpio librillo.

Escudillas, sartenes, tinajas e calderas,
espetos e griales, ollas e coberteras,
cañadas e varriles, todas cosas caseras,
todo lo fizo lavar a las sus lavanderas.

Repara las moradas, las paredes repega;
d'ellas faze de nuevo, e d'ellas enxalvega;
adó ella ver lo puede, suzedat non se llega;
salvo a don Carnal, non sé a quién non plega.

Bien commo en este día para el cuerpo repara,
así en este día por el alma se para:
a todos los cristianos llama con buena cara
que vayan a la iglesia con conçiençia clara.

A los que allá van con el su buen talante,
con çeniza los cruza de ramos en la fruente;
dize les que se conoscan, e les venga en miente
que son çeniza, e tal tornarán çiertamente.

Al cristiano cathólico da le el santo signo,
por que en el quaresma biva linpio e digno;
da mansa penitençia al pecador indigno;
ablanda robre duro con el su blando lino.

En quanto ella anda estas obras faziendo,
don Carnal el doliente iva salud aviendo;
iva se poco a poco de la cama irguiendo;
pensó como feziese commo fuese reyendo.

Dixo a don Ayuno, el domingo de ramos:
«Vayamos oír misa, señor, vós e yo anbos;
vós oiredes misa, yo rezaré mis salmos;
oiremos pasión, pues que baldíos estamos.»

Respondióle don Ayuno que desto le plazía.
Rezio es don Carnal, mas flaco se fazía;
fueron a la iglesia, non a la quél dezía;
de lo que dixo en casa allí se desdezía.

Fuyó de la iglesia, fuese a la jodería;
resçibieron lo muy bien en su carneçería;
pascua de pan çenzeño, estonçe les venía;
plogo a ellos con él, e él vido buen día.

Luego lunes de mañana, don rabí Açebín,
por le poner en salvo, enprestó le su rozín;
puso se muy privado en estremo de Medellín;
dixeron los corderos: «¡Vedes aquí la fin!»

Cabrones e cabritos, carneros e ovejas,
davan grandes balidos, dizién estas conssejas:
«Si nos lieva de aquí Carnal por las callejas,
a muchos de nos otros tirará las pellejas.»

Prados de Medellín, de Caçeres, de Troxillo,
la Bera de Plasençia fasta Val de Morillo,
e toda la Serena, el presto mançebillo
alboroçó aína, fizo muy grand portillo.

El canpo de Alcudia e toda Calatrava,
el canpo de Fazálvaro, en Valsavín entrava;
en tres días lo andudo, semeja que bolava;
el roçín del rabí con miedo bien andava.

Désquel vieron los toros, irizaron los çerros,
los bueys e las vacas repican los çençerros;
dan grandes apellidos terneras e beçerros:
«¡Aba aba, pastores, acorrednos con los perros!»

Enbió las sus cartas adó andar non pudo;
él por esas montañas en la sierra estudo,
e contra la Quaresma estava muy sañudo,
pero de venir solo non era atrevudo.

Estas fueron las cartas, el testo e la glosa:
«De nós, don Carnal fuerte, matador de toda cosa,
a ti, Quaresma flaca, magra e muy sarnosa,
non salud mas sangría, commo a mala flemosa.

Bien sabes commo somes tu mortal enemigo.
Enbiamos nós a ti al Almuerzo, nuestro amigo,
que por nós te lo diga commo seremos contigo
de oy en quatro días, que será el domingo.

Commo ladrón veniste, de noche a lo escuro,
estando nós dormiendo, yaziendo nós seguro;
non te nos defenderás en castillo nin en muro,
que de ti non ayamos el tu cuero maduro.»

La nota de la carta venía a todos nós:
«Don Carnal poderoso, por la graçia de Dios,
a todos los cristianos e moros e jodiós,
salud con muchas carnes sienpre de nós a vós.

Bien sabedes, amigos, en commo, mal pecado,
oy ha siete semanas que fuemos desafiado
de la false Quaresma e del mar airado;
estando nós seguro, fuemos d'ella arrancado.

Por ende vos mandamos, vista la nuestra carta,
que la desafiedes antes que dende parta;
guardat la que non fuya, que todo el mundo enarta;
enbiat ge lo dezir con doña Merienda farta.

E vaya el Almuerzo, que es más aperçebido:
diga le que el domingo, antes del sol salido,
iremos lidiar con ella, faziendo grand roído;
si muy sorda non fuere, oirá nuestro apellido.

Nuestra carta leída, tomad d'ella traslado:
dalda a don Almuerzo, que vaya con el mandado;
non se detenga y, vaya luego privado.
Dada en Tornavacas, nuestro lugar amado.»

Escriptas son las cartas, todas con sangre biva.
Todos con el plazer, cada uno do iva,
dezían a la Quaresma: «¿Dó te asconderás, cativa?»
Ella esta razón avía la por esquiva.

Por que ella non avía las cartas resçebidas.
Mas, desque ge las dieron e le fueron leídas,
rrespondió mucho flaca, las mexillas caídas,
dixo: «Dios me guardara destas nuevas oídas.»

Por ende cada uno esta fabla decuere:
«Quien a su enemigo popa, a las sus manos muere;
el que a su enemigo non mata, si podiere,
su enemigo matará a él, si cuerdo fuere.»

Dizen los naturales que non son solas las vacas,
mas que todas las fenbras son de coraçón flacas,
para lidiar non firmes quanto en afrecho estacas,
salvo si son vellosas, ca estas son berracas.

Por ende doña Quaresma de flaca conplision,
resçeló de la lid muerte o grand presión;
de ir a Jerusalén avía fecho promisión;
para pasar la mar puso muy grand misión.

La dueña en su riepto puso día sabido
fasta quando lidiasen, bien lo avedes oído;
por ende non avía por qué lidiar con su vençido:
sin vergüença se pudo ir, el plazo ya venido.

Lo ál, es ya verano e non venían del mar
los pescados a ella para la ayudar;
otrosí, dueña flaca non es para lidiar.
Por todas estas razones, non quiso esperar.

El viernes de indulgençias vistió nueva esclavina;
grande sonbrero redondo, con mucha concha marina;
bordón lleno de imágenes, en él la palma fina;
esportilla e cuentas para rezar aína;

Los çapatos redondos e bien sobre solados;
echó un grand dobler entre los sus costados;
gallofas e bodigos lieva y condesados;
destas cosas romeros andan aparejados.

De yuso del sobaco va la mejor alfaja:
calabaça bermeja más que pico de graja;
bien cabe su azunbre e más una meaja;
non andan los romeros sin aquesta sofraja.

Estava demudada desta guisa que vedes;
el sábado por noche saltó por las paredes;
diz: «Vós que me guardades, creo que non me tomedes,
que a todo pardal viejo nol toman en todas redes.»

Salió mucho aína de todas aquestas calles;
diz: «Tú, Carnal sobervio, meto que non me falles.»
Luego aquesa noche llegó a Ronças Valles.
Vaya, e Dios la guíe por montes e por valles.

LV

DE CÓMO DON AMOR E DON CARNAL VENIERON E LOS SALIERON A RESÇEBIR

Vigilia era de Pascua, abril çerca pasado:
el sol era salido, por el mundo rayado;
fue por toda la tierra grand roído sonado
de dos enperadores que al mundo han llegado.

Estos dos enperadores Amor e Carnal eran:
a resçebir los salen quantos que los esperan;
las aves e los árbores noble tienpo averan;
los que Amor atienden sobre todos se esmeran.

A don Carnal resçiben todos los carniçeros,
e todos los rabís, con todos sus aperos;
a él salen triperas taniendo sus panderos;
de muchos que corren monte llenos van los oteros.

El pastor lo atiende fuera de la carrera,
taniendo su çanpoña, e los albogues espera;
su moço el caramillo, fecho de caña vera;
taniendo el rabadán la çítola trotera.

Por el puerto asoma una seña bermeja,
en medio una figura, cordero me semeja;
vienen derredor d'ella balando mucha oveja,
carneros e cabritos con su chica pelleja.

Los cabrones valientes; muchas vacas e toros:
más vienen çerca d'ella que en Granada ay moros;
muchos bueys castaños, otros hoscos e loros;
non lo conpraría Dario con todos sus thesoros.

Venía don Carnal en carro muy preçiado,
cobierto de pellejos e de cueros çercado;
el buen enperador está arremangado
en saya, faldas en çinta, e sobra bien armado.

Traía en la su mano una segur muy fuerte;
a toda quatropea con ella da la muerte;
cuchillo muy agudo: a las reses acomete,
con aquél las deguella e a desollar se mete.

En derredor traía, çenida de la su çinta,
una blanca rodilla, está de sangre tinta;
al cabrón que está gordo él muy mal ge lo pinta:
fázel fazer be quadrado en boz doble e quinta.

Tenía coffia en la cabeça, quel cabello nol salga;
queça tenié vestida, blanca e rabigalga;
en el su carro otro a par dél non cavalga;
a la liebre que sale luego le echa la galga.

En derredor de sí trahe muchos alanes:
vaqueros e de monte, e otros muchos canes;
sabuesos e podencos, quel comen muchos panes,
e muchos nocherniegos que saltan matacanes.

Sogas para las vacas, muchos pessos e pessas,
tajones e garavatos, grandes tablas e mesas,
para las sus triperas gamellas e artesas,
las alanas paridas en las cadenas presas.

Rehalas de Castilla, con pastores de Soria,
rreçiben lo en sus pueblos, dizen dél grand estoria,
taniendo las canpanas en diziendo la gloria;
de tales alegrías non ha en el mundo memoria.

Posó el enperante en sus carneçerías;
venían a obedeçer le villas e alcarías;
dixo con grand orgullo muchas bravas grandías;
començo el fidalgo a fazer cavallerías.

Matando e degollando, e dessollando reses,
dando a quantos venían, castellanos e ingleses;
todos le dan dineros, e d'ellos le dan torneses;
cobra quanto ha perdido en los pasados meses.

LVI

DE CÓMO CLÉRIGOS E LEGOS E FRAYLES E MONJAS E DUEÑAS E JOGLARES SALIERON A RESÇEBIR A DON AMOR

Día era muy santo de la Pascua Mayor:
el sol salía muy claro e de noble color;
la flauta diz con ellos, más alta que un risco;
con ella el tanborete; sin él non vale un prisco.

La viuela de arco faz dulçes devailadas:
adormiendo a vezes, muy alto a las vegadas;
bozes dulzes, saborosas, claras e bien puntadas;
a las gentes alegra, todas las tiene pagadas.
Los omnes e las aves e toda noble flor,
todos van resçebir cantando al Amor.

Resçíbenlo las aves, gayos e ruy señores,
calandrias, papagayos mayores e menores;
dan cantos plazenteros e de dulçes sabores;
más alegría fazen los que son más mejores.

Resçíbenlo los árbores con ramos e con flores
de diversas maneras, de diverssas collores;
rresçiben lo los omnes e dueñas con amores;
con muchos instrumientos salen los atanbores.

Allí sale gritando la guitarra morisca,
de las bozes aguda e de los puntos arisca;
el corpudo laúd, que tiene punto a la trisca;
la guitarra latina con ésos se aprisca.

El rabé gritador, con la su alta nota,
cab' él el orabín taniendo la su rota;
el salterio con ellos, más alto que la mota;
la viuela de péndola con aquéstos y sota.

Medio canón e harpa, con el rabé morisco;
entrellos alegrança, el galipe françisco;
la flauta diz con ellos, más alta que un risco;
con ella el tanborete; sin él non vale un prisco.

La viuela de arco faz dulçes devailadas:
adormiendo a vezes, muy alto a las vegadas;
bozes dulzes, saborosas, claras e bien puntadas;
a las gentes alegra, todas las tiene pagadas.

Dulçe canón entero sal con el panderete:
con sonajas de azófar fazen dulçe sonete;
los órganos y dizen chançones e motete;
la hadedura alvardana entre ellos se entremete.

Dulçema e axabeba, el finchado albogón;
çinfonia e baldosa en esta fiesta son;
el francés odreçillo con estos se conpón;
la neçiacha vandurria allí faze su son.

Tronpas e añafiles salen con atanbales;
non fueron, tienpo ha, plazenterías tales,
tan grandes alegrías, nin atán comunales;
de juglares van llenas cuestas e criales.

Las carreras van llenas de grandes proçesiones:
muchos omnes ordenados que otorgan perdones;
los clérigos segrales con muchos clerizones;
en la proçesión iva el abad de Borbones.

Órdenes de Çistel, con las de Sant Benito;
la orden de Cruzniego, con su abat bendito;
quantas órdenes son, non las puse en escripto;
«VENITE EXULTEMUS» cantan en alto grito.

Orden de Santiago, con la del Ospital;
Calatrava e Alcántara, con la de Buenaval;
abbades heneditos en esta fiesta tal;
«TE AMOREM LAUDEMUS» le cantan e non ál.

Allí van de Sant Paulo los sus predicadores;
non va y Sant Françisco, mas van frailes menores;
allí van agostines e dizen sus cantores:
«EXULTEMUS E LETEMUR, ministros e priores.»

Los de la Trinidat, con los frailes del Carmen,
e los de Santa Eulalia, por que non se ensanen;
todos mandan que digan, que canten e que llamen
«BENEDICTUS QUI VENIT»; responden todos: «AMÉN».

Frailes de Sant Antón van en esta quadrilla:
muchos buenos cavallos, e mucha mala silla;
ivan los escuderos en la saya cortilla,
cantando «¡ANDELUYA!» anda toda la villa.

Todas dueñas de orden, las blancas e las prietas:
de Çistel predicaderas e muchas menoretas;
todas salen cantando, diziendo chançonetas:
«MANE NOBISCUM, DOMINE, que tañe a conpletas.»

De la parte del sol vi venir una seña,
blanca, resplandeçiente, más alta que la peña;
en medio figurada una imagen de dueña;
labrada es de oro, non viste estameña.

Traía en su cabeça una noble corona,
de piedras de grand preçio con amor se adona;
llenas trahe las manos de mucha noble dona;
non conprara la seña París nin Barçilona.

A cabo de grand pieça vi al que la trayé
estar resplandeçiente, a todo el mundo rié;
non conpraría Françia los paños que vistié;
el cavallo, de España, muy grand preçio valié.

Muchas conpañas vienen con el grand enperante
arçiprestes e dueñas, éstos vienen delante:
luego el mundo todo, e quanto vos dixe ante;
de los grandes roídos es todo el val sonante.

Desque fue y llegado don Amor el loçano,
todos inojos fincados besaron le la mano;
al que ge la non besa tenían lo por villano.
Acaesçió grand contienda luego en ese llano.

Con quáles posarié ovieron grand porfía:
querría levar tal huésped luego la clerizía;
fueron le muy contrarios quantos tienen freilía;
tan bien ellas commo ellos querrían la mejoría.

Dixieron allí luego todos los ordenados:
«Señor, nós te daremos monesterios honrrados,
rrefitorios muy grandes e manteles parados;
os grandes dormitorios de lechos bien poblados.

Non quieras a los clérigos por huéspedes de aquesta,
ca non tienen moradas do toviésedes la fiesta;
señor, chica morada a grand señor non presta;
de grado toma el clérigo, e amidos enpresta.

Esquilman quanto pueden a quien se les allega;
non han de qué te fagan serviçio que te plega;
a grand señor conviene grand palaçio e grand vega;
para grand señor non es posar en la bodega.»

«Señor», dizen los clérigos, non quieras vestir lana:
estragarié un fraile quanto el convento gana;
la su possadería non es para ti sana;
tienen muy grand galleta e chica la canpana.

«Non te farán serviçio en lo que dicho han;
mandan lechos sin ropa e manteles sin pan;
tienen cozinas grandes, mas poca carne dan;
coloran su mucha agua con poco açafrán.»

«Señor, sey nuestro huésped», dizién los cavalleros.
«Non lo fagas, señor», dizen los escuderos,
«dar te han dados plomados, perderás tus dineros;
al tomar vienen prestos, a la lid tardineros.

Tienden grandes alfámares, ponen luego tableros
pintados de jaldetas commo los tablajeros;
al contar las soldadas ellos vienen primeros;
para ir en frontera muchos ay costumeros.

Dexa todos aquéstos, toma de nós serviçio»,
las monjas le dixieron, «señor, non avrías viçio;
son pobres bahareros de mucho mal bolliçio;
señor, ve te con nusco, prueva nuestro çeliçio.»

Allí responden todos que non ge lo conssejavan,
que amavan falsemente a quantos las amavan;
son parientas del cuervo, de cras en cras andavan;
tarde cunplen o nunca lo que afiuziavan.

Todo su mayor fecho es dar muchos sometes,
palabrillas pintadas, fermosillos afeites;
con gestos amorosos e engañosos jugetes;
trahen a muchos locos con sus falsos risetes.

Mío señor don Amor, si él a mí creyera,
el conbid de las monjas, aquéste resçibiera:
todo viçio del mundo e todo plazer oviera;
si en dormitorio entrara, nunca se arrepentiera.

Mas commo el grand señor non deve ser vandero,
non quiso resçebir el conbid refertero;
dio les muchas graçias, estava plazentero;
a todos prometió merced, e a mí primero.

Desque vi a mi señor que non tenía posada,
e vi que la contienda era ya sosegada,
finqué los mis inojos antél e su mesnada:
demandé le merçed, aquésta señalada:

«Señor, tú me oviste de pequeño criado;
el bien, si algo sé, de ti me fue mostrado;
de ti fui aperçebido e de ti fui castigado;
en esta santa fiesta sey de mí ospedado.»

Su mesura fue tanta que oyó mi petiçión:
fue a la mi posada con esta proçesión;
todos le aconpañan con grand conssolaçión;
tienpo ha que non andude tan buena estaçión.

Fuéronse a sus posadas las más de aquestas gentes,
pero que en mi casa fincaron los instrumentes;
mi señor don Amor en todo paró mientes,
ca vido pequeñas cassas para tantos servientes.

Diz: «Mando que mi tienda finque en aquel prado:
si me viniere a ver algund enamorado,
de noche e de día allí sea el estrado,
ca todo tienpo quiero a todos ser pagado.»

Desque ovo yantado, fue la tienda armada:
nunca pudo ver omne cossa tan acabada;
bien creo que de ángeles fue tal cosa obrada,
que omne terrenal desto non faría nada.

La obra de la tienda vos querría contar:
aver se vos ha un poco a tardar la yantar;
es una grand estoria, pero non es de dexar;
muchos dexan la çena por fermoso cantar.

El mastel en que se arma es blanco de color:
un marfil ochavado, núncal vistes mejor,
de piedras muy preçiosas çercado en derredor;
alunbra se la tienda de su grand resplandor.

En la çima del mastel una piedra estava;
creo que era robí, al fuego semejava;
non avía menester sol, tanto de sí alunbrava;
de seda son las cuerdas con que ella se tirava.

En suma vos lo cuento por non vos detener:
do todo se escriviese, en Toledo non ay papel;
en la obra de dentro ay tanto de fazer
que si lo dezir puedo, meresçía el bever.

Luego a la entrada, a la mano derecha,
estava una messa muy noble e muy fecha;
delante ella grand fuego, de sí grand calor echa;
tres comen a ella, uno a otro assecha.

Tres cavalleros comían todos a un tablero,
asentados al fuego, cada uno señero;
non se alcançarién con un luengo madero,
e non cabrié entrellos un canto de dinero.

El primero comía las primeras cherevías;
comiença a dar çanahoria a bestias de establías;
da primero farina a bueys de erías;
faze días pequeños e madrugadas frías.

Comía nuezes primeras e asava las castañas;
mandava senbrar trigo e cortar las montañas,
matar los gordos puercos e desfazer las cabañas;
las viejas tras el fuego ya dizen las pastrañas.

El segundo comía toda carne salpresa;
estava enturbiada con la niebla su mesa;
faze nuevo azeite, con la brasa nol pesa;
con el frío a las de vezes en las sus uñas besa.

Comié el cavallero el toçino con verças;
enclaresçe los vinos son anbas sus almuerzas;
anbos visten çamarras, querrién calientes quezas;
en pos deste estava uno con dos cabeças.

A dos partes otea aqueste cabeçudo;
gallinas con capirotada comía amenudo;
fazía çerrar sus cubas, fenchir las con enbudo,
echar de yuso yergos, que guardan vino agudo.

Faze a sus collaços fazer los valladares,
rrefazer los pesebres, linpiar los alvañares,
çerrar los silos del pan e seguir los pajares;
más querrié estonçe peña que non loriga en ijares.

Estavan tres fijos dalgo a otra noble tabla:
mucho estavan llegados, uno a otro non fabla;
non se podrían alcançar con las vigas de gaola;
non cabría entre uno e otro un cabello de paula.

El primero de aquestos era chico enano:
oras triste, sañudo, oras seyé loçano;
tenía las yervas nuevas en el prado ançiano;
parte se del invierno, e con él viene el verano.

Lo más que éste andava era viñas podar,
e enxerir de escoplo e gavillas amondar;
mandava poner viñas para buen vino dar;
con la chica alhiara nol pueden abondar.

El segundo enbía a viñas cavadores:
echan muchos mugrones los amugronadores;
vid blanca fazen prieta buenos enxeridores;
a omnes aves e bestias mete los en amores.

Este tiene tres diablos presos en su cadena:
el uno enbiava a las dueñas dar pena;
pesa les en el lugar do la muger es buena;
desde entonçe comiença a pujar el avena.

El segundo diablo entra en los abades,
arçiprestes e dueñas: fablan sus poridades
con este conpañero, que les da libertades,
que pierdan las obladas e fablen vanidades.

Antes viene cuervo blanco que pierdan asnería:
todos ellos e ellas andan en modorría;
los diabios do se fallan llegan se a conpañía;
fazen sus diablurias e su truhanería.

Enbía otro diablo en los asnos entrar:
en las cabeças entra, non en otro lugar;
fasta que pasa agosto non dexan de rebuznar;
desde allí pierden seso; esto puedes provar.

El terçero fidalgo está de flores lleno:
con los vientos que faze grana trigo e çenteno;
faze poner estacas que dan azeite bueno;
a los moços medrosos ya los espanta el trueno.

Andan tres ricos onbres allí en una dança:
entre uno e otro non cabe punta de lança;
del primero al segundo ay una grand labrança;
el segundo al terçero con cosa non le alcança.

El primero los panes e las frutas granava:
fígados de cabrones con ruy barvo almorzava:
fuían dél los gallos, a todos los matava;
los barvos e las truchas amenudo çenava.

Buscava cassa fría, fuía de la siesta;
la calor del estío doler faze la tiesta;
anda muy más loçano que pavón en floresta;
busca yervas e aires en la sierra enfiesta.

El segundo tenía en su mano la foz,
segando las çevadas de todo el alfoz;
comié las bebras nuevas e cogía el arroz;
agraz nuevo comiendo, enbargó le la boz.

Enxería los árboles con ajena corteza;
comía nuevos panales, sudava sin pereza;
bolvía las aguas frías de su naturaleza;
traía las manos tintas de la mucha çereza.

El terçero andava los çentenos trayendo,
trigos e todas mieses en las eras tendiendo;
estava de los árbores las frutas sacodiendo;
el távano al asno ya le iva mordiendo.

Comiença a comer las chiquitas perdiçes;
sacar varriles fríos de los pozos helizes;
la mosca mordedor faz traher las narizes
a las bestias por tierra e abaxar las çerviçes.

Tres labradores vinién todos una carrera:
al segundo atiende el que va en delantera;
el terçero al segundo atiéndel en frontera;
el que viene non alcança al otro quel espera.

El primero comía las uvas ya maduras;
comía maduros figos de las figueras duras;
trillando e ablentando aparta pajas puras;
con él viene otoño con dolencias e curas.

El segundo adoba e repara carrales;
estercuela barvechos e sacude nogales;
comiença a vendimiar uvas de los parrales;
esconbra los rastrojos e çerca los corrales.

Pissa los buenos vinos el labrador terçero;
finche todas sus cubas commo buen bodeguero;
enbía derramar la simiente al ero.
Açerca se el invierno, bien commo de primero.

Yo fui maravillado desque vi tal visión:
coidé me que soñava, pero que verdat son;
rrogué a mi señor que me diese raçón
por do yo entendiese qué era o qué non.

El mi señor don Amor, commo omne letrado,
en sola una copla puso todo el tratado;
por do el que lo oyere será çertificado.
Esta fue su respuesta, su dicho abreviado:

234

«El tablero, la tabla, la dança, la carrera,
son quatro tenporadas del año del espera;
los omnes son los meses, cosa es verdadera;
andan e non se alcançan, atienden se en ribera.»

Otras cossas estrañas, muy graves de creer,
vi muchas en la tienda; mas, por non vos detener,
e por que enojoso non vos querría ser,
non quiero de la tienda más prólogo faser.

Mío señor, desque fue su tienda aparejada,
vino dormir a ella, fue poca su estada.
Desque se levantó, non vino su mesnada:
los más con don Carnal fazían su morada.

Desque lo vi de espaçio, commo era su criado,
atreví me e preguntel que el tienpo pasado,
cómmo nunca me viera, o dó avía morado;
respondióme con sospiro e commo con coidado.

Dixo: «En la invernada visité a Sevilla,
toda el Andaluzía, que non fincó y villa;
allí toda persona de grado se me omilla,
andando mucho viçioso, quanto fue maravilla.

Entrada la quaresma, vine me para Toledo:
coidé estar viçioso, plazentero e ledo;
fallé grand santidat, fízome estar quedo:
pocos me resçebieron, nin me fezieron del dedo.

Estava en un palaçio pintado de almagra;
vino a mí mucha dueña, de mucho ayuno magra;
con muchos pater nostres e con mucha oración agra;
echaron me de la çibdat por la puerta de Visagra.

Aun quise porfiar: fui me para un monasterio;
fallé por la caustra, e por el çiminterio
muchas religiosas rezando el salterio,
vi que non podía sofrir aquel lazerio.

Coidé en otra orden fallar cobro alguno
do perdiese lazerio: non pud fallar ninguno;
con oraçión e limosna, e con mucho ayuno
rredravan me de sí commo si fuese lobuno.

En caridat fablavan, mas non me la fazién;
yo veía las caras, mas non lo que dezién;
mercado falla omne en que gana si se detién;
rrefez es de coger se el omne do se falla bien.

Andando por la çibdat radío e perdido,
dueñas e otras fenbras fallava amenudo;
con sus "Ave Marías" fazían me estar mudo;
desque vi que me mal iva, fui me dende sañudo.

Salí desta lazeria, de coita e de lastro;
fui tener la quaresma a la villa de Castro:
rresçebieron me muy bien a mí e a mi rastro;
pocos allí fallé que me non llamasen padrastro.

Pues Carnal es venido, quiero perder lazeria:
la Quaresma católica do la a Santa Quiteria;
quiero ir ver Alcalá, moraré aí la feria;
dende andaré la tierra, dando a muchos materia.»

Otro día mañana, antes que fues de día,
movió con su mesnada Amor, e fue su vía;
dexó me con cuidado, pero con allegría;
este mi señor sienpre tal costunbre avía.

Sienpre, do quier que, pone mucho coidado,
con el muy grand plazer al su enamorado;
sienpre quiere alegría, plazer e ser pagado;
de triste e de sañudo non quiere ser ospedado.

LVII

DE CÓMO EL ARÇIPRESTE LLAMÓ A SU VIEJA QUE LE CATASE ALGUND COBRO

Día de Quasimodo, iglesias e altares
vi llenos de alegrías, de bodas e cantares;
todos avién grand fiesta, fazién grandes yantares;
andan de boda en boda clérigos e juglares.

Los que ante son solos, desque eran casados,
veía los de dueñas estar aconpañados;
pensé cómmo oviese de tales gasajados,
ca omne que es solo sienpre piensa cuidados.

Fiz llamar Trotaconventos, la mi vieja sabida:
presta e plazentera de grado fue venida;
rroguel que me catase alguna tal garrida,

ca solo, sin conpaña, era penada vida.
Díxome que conosçía una biuda loçana,
muy rica e bien moça, e con mucha ufana;
diz: «Arçipreste, amad ésta: yo iré allá mañana,
e si ésta recabdamos, nuestra obra non es vana.»

Con la mi vejezuela enbié le ya qué;
con ellas estas çantigas que vos aquí robré.
Ella non la erró, e yo non le pequé;
si poco ende trabajé, muy poco ende saqué.

Assaz fizo mi vieja, quanto ella fazer pudo,
mas non pudo trabar, atar nin dar nudo;
tornó a mí muy triste e con coraçón agudo;
diz: «Do non te quieren mucho, non vayas amenudo.»

LVIII

DE CÓMO EL ARÇIPRESTE FUE
ENAMORADO DE UNA DUEÑA QUE VIDO
ESTAR FAZIENDO ORAÇIÓN

Día era de Sant Marcos, fue fiesta señalada:
toda la santa iglesia faz proçesión onrrada,
de las mayores del año, de cristianos loada;
acaeçió me una ventura, la fiesta non pasada:

Vi estar una dueña, fermosa de veltad,
rrogando muy devota ante la magestad;
rrogué a la mi vieja que me oviese piadat,
e que andudiese por mía passos de caridat.

Ella fizo mi ruego, pero con antipara;
dixo: «Non querría ésta que me costase cara,
commo la marroquía que me corrió la vara;
mas el leal amigo al bien e al mal se para.»

Fue con la pleitesía, tomó por mí afán;
fizo se que vendié joyas, ca de uso lo han;
entró en la posada, respuesta non le dan;
non vido a la mi vieja omne, gato nin can.

Díxol por qué iva, e dio le aquestos verssos.
«Señora», diz, «conprad traveseros e aviesos.»
Dixo la buena dueña: «Tus dezires traviesos,
entienden los, Urraca, todos, ésos y ésos.»

«Fija», dixo la vieja, «¿osar vos he fablar?»
Dixo la dueña: «Urraca, ¿por qué lo has de dexar?»
Señora, pues yo digo de casamiento far;
ca más val suelta estar la viuda que mal casar.

«Más val tener algún cobro mucho ençelado;
ca más val buen amigo que mal marido velado,
fija, qual vos yo daría, que vos serié mandado,
muy loçano e cortés, sobre todos esmerado.»

Si recabdó o non, la buena menssajera
vino me muy alegre, díxome de la primera:
«El que al lobo enbía, ¡a la fe!, carne espera.»
Estos fueron los versos que levó mi trotera...:

... Fabló la tortolilla en el regno de Rodas,
diz: «¿Non avedes pavor, vós las mugeres todas,
de mudar vuestro amor por aver nuevas bodas?»
Por ende casa la dueña con cavallero, apodas.

E desque fue la dueña con otro ya casada,
escusó se de mí, e de mí fue escusada,
por non fazer pecado, o por non ser osada;
toda muger por esto non es de omne usada.

Desque me vi señero e sin fulana, solo,
enbié por mi vieja: ella dixo. «¿Adó lo?»
Vino a mí reyendo, diz: «Omíllome, don Polo:
fe aquí buen amor, qual buen amiga buscólo.»

LIX

DE CÓMO TROTACONVENTOS CONSSEJÓ AL ARÇIPRESTE QUE AMASE ALGUNA MONJA E DE LO QUE LE CONTESÇIÓ CON ELLA

Ella dixo: «Amigo, oídme un poquiello:
amad alguna monja, creedme de conssejo;
non se casará luego, nin saldrá a conçejo;
andarés en amor de grand dura sobejo.

Yo las serví un tienpo, moré y bien diez años;
tienen a sus amigos viçiosos, sin sosaños;
¿quién dirié los manjares, los presentes tamaños,
los muchos letuarios, nobles e tan estraños?

Muchos de letuarios les dan muchas de vezes:
diaçitrón, codonate, letuario de nuezes;
otros de más quantía, de çahanorias rahezes,
enbían unas a otras cada día a revezes.

Cominada alixandria, con el buen diagargante;
el diaçitrón abatis, con el fino gengibrante;
mil rosado, diaçiminio, diantioso va delante;
e la rosata novela, que deviera dezir ante.

Adragea e alfenique, con el estomatricón,
e la garriofileta, con diamargaritón;
triasándalix muy fino, con diasaturión,
que es para doñear preçiado e noble don.

Sabed que de todo açucar allí anda: bolado,
polvo, terrón e candi, e mucho del rosado;
açucar de confites e açucar violado,
e de muchas otras guisas que yo he olvidado.

Monpesler, Alexandria, la nonbrada Valençia,
non tienen de letuarios tantos nin tan espeçia;
los más nobles presenta la dueña ques más preçia;
en noblezas de amor ponen toda su femençia.

E aun vos diré más de quanto aprendí:
do an vino de Toro, non enbían valadí.
Desque me partí d'ellas, todo este viçio perdí;
quien a monjas non ama non vale un maravedí.

Sin todas estas noblezas, han muy buenas maneras:
son mucho encobiertas, donosas, plazenteras;
más saben e más valen sus moças cozineras
para el amor todo que dueñas de sueras.

Commo imágenes pintadas, de toda fermosura;
fijas dalgo muy largas e francas de natura;
grandes demandaderas, amor sienpre les dura,
comedidas, conplidas, e con toda mesura.

"Todo plazer del mundo e todo buen doñear,
solaz de mucho sabor e el falaguero jugar;
todo es en las monjas más que en otro lugar;
provad lo esta vegada, e quered ya sossegar."»

Yo le dixe; «Trotaconventos, escucha me un poquillo:
¿yo entrar cómo pudo a do non sé tal portillo?»
Ella diz: «Yo lo andaré en pequeño ratillo;
quien faze la canasta fará el canastillo.»

Fue se a una monja que avía servida.
Díxome quel preguntara: «¿Quál fue la tu venida?
¿Cómmo te va, mi vieja? ¿Cómo pasas tu vida?»
«Señora», dixo la vieja, así a comunal medida.

«Desque me partí de vós, a un arçipreste sirvo:
mançebo, bien andante; de su ayuda bivo.
Para que a vós sirva cadal día lo abivo;
señora, del convento non lo fagades esquivo.»

Díxol doña Garoça: «¿Enbió te él a mí?»
Dixo le: «Non, señora, mas yo me lo comedí,
por el bien que me fezistes en quanto vos serví;
para vós lo querría, ¡tal que mejor non ví!»

Aquesta buena dueña avié seso bien sano:
era de buena vida, non de fecho liviano;
diz: «Así me contesçería con tu conssejo vano
como con la culebra contesçió al ortolano.»

LX

ENXIENPLO DEL ORTOLANO
E DE LA CULEBRA

Era un ortelano bien sinple e sin mal:
en el mes de enero, con fuerte tenporal,
andando por su huerta, vido so un peral
una culebra chica, medio muerta atal.

Con la nieve e con el viento, e con la elada fría,
estava la culebra medio amodorrida;
el omne piadoso, que la vido aterida,
dolióse mucho d'ella, quiso le dar la vida.

Tomóla en la falda e levó la a su casa;
púsola çerca del fuego, çerca de buena brasa.
Abivó la culebra: ante que la él asa,
entró en un forado desa cozina rasa.

Aqueste omne bueno dava le cada día
del pan e de la leche e de quanto él comía;
creçió con el grand viçio e con el bien que tenía,
tanto que sierpe grande a todos paresçía.

Venido es el estío, la siesta affincada,
que ya non avía miedo de viento nin de elada;
salió de aquel forado sañuda e airada;
començó de enpoçoñar con venino la posada.

Díxole el ortelano: Vete de aqueste lugar:
non fagas aquí dapño. Ella fue se ensañar:
abraçó lo tan fuerte que lo quería afogar,
apretándolo mucho, cruelmente a silvar.

Alégrase el malo en dar por miel venino,
e por fructo dar pena al amigo e al vezino,
por piedat engaño, donde bien le avino;
ansí derechamente a mí de ti me vino.

«Tú estavas coitada, pobre, sin buena fama;
ónde ovieses cobro non tenías adama;
ayudé te con algo, fui grand tienpo tu ama;
consséjasme agora que pierda la mi alma.»

«Señora», dixo la vieja, «¿por qué só baldonada?
Quando trayo presente, só mucho falagada;
vine manos vazías, finco mal estultada;
conteçe me como al galgo viejo que non caça nada.»

LXI

ENXIENPLO DEL GALGO E DEL SEÑOR

El buen galgo lebrero, corredor e valiente,
avía, quando era joven, pies ligeros, corriente;
avía buenos colmillos, buena boca e buen diente;
quantas liebres veía, prendíalas ligeramente.

Al su señor él sienpre algo le presentava;
nunca de la corrida vazío le tornava;
el su señor por esto mucho le falagava;
a todos sus vezinos del galgo se loava.

Con el mucho lazerio fe muy aína viejo:
perdió luego los dientes e corría poquiello;
fue su señor a caça e salió un conejo:
prendiol e nol pudo tener, fuésele por el vallejo.

El caçador al galgo firió lo con un palo;
el galgo, querellando se, dixo: ¡Qué mundo malo!
Quando era mançebo dizíanme «halo, halo»;
agora que só viejo dizen que poco valo.

En mi joventud caça por pies non se me iva;
a mi señor la dava, quier muerta o quier biva;
estonçes me loava; ya viejo me esquiva;
quando non le trayo nada, non me falaga, nin me silva.

Los bienes e los loores muchos de mançebez
defienden la flaqueza, culpa de la vejez;
por ser el omne viejo non pierde por ende prez;
el seso del buen viejo non se mueve de refez.

En amar al mançebo e a la su loçanía,
e desechar al viejo e fazer le peoría,
es torpedat e mengua e maldat e villanía;
en el viejo se loa su buena mançebía.

El mundo cobdiçioso es de aquesta natura:
si el amor da fructo, dando mucho atura;
non dando nin serviendo, el amor poco dura;
de amigo sin provecho non ha el omne cura.

Bien quanto da el omne, en tanto es preçiado;
quando yo dava mucho, era mucho loado;
agora que non dó algo, só vil e despreçiado;
non ay mençión nin grado de serviçio ya pasado.

«Non se mienbran algunos del mucho bien antiguo;
quien a mal omne sirve, siénprel será mendigo;
el malo a los suyos non les presta un figo;
apenas quel pobre viejo falla ningund amigo.»

«E, señora, con vusco a mí atal acaesçe:
serví vos bien e sirvo, en lo que contesçe;
por que vin sin presente la vuestra saña cresçe,
e só mal denostada, segund que ya paresçe.»

«Vieja», dixo la dueña, «çierto, yo non mentí:
por lo que me dixiste, yo mucho me sentí;
de lo que yo te dixe luego me arrepentí,
por que talente bueno entiendo yo en ti.

Mas témome e reçelo que mal engañada sea:
non querría que me fuese commo al mur del aldea
con el mur de la villa, yendo a fazer enplea;
dezir te he la fazaña, e finque la pelea.»

LXII

ENSIENPLO DEL MUR DE MONFERRADO
E DEL MUR DE GUADALFAJARA

Mur de Guadalfajara un lunes madrugava:
fue se a Monferrado, a mercado andava;
un mur de franca barva resçibiol en su cava;
conbidol a yantar, e dio le una fava.

Estava en mesa pobre buen gesto e buena cara;
con la poca vianda buena voluntad para;
a los pobres manjares el plazer los repara;
pagós del buen talente mur de Guadalajara.

La su yantar comida, el manjar acabado,
conbidó el de la villa al mur de Monferrado
que el martes quisiese ir ver el su mercado,
e como él fue suyo, fuese él su conbidado.

Fue con él a su casa, e diol mucho de queso,
mucho tozino lardo, que non era salpreso,
enxundias e pan cocho, sin raçión e sin peso;
con esto el aldeano tovos por bien apreso.

Manteles de buen lienço, una blanca talega,
bien llena de farina; el mur allí se allega;
mucha onrra le fizo e serviçio quel plega;
alegría, buen rostro con todo esto se llega.

Está en mesa rica mucha buena vianda:
un manjar mejor que otro a menudo y anda,
e, de más, buen talente: huésped esto demanda;
solaz con yantar buena todos omnes ablanda.

Do comían e folgavan, en medio de su yantar
la puerta del palaçio començó a sonar;
abría la su señora, dentro quería entrar;
los mures con el miedo fuxieron al andar.

Mur de Guadalajara entró en su forado
el huésped acá e allá fuía deserrado;
non tenía lugar çierto do fuese anparado;
estovo a lo escuro, a la pared arrimado.

Çerrada ya la puerta e pasado el temor,
estava el aldeano con miedo e con tremor
falagával el otro, deziéndol: Amigo señor,
alégrate e come de lo que as más sabor.

«Este manjar es dulçe, sabe como la miel.»
Dixo el aldeano: Venino yaze en él;
el que teme la muerte, el panal le sabe fiel;
a ti solo es dulçe, tú solo come dél.

Al omne con el miedo nol sabe dulçe cosa;
non tiene voluntad clara, la vista temerosa;
con miedo de la muerte la miel non es sabrosa;
todas cosas amargan en vida peligrosa.

Más quiero roer fava seguro e en paz,
que comer mill manjares corrido e sin solaz;
las viandas preçiadas con miedo son agraz;
lodo es amargura do mortal miedo yaz.

¿Por qué tanto me tardo? Aquí todo me mato
del miedo que he avido; quando bien me lo cato,
commo estava solo, si viniera el gato,
allí me alcançara e me diera mal rato.

«Tú tienes grandes casas, mas ay mucha conpaña;
comes muchas viandas, aquesto te engaña;
buena es mi pobreza en segura cabaña,
que mal pisa el omne, el gato mal rascaña.»

Con paz e segurança es buena la pobreza;
al rico temeroso es pobre la riqueza;
sienpre tiene reçelo e con miedo tristeza;
la pobredat alegre es segura nobleza.

«Más vale en convento las sardinas saladas,
e fazer a Dios serviçio con las dueñas onrradas,
que perder la mi alma con perdizes assadas,
e fincar escarnida con otras deserradas.»

«Señora», diz la vieja, «desaguisado façedes:
dexar plazer e viçio, e lazeria queredes;
ansí commo el gallo, vós ansí escogedes:
dezir vos he la fabla e non vos enojedes.»

LXIII

ENXIENPLO DEL GALLO QUE FALLÓ
EL ÇAFIR EN EL MULADAR

Andava en el muladar el gallo ajevío:
estando escarbando mañana con el frío,
falló çafir culpado, mejor omne non vido;
espantóse el gallo, dexol como sandío.

«Más querría de uvas o de trigo un grano
que a ti nin a çiento tales en la mi mano.»
El çafir diol respuesta: Bien te digo, villano,
que si me conosçieses, tú andarías loçano.

«Si a mí oy fallase quien fallarme devía,
si averme podiese el que me conosçía,
al que el estiércol cubre mucho resplandesçería;
non conosçes tú nin sabes quánto yo meresçería.»

Muchos leen el libro toviéndolo en poder,
que non saben qué leen, nin lo pueden entender.
tienen algunas cosas preçiadas e de querer,
que non les ponen onrra la qual devían aver.

A quien da Dios ventura e non la quiere tomar,
non quiere valer algo, nin saber, nin pujar;
aya mucha lazeria e coíta e trabajar;
contescal commo al gallo que escarva en el muladar.

Bien así acaesçe a vós, doña Garoza:
queredes en convento más agua con la orça,
que con taças de plata e estar alaroça
con este mançebillo que vos tornaría moça.

Comedes en convento sardinas e camarones,
verçuelas e lazeria, e los duros caçones;
dexades del amigo perdizes e capones;
perdedes vós, coitadas, mugeres sin varones.

«Con la mala vianda, con las saladas sardinas,
con sayas de estameñas comedes vós, mesquinas;
dexades del amigo las truchas, las gallinas,
las camisas fronçidas, los paños de Mellinas.»

Díxol doña Garoça: «Oy más non te dire;
en lo que tú me dizes, en ello pensaré;
ven cras por la respuesta e yo te la daré;
lo que mejor yo viere, de grado lo faré.»

Otro día la vieja fue se a la mongía,
e falló a la dueña que en la misa seía;
«¡Yuy, yuy», dixo, «señora, qué negra ledanía!
En aqueste roído vos fallo cada vía.

O vos fallo cantando, o vos fallo leyendo,
o las unas con las otras contendiendo, reñiendo;
nunca vos he fallado jugando nin reyendo;
verdat dize mi amo, a como yo entiendo.»

«Mayor roído fazen, más bozes sin recabdo,
diez ánsares en laguna que çient bueyes en prado;
dexat eso, señora, diré vos un mandado;
pues la misa es dicha, vayamos al estrado.»

Alegre va la monja del coro al parlador;
alegre va el fraile de terçia al refitor;
quiere oír la monja nuevas del entendedor;
quiere el fraile goloso entrar en el tajador.

«Señora», diz la vieja, «diré vos un juguete:
non me contesca commo al asno con el blanchete,
que él vio con su señora jugar en el tapete;
diré vos la fablilla, si me dades un risete.»

LXIV

ENXIENPLO DEL ASNO E DEL BLANCHETE

Un perrillo blanchete con su señora jugava:
con su lengua e boca las manos le besava;
ladrando e con la cola mucho la fallagava;
demonstrava en todo grand amor que la amava.

Ante ella e sus conpañas en pino se tenía;
tomavan con él todos solaz e plazentería;
dava le cada uno de quanto que comía;
veía lo el asno esto de cada día.

El asno de mal seso pensó e tovo mientes:
dixo el burro nesçio ansí entre sus dientes:
Yo a la mi señora e a todas sus gentes
más con provecho sirvo que mill tales blanchetes.

«Yo en mi espinazo les trayo mucha leña
trayo les la farina que comen del açeña;
pues tan bien terné pino e falagaré la dueña,
commo aquel blanchete que yaze so su peña.»

Salió bien rebuznando de la su establía;
commo garañón loco el nesçio tal venía,
retoçando e faziendo mucha de caçorría;
fue se para el estrado do la dueña seía.

Puso en los sus onbros entranbos los sus braços;
ella dando sus bozes, vinieron los collaços;
dieron le muchos palos, con piedras e con maços,
fasta que ya los palos se fazían pedaços.

Non deve ser el omne a mal fazer denodado,
nin dezir nin cometer lo que non le es dado;
lo que Dios e natura han vedado e negado,
de lo fazer el cuerdo non deve ser osado.

Quando coída el bavieca que diz bien e derecho,
e coída fazer serviçio e plazer con su fecho,
dize mal con neçedad, faze pesar e despecho;
callar a las de vegadas faze mucho provecho.

«E por que ayer, señora, vos tanto arrufastes,
por lo que yo dezía por bien vos ensañastes,
por ende non me atrevo a preguntar qué pensastes;
rruego vos que me digades en lo que acordastes.»

La dueña dixo: «Vieja, mañana madrugueste
a dezirme pastrañas de lo que ayer me fableste;
yo non lo consentría commo tú me lo rogueste,
que conssentir non devo tan mal juego como éste.»

Si dixo la comadre, quando el çirugiano
el coraçón querría sacar le con su mano;
dezir te he su enxienplo agora por de mano;
después de darte he respuesta qual devo e bien de llano.

LXV

ENXIENPLO DE LA RAPOSA QUE COME
LAS GALLINAS EN LA ALDEA

Contesçió en una aldea de muro bien çercada
que la presta gulhara ansí era vezada
que entrava de noche, la puerta ya çerrada,
comía las gallinas de posada en posada.

Tenían se los del pueblo d'ella por mal chufados:
çerraron los portillos, finiestras e forados;
desque se vido encerrada, diz: «Los gallos furtados,
désta creo que sean pagados e escotados.»

Tendióse a la puerta del aldea nonbrada,
fízose commo muerta, la boca ꞃegañada,
las manos encogidas, yertᵃ e desfigurada;
dezían los que pasavan: «¡Ten te esa trasnochada!»

Passava de mañana por y un çapatero:
«O», diz, «¡Qué buen cola! Más vale que un dinero:
faré trainel d'ella para calçar ligero.»
Cortó la, e estudo más queda que un cordero.

El alfajeme passava, que venía de sangrar:
diz: «El colmillo desta puede aprovechar
para quien dolor tiene en muela o en quexar.»
Sacóle, e estudo queda, sin se más quexar.

Una vieja passava, quel comió su gallina:
diz: «El ojo de aquésta es para melezina
a moças aojadas, e que han la madrina.»
Sacólo, e estudo sosegada la mesquina.

El físico pasava por aquella calleja:
diz: «¡Qué buenas orejas son las de la gulpeja
para quien tiene venino o dolor en la oreja!»
Cortólas, e estudo queda más que una oveja.

Dixo este maestro: «El coraçón del raposo
para el tremor del coraçón es mucho provechoso.»
Ella diz: «¡Al diablo catedes vós el polso!»
Levantó se corriendo, e fuxo por el coso.

Dixo: «Todas las coítas puede omne sofrir;
mas el coraçón sacar e muerte resçebir.
non lo puede ninguno, nin deve, consentir;
lo que enmendar non se puede non presta arrepentir.»

Deve catar el omne con seso e con medida
lo que fazer quisiere, que aya dél salida,
ante que façer cosa quel sea retraída;
quando teme ser preso, ante busque guarida.

Desque ya es la dueña de varón escarnida,
es dél menos preçiada e en poco tenida;
es de Dios airada e del mundo aborrida;
pierde toda su onrra, la fama e la vida.

«E pues tú a mí dizes razón de perdimiento
del alma e del cuerpo e muerte e enfamamiento,
yo non quiero fazer lo; ve te sin tardamiento,
si non dar te he gualardón qual tu meresçimiento.»

Mucho temió la vieja deste bravo dezir:
«Señora», diz, «¡mesura! Non me querades ferir;
puede vos por ventura de mí grand pro venir,
commo al león vino del mur en su dormir.»

LXVI

ENXIENPLO DEL LEÓN E DEL MUR

Dormía el león pardo en la frida montaña:
en espesura tiene su cueva soterraña;
allí juegan de mures una presta conpaña;
al león despertaron con su burla tamaña.

El león tomó uno e quería lo matar;
el mur con el grand miedo començol a falagar:
«Señor», diz, «non me mates, que non te podré fartar,
en tú dar me la muerte non te puedes onrrar.

¿Qué onrra es al león, al fuerte, al poderoso,
en matar un pequeño, al pobre, al coitoso?
Es desonrra e mengua, e non vençer fermoso;
el que al menor vençe, es loor vergonçoso.

Por ende vençer es onrra a todo omne nasçido,
es maldad e pecado vençer al desfallido;
el vençedor ha onrra del preçio del vençido;
su loor es atanto quanto es el debatido.»

El león destos dichos tovo se por pagado:
soltó al morezillo; el mur, quando fue soltado,
dio le muy muchas graçias, e quel sería mandado:
en quanto él podiese, quel sirvirié de grado.

Fue se el mur al forado; el león fue a caçar;
andando en el monte, ovo de entropeçar;
cayó en grandes redes, non las podía retaçar;
enbuelto pies e manos, non se podía alçar.

Començó a querellar se, oyó lo el murizillo:
fue a él, díxol: «Señor, yo trayo buen cochillo;
con aquestos mis dientes rodré poco a poquillo;
do están vuestras manos, faré un grand portillo.

Los vuestros brazos fuertes, por allí los sacaredes:
abriendo e tirando las redes resgaredes;
por mis chiquillos dientes vós oy escaparedes;
perdonastes mi vida, e vós por mí bivrredes.»

Tú, rico, poderoso, non quieras desechar
al pobre, al menguado, non lo quieras de ti echar;
puede fazer serviçio quien non tiene qué pechar;
el que non puede más, puede aprovechar.

«Puede pequeña cossa e de poca valía
fazer mucho provecho e dar grand mejoría;
el que poder non tiene, oro nin fidalguía,
tenga manera e seso, arte e sabidoría.»

Fue con esto la dueña ya quanto más pagada;
«Vieja», dixo, «non temas, está bien segurada;
non conviene a dueña de ser tan denodada;
mas resçélome mucho de ser mal engañada.

Estas buenas palabras, estos dulçes falagos,
non querría que fuesen a mí fiel e amargos,
commo fueron al cuervo los dichos, los encargos
de la falsa raposa con sus malos tras fagos.»

LXVII

ENXIENPLO DE LA RAPOSA E DEL CUERVO

La marfusa un día con la fanbre andava;
vido al cuervo negro en un árbol do estava;
grand pedaço de queso en el pico levava.
Ella con su lisonja tan bien lo saludava:

O cuervo tan apuesto, del çisne eres pariente,
en blancura, en dono, fermoso, reluziente;
más que todas las aves cantas muy dulçemente;
si un cantar dixieres, diré yo por él veinte.

«Mejor que la calandria, nin que el papagayo,
mejor gritas que tordo, nin ruiseñor nin gayo;
si agora cantasses, todo el pesar que trayo
me tiraríés en punto, más que otro ensayo.»

Bien se coidó el cuervo que con el gorgear
plazié a todo el mundo más que con otro cantar;
creyé que la su lengua e el su mucho gadnar
alegrava las gentes mas que otro juglar.

Començó a cantar, la su boz a erçer:
el queso de la boca óvosele a caer;
la gulhara en punto se lo fue a comer;
el cuervo con el dapño ovo de entristecer.

Falsa onrra e vana gloria y el risete falso
dan pessar e tristeza e dapño sin traspaso;
muchos cuidan que guarda el viñadero el paso,
e es la magadaña que está en el cadahalso.

«Non es cosa segura creer dulçe lijonja:
de aqueste dulçor suele venir amarga lonja:
pecar en tal manera non conviene a monja:
rreligiosa non casta es podrida toronja.»

«Señora», diz la vieja, «esse miedo non tomedes;
el omne que vos ama, nunca lo esquivedes;
rodas las otras temen eso que vós temedes;
el miedo de las liebres, las monjas lo avedes.»

LXVIII

ENXIENPLO DE LAS LIEBRES

Andávanse las liebres en las selvas llegadas:
sonó un poco la selva e fueron espantadas;
fue sueno de laguna, ondas arrebatadas;
las liebres temerosas en uno son juntadas.

Catan a todas partes, non podían quedas ser;
dezién con el grand miedo que se fuesen a esconder;
ellas esto fablando, ovieron de veer
las ranas con su miedo so el agua meter.

257

Díxola una liebre: «Conviene que esperemos:
non somos nós señeras que miedo vano tenemos;
las ranas se esconden de balde, ya lo veemos;
las liebres e las ranas vano miedo tenemos.

A la buena esperança nos conviene atener;
faze tener grand miedo lo que non es de temer;
somos de coraçón flaco, ligeras en correr;
non deve temor vano en sí omne traer.»

Acabada ya su fabla, començó de foír:
esto les puso miedo e fizo a todos ir.
En tal manera tema el que bien quiere bevir
que non pierda el esfuerco por miedo de morir.

El miedo es muy malo sin esfuerço, ardid;
esperança e esfuerço vençen en toda lid;
los covardes fuyendo mueren, deziendo: «Foíd»
biven los esforçados deziendo: «¡Daldes, ferid!»

Aquesto acaesçe a vós, señora mía,
e a todas las monjas que tenedes freilía:
por una sin ventura muger que ande radía,
temedes vós que todas irés por esa vía.

«Tened buena esperança, dexad vano temor;
amad al buen amigo, quered su buen amor;
si más ya non, fablalde como a chate pastor;
dezid le: "Dios vos salve"; dexemos el pavor.»

«Tal eres», diz la dueña, «vieja, commo el diablo,
que dio a su amigo mal consejo e mal cabo:
púsolo en la forca, dexó lo y en su cabo;
oye buena fabla, non quieras mi menoscabo.»

LXIX

ENXIENPLO DEL LADRÓN QUE FIZO CARTA
AL DIABLO DE SU ÁNIMA

En tierra sin justiçia eran muchos ladrones;
fueron al rey las nuevas, querellas e pregones;
enbió allá su alcalde, merinos e sayones;
al ladrón enforcavan por quatro pepiones.

Dixo el un ladrón d'ellos: «Ya yo só desposado
con la forca, que por furto ando desorejado;
si más yo só con furto del merino tomado,
él me fará con la forca ser del todo casado.»

Ante que el desposado penitençia presiese,
vino a él un diablo por que non lo perdiese:
díxol que de su alma la carta le feçiese,
furtase sin miedo quanto furtar podiese.

Otorgóle su alma, fízole dende carta;
prometióle el diablo que dél nunca se parta;
desta guisa el malo sus amigos enarta.
Fue el ladrón a un canbio, furtó de oro gran sarta.

El ladrón fue tomado, en la cadena puesto:
liamó a su amigo quel conssejó aquesto;
vino el mal amigo, diz: «Fe me aquí presto;
non temas, ten esfuerço, que non morrás por esto.

Quando a ti sacaren a judgar oy o cras,
aparta al alcalde, e con él fablarás;
pon mano en tu seno e dal lo que fallarás;
amigo, con aquesto en salvo escaparás.»

Sacaron otro día los presos a judgar:
él llamó al alcalde, apartol e fue fablar;
metió mano en el seno e fue dende sacar
una copa de oro muy noble, de preçiar.

Dio ge la en presente callando al alcalde;
diz luego el judgador: «Amigos, el ribalde,
non fallo por qué muera; prendistes le de balde;
yo le dó por quito suelto; vós, merino, soltalde.»

«Salió el ladrón suelto sin pena de presión.
Usó su mal ofiçio grand tienpo e grand sazón;
muchas vezes fue preso, escapava por don;
enojo se el diablo, fue preso su ladrón.»

Llamó su mal amigo así commo solía;
vino el malo e dixo: «¿A qué me llamas cada día?
Faz ansí como sueles, non temas, en mí fía;
darás cras el presente, saldrás con arte mía.»

Apartó al alcalde segund lo avía usado;
puso mano a su seno e falló negro fallado:
sacó una grand soga, dio la al adelantado;
el alcalde diz: «Mando que sea enforcado.»

Levando a la forca, vido en altas torres
estar su mal amigo, diz: «¿Por qué non me acorres?»
Respondió el diablo: «E tú, ¿por qué non corres?
Andando e fablando, amigo, non te engorres.»

«Luego seré con tigo desque ponga un fraile
con una freila suya que me dize: "Tray le, tray le."
Engaña a quien te engaña, a quien te fay, fay le.
Entre tanto, amigo, ve te con ese baile.»

Cerca el pie de la forca començó de llamar:
«¡Amigo, val me, val me, que me quieren enforcar!»
Vino el malo e dixo: ¡Ya te viese colgar!
Que yo te ayudaré, commo lo suelo far.

«Súbante, non temas, cuélgate a osadas,
e pon tus pies entranbos sobre las mis espaldas,
que yo te soterné segund que otras vegadas;
sotove a mis amigos en tales cavalgadas.»

Entonçes los sayones al ladrón enforcaron;
coidando que era muerto, todos dende derramaron;
a los amigos en mal lugar dexaron;
los amigos entranbos en uno razonaron.

El diablo quexó se, diz: «¡Ay, qué mucho pesas!
¡Tan caros que me cuestan tus furtos es tus presas!»
Dixo el enforcado: «Tus obras mal apresas
me troxieron a esto por que tú me sopesas.»

Fabló luego el diablo, diz: «Amigo, otea
e di me lo que vieres, toda cosa que sea.»
El ladrón paró mientes, diz: «Veo cosa fea:
tus pies descalabrados, e al non sé que vea.»

«Beo un monte grande de muchos viejos çapatos,
suelas rotas, e paños rotos, e viejos hatos;
e veo las tus manos llenas de garavatos;
d'ellas están colgadas muchas gatas e gatos.»

Respondió el diablo: «Todo esto que dixiste,
e mucho más dos tanto que ver non lo podiste,
he roto yo andando en pos ti, segund viste;
non puedo más sofrir te, ten lo que mereçiste.»

«Aquellos garavatos son las mis arterías;
los gatos e las gatas son muchas almas mías
que yo tengo travadas; mis pies tienen sangrías
en pos ellas andando las noches e los días.»

Su razón acabada, tiróse, dio un salto;
dexó a su amigo en la forca tan alto.
Quien al diablo cree, tráva̧l su garavato;
el le da mala çima e grand mal en chico rato.

El que con el diablo faze la su criança,
quien con amigo malo pone su amistança,
por mucho que se tarde, mal galardón alcança;
es en amigo falso toda la mal andança.

El mundo es texido de malos arigotes;
en buena andança el omne tiene muchos galeotes,
parientes apostizos, amigos paviotes;
desque le veen en coíta, non dan por el dos motes.

De los malos amigos vienen malos escotes;
non viene d'ellos ayuda más que de unos arlotes,
si non falssas escusas, lisonjas, amagotes;
guarde vos Dios, amigos, de tales amigotes.

«Non es dicho amigo el que da mal conssejo
ante es enemigo e mal queriente sobejo;
al que te dexa en coíta, nol quieras en trebejo;
al que te mata so capa, nol salves en conçejo.»

«Señora», diz la vieja, «muchas fablas sabedes;
mas yo non vos conssejo eso que vos creedes,
si non tan solamente ya vós que lo fabledes:
abenid vos entre anbos, desque en uno estedes.»

«Farías», dixo la dueña, «segund que ya te digo,
que fizo el diablo al ladrón su amigo:
dexar m'ías con él sola, çerrarías el postigo;
sería mal escarnida, fincando él conmigo.»

Diz la vieja: «Señora, ¡qué coraçón tan duro!
De eso que vós resçelades ya vos yo asseguro,
e que de vós non me parta en vuestras manos juro;
si de vós me partiere, a mí caya el perjuro.»

La dueña dizo: «Vieja, non lo manda el fuero
que la muger comiençe fablar de amor primero;
cunple otear firme que es çierto menssajero.»
«Señora, el ave muda» diz, «non faze aguero.»

Díxol doña Garoça: «Que ayas buena ventura
que de ese arcipreste me digas su figura:
bien atal qual sea, di me toda su fechura;
non respondas en escarnio do te preguntan cordura.»

LXX

DE LAS FIGURAS DEL ARÇIPRESTE

«Señora», diz la vieja, «yol veo amenudo:
el cuerpo ha bien largo, mienbros grandes, e trefudo:
la cabeça non chica, velloso, pescoçudo;
el cuello non muy luengo, cabelprieto, orejudo.

Las çejas apartadas, prietas como carbón;
el su andar enfiesto, bien como de pavón;
su paso sosegado e de buena razón;
la su nariz es luenga, esto le desconpón.

Las ençías bermejas e la fabla tunbal;
la boca non pequeña, labros al comunal,
más gordos que delgados, bermejos como coral;
las espaldas bien grandes, las muñecas atal.

Los ojos ha pequeños; es un poquillo baço;
los pechos delanteros; bien trifudo el braço;
bien conplidas las piernas, del pie chico pedaço.
Señora, dél non vi más; por su amor vos abraço.»

«Es ligero, valiente, bien mançebo de días;
sabe los instrumentos e todas juglerías;
doñeador alegre, para las çapatas mías;
tal omne como este non es en todas erías.»

A la dueña mi vieja tan bien que la enduxo:
«Señora, diz la fabla del que de feria fuxo:
"La merca de tu uço, Dios es que la aduxo."
Amad, dueñas, amalde, tal omne qual debuxo.»

«Sodes las monjas guarrdadas, deseosas, loçanas;
los clérigos cobdiçiosos desean las ufanas;
todos nadar desean, los peçes e las ranas;
a pan de quinçe días, fanbre de tres selmanas.»

Díxol doña Garoça: «Ver me he, da me espaçio.»
«¡A la he!» dixo la vieja, «amor non sea laçio.
Quiero ir a dezir ge lo. ¡Yuy, cómo me engraçio!
Yol faré cras que venga aquí a este palaçio.»

La dueña dixo: «Vieja, ¡guárde me Dios de tus mañas!
Ve dil que venga cras ante buenas conpañas:
fablar me ha buena fabla, non burla nin picañas;
e dil que non me diga de aquestas tus fazañas.»

Vino la mi leal vieja, alegre, plazentera:
ante del «Dios vos salve», dixo la mensajera:
«Sé que el que al lobo enbía, a la fe carne espera,
que la buena corredera ansí faze carrera.

Amigo, Dios vos salve: folgad, sed plazentero;
cras dize que vayades; fabladla, non señero;
mas catad non le digades chufas de pitoflero,
que las monjas non se pagan del abbad fazañero.»

«De lo que cunple al fecho, aquesto le dezit;
lo que cras le fablardes, vós oy lo comedit;
a la misa de mañana vós en buena ora id;
enamorad a la monja, e luego vos venid.»

Yol dixe: «Trotaconventos, ruégote, mi amiga,
que lieves esta carta, ante que ge lo yo diga;
e si en la respuesta non te dixiere enemiga,
puede ser que de la fabla otro fecho se siga.»

Levol una mi carta a la missa de prima;
troxo me buena respuesta de la fermosa rima;
guardas tenié la monja más que la mi esgrima,
pero de buena fabla vino la buena çima.

En el nonbre de Dios fui a missa de mañana:
vi estar a la monja en oración loçana,
alto cuello de garça, color fresco de grana:
¡Desaguisado fizo quien le mandó vestir lana!

¡Val me Santa María! Mis manos aprieto.
¿Quién dio a blanca rosa ábito, velo prieto?
Más valdrié a la fermosa tener fijos e nieto
que atal velo prieto nin que ábitos çiento.

Pero que sea errança contra nuestro Señor
el pecado de monja a omne doñeador,
¡Ay Dios, e yo lo fuese, aqueste pecador,
que feziese penitençia deste fecho error!

Oteóme de unos ojos que paresçían candela:
yo sospiré por ellos, diz mi coraçón: «¡Hé la!»
Fui me para la dueña, fabló me e fablé la:
enamoróme la monja e yo enamoréla.

Resçibióme la dueña por su buen servidor:
siénprel fui mandado e leal amador;
mucho de bien me fizo con Dios en linpio amor;
en quanto ella fue biva, dios fue mi guiador.

Con mucha oraçión a Dios por mí rogava;
con la su abstinençia mucho me ayudava;
la su vida muy linpia en Dios se deleitava;
en locura del mundo nunca se trabajava.

Para tales amores son las religiosas:
para rogar a Dios, con obras piadosas;
que para amor del mundo mucho son peligrosas,
e son las escuseras perezosas, mentirosas.

Atal fue mi ventura que, dos messes pasados,
murió la buena dueña: ove menos cuidados;
a morir han los onbres que son o serán nados;
Dios perdone su alma, e los nuestros pecados.

Con el mucho quebranto fiz aquesta endecha:
con pesar e tristeza non fue tan sotil fecha;
emiende la todo omne, e quien buen amor pecha,
que yerro e mal fecho emienda non desecha.

LXXI

DE CÓMO TROTACONVENTOS FABLÓ
CON LA MORA DE PARTE DEL ARÇIPRESTE,
E DE LA RESPUESTA QUE LE DIO

Por olvidar la coíta, tristeza e pessar,
rrogué a la vieja que me quisiese casar:
fabló con una mora, non la quiso escuchar;
ella fizo buen seso, yo fiz mucho cantar.

Dixo Trotaconventos a la mora por mí:
«Ya amiga, ya amiga, ¡quánto ha que non vos vi!
Non es quien ver vos pueda. Y ¿cómo sodes ansí?
Saluda vos amor nuevo.» Dixo la mora: «Iznedrí.»

«Fija, mucho vos saluda uno ques de Alcalá;
enbía vos una çodra con aqueste alvalá;
el criador es con vusco, que desto tal mucho ha;
tomaldo, fija señora.» Dixo la mora: «Legualá.»

«Fija, sí el criador vos dé paz con salud;
que non ge lo desdeñedes, pues que más traher non pud,
aducho bueno vos adugo: fablad me alaúd,
non vaya de vós tan muda.» Dixo la mora: «Ascul.»

Desque vido la vieja que non recabdava y,
diz: «Quanto vos he dicho, bien tanto me perdí;
pues que ál non me dezides, quiero me ir de aquí.»
Cabeçeó la mora, díxole: «Amxí, amxí.»

LXXII

EN QUALES INSTRUMENTOS NON CONVIENE LOS CANTARES DE ARÁVIGO

Después fiz muchas cantigas de dança e troteras,
para judías e moras e para entenderas;
para en instrumentos de comunales maneras;
el cantar que non sabes, oy lo a cantaderas.

Cantares fiz algunos de los que dizen los çiegos,
e para escolares que andan nocherniegos,
e para muchos otros por puertas andariegos,
caçurros e de bulrras; non cabrían en diez pliegos.

Para los instrumentos estar bien acordados,
a cantares algunos son más apropiados;
de los que he provado, aquí son señalados
en quáles instrumentos vienen más assonados.

Arávigo non quiere la viuela de arco:
çinfonia, guitarra non son de aqueste marco;
çítola, odreçillo, non aman çaguil hallaco;
más aman la taverna, e sotar con vellaco.

Albogues e bandurria, caramillo e çanpoña,
non se pagan de arávigo quanto d'ellos Boloña,
commo quier que por fuerça dizen lo con vergoña;
quien ge lo dezir feziere pechar deve caloña.

Dize un filósofo, en su libro se nota,
que pesar e tristeza el engenio enbota;
e yo con pesar grande non puedo dezir gota,
por que Trotaconventos ya non anda nin trota.

Assí fue ¡mal pecado!, que mi vieja es muerta:
murió a mí serviendo, lo que me desconuerta;
non sé cómo lo diga, que mucha buena puerta
me fue después çerrada que antes me era abierta.

LXXIII

DE CÓMO MORIÓ TROTACONVENTOS, E DE CÓMO EL ARÇIPRESTE FAZE SU PLANTO, DENOSTANDO E MAL DIZIENDO LA MUERTE

¡Ay Muerte, muerta seas, muerta e mal andante!
Mataste a mi vieja, ¡matasses a mí ante!
Enemiga del mundo, que non as semejante,
de tu memoria amarga non es que non se espante.

Muerte, al que tú fieres, lievas te lo de belmez:
al bueno e al malo, al rico e al refez,
a todos los egualas e los lievas por un prez;
por papas e por reyes non das una vil nuez.

Non eatas señorío, debdo nin amistad;
con todo el mundo tienes continua enamistat;
non ay en ti mesura, amor nin piedad,
si non dolor, tristeza, pena e grand crueldad.

Non puede foir omne de ti, nin se asconder;
nunca fue quien contigo podiese bien contender;
la tu venida triste non se puede entender;
desque vienes, non quieres omne atender.

Dexas el cuerpo yermo a gusanos en fuesa;
al alma que lo puebla liévastela de priesa;
non es el omne çierto de tu carrera aviesa;
de fablar en ti, Muerte, espanto me atraviesa.

Eres en tal manera del mundo aborrida
que por bien que lo amen al omne en la vida,
en punto que tú vienes con tu mala venida,
todos fuyen dél luego, como de res podrida.

Los quel aman, e quieren en vida su conpaña,
aborresçen lo muerto, como a cosa estraña;
parientes e amigos, todos le tienen saña;
todos fuyen dél luego como si fuese araña.

De padres e de madres los fijos tan queridos:
amigos de amigas deseados e servidos;
de mugeres leales los sus buenos maridos:
desque tú vienes, Muerte, luego son aborridos.

Fazes al mucho rico yazer en grand pobreza;
omne tiene una meaja de toda su riqueza;
el que bivo es bueno e con mucha nobleza,
vil fediondo es muerto, aborrida villeza.

Non ha en el mundo libro, nin escrito, nin carta,
omne sabio nin neçio, que de ti bien departa;
en el mundo non ha cosa que con bien de ti se parta,
salvo el cuervo negro, que de ti, Muerte, se farta.

Cada día le dizes que tú le fartarás;
el omne non es çierto quándo e quál matarás;
el que bien fazer podiese, oy le valdría más
que non atender a ti, nin a tu amigo «cras cras».

Señores, non querades ser amigos del cuervo:
temed sus amenazas, non fagades su ruego;
el bien que fazer podierdes, fazedlo luego luego;
tened que cras morredes, ca la vida es juego.

La salud e la vida muy aína se muda:
en un punto se pierde quando omne non coída;
el bien que farás cras palabra es desnuda;
vestid la con la obra, ante que Muerte acuda.

Quien en mal juego porfía más pierde que non cobra;
coída echar su suerte, echa mala çoçobra.
Amigos, aperçebid vos e fazed buena obra,
que desque viene la muerte, a toda cosa sobra.

Muchos cuidan ganar quando dizen. «¡A todo!»;
viene un mal azar, trae dados en rodo;
llega el omne thesoros por lograr los, apodo;
viene la muerte luego, e déxalo con lodo.

Pierde luego la fabla e el entendimiento;
de sus muchos thesoros e de su allegamiento
non puede levar nada, nin fazer testamento;
los averes llegados, derrámalos mal viento.

Desque los sus parientes la su muerte varruntan,
por lo heredar todo amenudo se ayuntan;
quando por su dolençia al físico preguntan,
si dize que sanará, todos ge lo repuntan.

Los que son más propincos, hermanos e hermanas,
non coídan ver la ora que tangan las canpanas;
más preçian la erençia çercanos e çercanas
que non el parentesco, nin a las barvas canas.

Désquel sale el alma al rico pecador,
dexan lo en tierra solo, todos han dél pavor;
roban todos el algo, primero lo mejor;
el que lieva lo menos tiene se por peor.

Mucho fazen que luego lo vayan a soterrar;
temen se que las arcas les han de desferrar;
por oír luenga misa non lo quieren errar;
de todos sus thesoros dan le poco axuar.

Non dan por Dios a pobres, nin cantan saçrificios,
nin dizen oraçiones, nin cunplen los ofiçios;
lo más que sienpre fazen los herederos noviçios
es dar bozes al sordo, mas non otros serviçios.

Entierran lo de grado, e desque a graçias van,
amidos, tarde o nunca en misa por él están;
por lo que ellos andavan, ya fallado lo han;
ellos lievan el algo, el alma lieva Satán.

Si dexa muger moça, rica e paresçiente,
ante de misa dicha otros la han en miente,
que casará con más rico, o con moço valiente;
muda el trentanario, del duelo poco se siente.

Allegó el mesquino e non sopo para quién;
e maguer que cada día esto ansí avién,
non ha omne que faga su testamento bien,
fasta que ya por ojo la muerte vee que vien.

Muerte, por más dezirte a mi coraçón fuerço:
nunca das a los omnes conorte nin esfuerço,
si non desque es muerto, que lo coma el escuerço;
en ti tienes la tacha que tiene el mestuerço:

Faze doler la cabeça al que lo mucho coma;
otrosí tu mal maço, en punto que assoma,
en la cabeça fiere, a todo fuerte doma;
non le valen mengías desque tu ravia le toma.

Los ojos tan fermosos, póneslos en el techo;
çiégaslos en un punto, non han en sí provecho;
enmudeçes la fabla, fazes enrroquezer el pecho;
en ti es todo mal, rencura e despecho.

El oír e el oler, el tañer, el gustar,
todos los çinco sesos, tú los vienes tomar;
non ay omne que te sepa del todo denostar;
¡quánto eres denostada, do te vienes acostar!

Tiras toda vergüença, desfeas fermosura;
desadonas la graçia, denuestas la mesura;
enflaquesçes la fuerça, enloquesçes cordura;
lo dulçe fazes fiel con tu mucha amargura.

Despreçias loçanía, el oro escureçes;
desfazes la fechura, alegría entristezes;
manzillas la linpieza, cortesía envileçes;
Muerte, matas la vida, al mundo aborresçes.

Non plazes a ninguno, a ti con muchos plaze:
con quien mata e muere, e con qual quier que mal faze;
toda cosa bien fecha, tu maço las desfaze;
non ha cosa que nasca que tu red non enlaze.

Enemiga del bien, en el mal amador;
natura as de gota, del mal e de dolor;
al lugar do más sigues, aquél va muy peor;
do tú tarde requieres, aquél está mejor.

Tu morada por sienpre es infierno profundo;
tú eres mal primero, tú eres mal segundo;
pueblas mala morada, e despueblas el mundo;
dizes a cada uno: «Yo sola a todos hundo.»

Muerte, por ti es fecho el lugar infernal,
ca beviendo omne sienpre en el mundo terrenal,
non avrié de ti miedo, nin de tu mal hostal;
non temerié tu venida la carne umagnal.

Tú yermas los poblados, pueblas los çiminterios;
rrefazes los fosarios, destruyes los inperios;
por tu miedo los santos fizieron los salterios;
si non Dios, todos temen tus penas e tus lazerios.

Tú despoblaste, Muerte, al çielo e sus sillas;
los que eran linpieça, feziste los manzillas;
feçíste de los ángeles diablos e renzillas;
escotan tu manjar a dobladas e senzillas.

El señor que te fizo, tú a éste mataste:
Jesu Cristo, Dios e omne, tú aquéste penaste;
ai que tiene el çielo e la tierra, a éste
tú le posiste miedo, e tú lo demudeste.

El infierno lo teme, e tú non lo temiste;
temió te la su carne, grand miedo le posiste;
la su humanidat por tu miedo fue triste;
la deidat non te temió, entonçe non la viste.

Nol cataste nil viste, vio te él, bien te cató;
la su muerte muy cruel a él mucho espantó;
al infierno e a los suyos e a ti mal quebrantó;
túl mataste una ora, él por sienpre te mató.

Quando te quebrantó, entonçe lo conoçiste;
si ante lo espantaste, mill tanto pena oviste;
dio nos vida moriendo al que tú muerte diste;
sacó nos de cabtivo la cruz en quel posiste.

A santos que tenías en tu mala morada,
por la muerte de Cristos les fue la vida dada;
fue por su santa muerte tu casa despoblada;
queriés la poblar matándol, por su muerte fue yermada.

Sacó de las tus penas a nuestro padre Adán;
a Eva nuestra madre, a sus fijos Sed e Can;
a Jafet; a patriarcas: al bueno de Abrahán,
a Isac e a Isaías tomó los, non te dexó Dan.

A Sant Johan el Bautista, con muchos patriarcas,
que los teniés las penas, en las tus malas arcas,
al cabdillo de Moisén que tenías en tus barcas,
profetas e otros santos muchos que tú abarcas.

Yo dezir non sabría quáles eran tenidos;
quántos en tu infierno estavan apremidos;
a todos los sacó como santos escogidos;
mas con tigo dexó los tus malos perdidos.

A los suyos levó los con Él a Paraíso,
do an vida, veyendo más gloria quien más quiso;
Él nos lieve con sigo que por nós muerte priso;
guarde nos de tu casa, non fagas de nós riso.

A los perdidos malos que dexó en tu poder,
en fuego infernal los fazes tú arder,
en penas infernales los fazes ençender
para sienpre jamás, non los has de perder.

Dios quiera defender nos de la tu çalagarda;
Aquél nos guarde de ti que de ti non se guarda;
ca por mucho que bivamos, e por mucho que se tarda,
a venir ha tu ravia, que a todo el mundo escarda.

Tanto eres en ti, Muerte, sin bien e atal,
que dezir non se puede el diezmo de tu mal;
a Dios me acomiendo, que yo non fallo ál
que defender me quiera de tu venida mortal.

Muerte desmesurada, ¡matases a ti sola!
¿Qué oviste con migo? Mi leal vieja ¿dó la?
Que me la mataste, Muerte, Jesu Cristo conpró la
por la su santa sangre, e por ella perdonóla.

¡Ay mi Trotaconventos, mi leal verdadera!
Muchos te siguían biva, muerta yazes señera.
¿A dó te me han levado? Non sé cosa çertera;
nunca torna con nuevas quien anda esta carrera.

Çierto, en Paraíso estás tú assentada:
con dos mártires deves estar aconpañada;
sienpre en este mundo fuste por dos martiriada.
¿Quién te me rebató, vieja por mí lazrada?

A Dios merçed le pido que te dé la su gloria,
que más leal trotera nunca fue en memoria;
fazer te he un pitafio, escripto con estoria;
pues que a ti non viere, veré tu triste estoria.

Daré por ti limosna e faré oración;
faré cantar las misas e daré oblaçión;
la mi Trotaconventos, Dios te dé redenpçión;
el que salvó el mundo, Él te dé salvaçión.

Dueñas, non me rebtedes, nin me digades moçuelo,
que si a vós sirviera, vós avríades d'ella duelo;
llorariedes por ella, por su sotil anzuelo,
que quantas siguía, todas ivan por el suelo.

Alta muger nin baxa, ençerrada nin ascondida,
non se le detenía, do fazía debatida;
non sé omne nin dueña que tal oviese perdida,
que non tomase tristeza e pesar sin medida.

Fízele un pitafio pequeño con dolor:
la tristeza me fizo ser rudo trobador;
todos los que lo oyeren, por Dios nuestro Señor,
la oraçión fagades por la vieja de amor.

LXXIV

EL PITAFIO DE LA SEPULTURA DE URRACA

Urraca só, que yago so esta sepultura:
en quanto fui al mundo, ove veçio e soltura;
con buena razón muchos casé, non quise locura;
caí en una ora so tierra del altura.

Prendióme sin sospecha la muerte en sus redes;
parientes e amigos, aquí non me acorredes;
obrad bien en la vida, a Dios non lo erredes,
que bien como yo morí, así todos morredes.

El que aquí llegare, sí Dios le bendiga,
e síl dé Dios buen amor e plazer de amiga,
que por mi pecador un pater nóster diga;
si dezir non lo quisiere, a muerta non maldiga.

LXXV

DE QUÁLES ARMAS SE DEVE ARMAR
TODO CRISTIANO PARA VENÇER EL DIABLO,
EL MUNDO E LA CARNE

Señores, acordad vos de bien, sí vos lo digo:
non fiedes en tregua de vuestro enemigo,
ca non vee la ora que vos lieve con sigo;
si vedes que vos miento, non me preçiedes un figo.

Devemos estar çiertos, non seguros, de muerte,
ca nuestra enemiga es natural e fuerte;
por ende cada uno de nós sus armas puerte;
non podemos, amigos, d'ella fuir por suerte.

Si qualquier de nós otros oviese cras de lidiar
con algún enemigo, en el canpo entrar,
cada qual buscaría armas para se armar;
sin armas non querría en tal peligro entrar.

Pues si esto faríamos por omnes como nós bivos,
muy más devemos fazer lo por tantos e tan esquivos
enemigos, que nos quierren fazer siervos captivos,
e para sienpre jamás dizen: «Al infierno id vos.»

Los mortales pecados, ya los avedes oídos:
aquestos de cada día nos trahen muy conbatidos;
las almas quieren matar, pues los cuerpos han feridos;
por aquesto devemos estar de armas bien guarnidos.

Lidian otrosí con estos otros tres más principales:
la carne, el diablo, el mundo, destos nasçen los mortales;
destos tres vienen aquéllos: tomemos armas atales
que vençamos nós a ellos, quiero vos dezir quáles:

Obras de missericordia e de mucho bien obrar;
dones de Spíritu Santo que nos quiera alunbrar;
las obras de piedat de virtudes nos menbrar,
con siete sacramentos estos enemigos sobrar.

Contra la grand cobdiçia el bautismo porfía:
dono de Spíritu Santo de buena sabidoría;
saber nos guardar de lo ajeno, non dezir «esto querría»;
la virtud de la justiçia judgando nuestra follía

Vestir los pobres desnudos con santa esperança;
que Dios, por quien lo faremos, nos dará buena andanca;
con tal loriga podremos con cobdiçia, que nos trança,
e Dios guardar nos ha de cobdiçia, mal andança.

Sobrar a la grand sobervia, dezir mucha omildat;
debdo es temer a Dios e a la su magestad;
virtud de tenperamiento, de mesura e onestad;
con esta espada fuerte seguramente golpad.

Con mucha misericordia dar a los pobres posada;
tener fe que santa cosa es de Dios gualardonada;
non robar cosas ajenas, non forçar muger nin nada;
con esta confirmaçión la sobervia es arrancada.

Ayamos contra avariçia spíritu de piedat,
dando limosna a pobres, doliendonos de su mal;
virtud natural, justiçia, fudgando con omildat;
con tal maça al avarizia bien largamente dad.

El santo sacramento de orden saçerdotal,
con fe santa escogida, más clara que cristal,
casando huérfanas pobres, e nós con esto tal
vençeremos a avariçia con la graçia spiritual.

Ligeramente podremos a la loxuria refrenar:
con castidat e con conçiença poder nos emos escusar;
spíritu de fortaleza que nos quiera ayudar;
con estas brafuneras la podremos bien matar.

Quixotes e cañilleras de santo sacramento,
que Dios fizo en Paraíso: matrimonio e casamiento;
cassar los pobres menguados, dar a bever al sediento;
ansí contra luxuria avremos vençimiento.

Ira, que es enemiga e mata muchos aína,
con don de entendimiento e con caridad dina,
entendiendo su grand dapño, faziendo blanda farina
con paçiençia, bien podremos lidiar con tal capelina.

Con vertud de esperança e con mucha paçiençia
visitando los dolientes, e faziendo penitençia;
aborresçer los denuestos e amar buena abenençia;
con esto vençeremos ira e avremos de Dios querençia.

Grand pecado es gula, puede a muchos matar;
abstinençia e ayuno puede lo de nós quitar;
con spíritu de çiençia, sabiendo mesura catar,
comer tanto que podamos para pobres apartar.

Otrosí, rogar a Dios con santo sacrifiçio,
que es de cuerpo de Dios sacramento e ofiçio,
con fe en su memoria, lidiando por su serviçio;
con tal graçia podremos vençer gula, que es viçio.

La enbidia mató muchos de los profetas;
contra esta enemiga que nos fiere con saetas,
tenemos escudo fuerte, pintado con tabletas:
spíritu de buen conssejo encordado destas letras.

Sacramento de unçión meter nos, e soterremos;
aviendo por Dios conpasión, con caridat non erremos;
non faziendo mal a los sinples, pobres non denostemos;
con estas armas de Dios a enbidia desterraremos.

Armados estemos mucho contra açidia, mala cosa:
ésta es de los siete pecados más sotil e engañosa;
ésta cada día pare, do quier quel diablo posa;
más fijos malos tiene que la alana raviosa.

Contra ésta e sus fijos que ansí nos devallen,
nós andemos romerías, e las oras non se callen;
e penssemos pensamientos que de buenas obras salen,
ansí que con santas obras a Dios baldíos non fallen.

De todos buenos desseos e de todo bien obrar
fagamos asta de lança, e non queramos canssar;
con fierro de buenas obras los pecados a matar;
con estas armas lidiando podemos los amanssar.

Contra los tres principales, que non se ayunten de consuno,
al mundo con caridad, a la carne con ayuno,
con coraçón al diablo, todos tres irán de yuso;
nin de padres nin de fijos con esto non finca uno.

Todos los otros pecados, mortales e veniales,
destos nasçen commo ríos de las fuentes perhenales;
estos dichos son comienço e suma de todos males;
de padres, fijos, nietos, Dios nos guarde de sus males.

Dénos Dios atal esfuerço, tal ayuda e tal ardid
que vençamos los pecados e arranquemos la lid,
por que el día del juizio sea fecho a nós conbid;
que nos diga Jesu Cristo: «Benditos, a mí venid.»

LXXVI

DE LAS PROPIEDADES QUE LAS DUEÑAS
CHICAS HAN

Quiero vos abreviar, señores, la predicación,
que sienpre me pagué de pequeño sermón,
e de dueña pequeña e de breve razón,
ca poco e bien dicho, afinca se el coraçón.

Del que mucho fabla ríen, quien mucho ríe es loco;
es en la dueña chica amor grande e non poco;
dueñas di grandes por chicas, por grandes chicas non troco;
mas las chicas e las grandes se arrepienten del troco.

De las chicas que bien diga el Amor me fizo ruego,
que diga de sus noblezas; yo quiero las dezir luego;
dezir vos he de dueñas chicas, que los avredes por juego:
son frías como la nieve, e arden commo el fuego.

Son frías de fuera, con el amor ardientes;
en la cama solaz, trebejo, plazenteras, rientes;
en casa cuerdas, donosas, sosegadas, bien fazientes;
mucho ál y fallaredes, adó bien paráredes mientes.

En pequeña girgonça yaze grand resplandor;
en açucar muy poco yaze mucho dulçor;
en la dueña pequeña yaze muy grand amor;
pocas palabras cunplen al buen entendedor.

Es pequeño el grano de la buena pemienta,
pero más que la nuez conorta e calienta;
así dueña pequeña, si todo amor consienta,
non ha plazer del mundo que en ella non sienta.

Commo en chica rosa está mucha color,
e en oro muy poco grand preçio e grand valor,
commo en poco blasmo yaze grand buen olor,
ansí en dueña chica yaze muy grand sabor.

Como robí pequeño tiene mucha bondat,
color, virtud e preçio e noble claridad,
ansí dueña pequeña tiene mucha beldat,
fermosura, donaire, amor e lealtad.

Chica es la calandria e chico el ruiseñor,
pero más dulçe cantan que otra ave mayor;
la muger que es chica por eso es mejor;
con doñeo es más dulçe que açucar nin flor.

Son aves pequeñuelas papagayo e orior,
pero qual quier d'ellas es dulçe gritador,
adonada, fermosa, preçiada cantador;
bien atal es la dueña pequeña con amor.

De la muger pequeña non ay conparaçión:
terrenal paríso es, e grand conssolaçión;
solaz e alegría, plazer e bendiçión;
mejor es en la prueva que en la salutaçión.

Sienpre quis muger chica, más que grande nin mayor;
non es desaguisado del grand mal ser foidor;
del mal tomar lo menos, dízelo el sabidor;
por ende de las mugeres la mejor es la menor.

LXXVII

DE DON FURÓN, MOÇO DEL ARÇIPRESTE

Salida de febrero, e entrada de março,
el pecado, que sienpre de todo mal es maço,
traía de abbades lleno el su regaço;
otrosí de mugeres fazié mucho retaço.

Pues que ya non tenía menssajera fiel,
tomé por mandadero un rapaz trainel;
Hurón avía por nonbre, apostado donçel;
si non por quatorze cosas, nunca vi mejor que él.

Era mintroso, bebdo, ladrón e mesturero,
thafur, peleador, goloso, refertero,
rreñidor e adevino, suzio e agorero,
nesçio, pereçoso; tal es mi escudero.

Dos días en la selmana era grand ayunador:
quando non tenía que comer, ayunava el pecador;
sienpre aquestos dos días ayunava mi andador;
quando non podía ál fazer, ayunava con dolor.

Pero sí diz la fabla que suelen retraher,
que más val con mal asno el omne contender,
que solo e cargado faz a cuestas traer;
pues lo por menssajero con el grand menester.

Dixe le: «Hurón amigo, búscame nueva funda.»
«A la fe», diz «buscaré, aún que el mundo se funda,
e yo vos la traheré sin mucha varahunda;
que a las vezes mal perro roye buena coyunda.»

Él sabía leer tarde, poco e por mal cabo;
dixo: «Dad me un cantar, e veredes que recabdo;
e señor, vós veredes, maguer que non me alabo,
que si lo yo comienço, que le daré buen cabo.»

Dil aquestos cantares al que dé Dios mal fado:
ívaselos deziendo por todo el mercado;
díxol doña Fulana: «Tira te allá, pecado,
que a mí non te enbía, nin quiero tu mandado.»

LXXVIII

DE COMMO DIZE EL ARÇIPRESTE QUE
SE HA DE ENTENDER ESTE SU LIBRO

Por que Santa María, segund que dicho he,
es comienço e fin del bien, tal es mi fe,
fiz le quatro cantares, e con tanto faré
punto a mi librete, mas non lo çerraré.

Buena propiedat ha do quiera que se lea,
que si lo oye alguno que tenga muger fea,
o si muger lo oye que su marido vil sea,
fazer a Dios serviçio en punto lo desea.

Desea oír misas e fazer oblaçiones;
desea dar a pobres bodigos e raziones,
fazer mucha limosna e dezir oraçiones;
Dios con esto se sirve, bien lo vedes, varones.

Qualquier omne que lo oya, si bien trobar sopiere,
puede más y añadir e enmendar, si quisiere;
ande de mano en mano, a quien quier quel pidiere;
como pella a las dueñas, tómelo quien podiere.

Pues es de buen amor, enprestadlo de grado:
non desmintades su nonbre, nil dedes refertado;
non le dedes por dineros, vendido nin alquilado;
ca non ha grado nin graçia nin buen amor conprado.

Fiz vos pequeño libro de testo, mas la glosa
non creo que es chica, ante es bien grand prosa,
que sobre cada fabla se entiende otra cosa,
sin la que se alega en la razón fermosa.

De la santidat mucha es bien grand liçionario,
mas de juego e de burla es chico breviario;
por ende fago punto e çierro mi armario:
sea vos chica fabla, solaz e letuario.

Señores, he vos servido con poca sabidoría:
por vos dar solaz a todos, fablé vos en juglería;
yo un gualardón vos pido, que por Dios en romería
digades un pater noster por mí, e ave maría.

Era de mill e trezientos e ochenta e un años
fue conpuesto el romançe por muchos males e daños,
que fazen muchos e muchas a otras con sus engaños,
e por mostrar a los sinples fablas e versos estraños.

GOZOS DE SANTA MARÍA

Madre de Dios gloriosa,
Virgen Santa María,
fija e leal esposa
del tu fijo Mexía:
Tú, Señora,

da me agora
la tu graçia toda ora,
que te sirva toda vía.

Por que servir te cobdiçio,
yo pecador por tanto
te ofresco en serviçio
los tus gozos que canto:
el primero
fue terçero
ángel, a ti menssajero
del Spíritu Santo.

Conçebiste a tu Padre.
Fue tu goço segundo
quando lo pariste madre;
sin dolor salió al mundo.
Qual naçiste,
[tal pariste,]
bien atal remaneçiste,
virgen del santo mundo.

El terçero, la estrella
guió los reyes por ó
venieron a la luz d'ella,
con su noble thesoro,
e laudaron
e adoraron;
al tu Fijo presentaron
ençienso, mirra, oro.

Fue tu alegría quarta
quando oíste mandado
del hermano de Marta
que era resuçitado

tu fijo duz del mundo luz,
que viste morir en cruz,
que era levantado.

Quando a los cielos sobió,
quinto plazer tomaste;
el sesto, quando enbió
Espíritu Santo, gozeste;
el septeno
fue más bueno:
quando tu Fijo por ti veno,
al çielo pujaste

Pido te merçed, Gloriosa:
sienpre toda vegada
que me seades piadosa,
alegre e pagada;
quando a judgar,
juizio dar,
Jesú vinier, quiere me ayudar
e ser mi abogada.

GOZOS DE SANTA MARÍA

Todos bendigamos
a la Virgen Santa;
sus gozos digamos
e su vida quánta
fue, segund fallamos
que la estoria canta
vida tanta.

El año dozeno,
a esta donzella,
ángel de Dios bueno
saludó a ella

....
....

Virgen bella.

Parió su fijuelo:
¡qué gozo tan maño!
A este moçuelo,
el trezeno año,
reyes venieron lluego
con presente estraño
adorallo.

Años treinta e tres
con Cristos estudo;
quando resuçitado es,
quarto goço fue conplido.
Quinto, quando Jesús es
al çielo sobido,
e lo vido.

Sesta alegría
ovo ella quando,
en su conpañía
diçipulos estando,
Dios allí enbía
Spíritu Santo,
alunbrando.

La vida conplida
del Fijo Mexía,
nueve años de vida

bivió Santa María;
al cielo fue subida:
¡qué grand alegría
este día!

Gozos fueron siete;
años çinquanta
e quatro çiertamente
ovo ella por cuenta;
defiéndenos sienpre
de mal e de afruenta,
Virgen genta.

Todos los cristianos
aved alegría
señaladamente
en aqueste día:
que nasçió por salvar nos
de la Virgen María
en nuestra valía.

LXXIX

DE CÓMO LOS SCOLARES
DEMANDAN POR DIOS

Señores, dat al escolar
que vos viene demandar.
Dat limosna o raçión;
faré por vós oración,
que Dios vos dé salvaçión.

Quered por Dios a mí dar.
El bien que por Dios feçierdes,

la limosna que por Él dierdes,
quando deste mundo salierdes,
esto vos a de ayudar.

Quando a Dios dierdes cuenta
de los algos e de la renta,
escusar vos ha de afruenta
la limosna por Él far.

Por una razión que dedes,
vós çiento de Dios tomedes,
e en Paraíso entredes:
ansí lo quiera Él mandar.

Catad que el bien fazer
nunca se ha de perder;
poder vos ha estoçer
del infierno, mal lugar.

Señores, vós dat a nós,
esculares pobres dos.

El Señor de Paraíso,
Cristos, tanto que nos quiso
que por nós la muerte priso:
matáronlo los jodiós.

Murió nuestro Señor
por ser nuestro salvador;
dadnos, por el su amor.
Sí Él salve a todos nós.

Acordat vos de su estoria;
dad por Dios en su memoria.
Si Él vos dé la su gloria.
Dadnos limosna, por Dios.

Agora en quanto bivierdes,
por su amor sienpre dedes,
e con esto escaparedes
del infierno e de su tos.

DEL AVE MARÍA
DE SANTA MARÍA

AVE MARÍA gloriosa,
Virgen santa preçiosa,
¡cómmo eres piadosa
todavía!

GRACIA PLENA sin manzilla,
abogada,
por la tu merced, Señora,
faz esta maravilla
señalada:
por la tu bondad agora,
guárdame toda ora
de muerte vergoñosa,
por que loe a ti, fermosa,
noche e día.

DOMINUS TECUM, estrella
resplandeçiente,
melezina de coidados,
catadura muy bella,
reluziente,
sin manzilla de pecados:
por los tus gozos preçiados
te pido, virtuosa,
que me guardes, linpia rosa
de follía.

BENEDITA TU, onrrada
sin egualeza:
siendo virgen conçebiste,
de los ángeles loada
en alteza por el fijo que pariste,
por la graçia que oviste,
o bendicha flor e rosa,
tú me guarda, piadosa,
e me guía.

IN MULIERIBUS esogida,
Santa Madre,
de cristianos anparança,
de los santos bien servida;
e tu Padre
es tu Fijo sin dubdança.
¡O Virgen, mi fiança!
De gente maliçiosa,
cruel, mala, soberviosa,
me desvía.

E BENEDICTUS FRUCTUS, folgura
e salvaçión
del linaje umanal,
que tiraste la tristura
e perdiçión
que por nuestro esquivo mal,
el diablo suzio tal,
con su obra engañosa,
en cárçel peligrosa
ya ponía.

VENTRIS TUI, santa flor
non tañida:
por la tu grand santidad,

tú me guarda de error,
que mi vida
sienpre siga en bondad,
que meresca egualdad
con los santos, muy graçiosa,
en dulçor maravillosa,
o María.

CÁNTICA DE LOORES
DE SANTA MARÍA

Miraglos muchos faze
Virgen sienpre pura,
aguardado los coitados
de dolor e de tristura;
el que loa tu figura,
non lo dexes olvidado,
non catando su pecado,
sálvaslo de amargura.

Ayudas al inoçente
con amor muy verdadero;
al que es tu servidor
bien lo libras de ligero;
non le es falleçedero
tu acorro, sin dudança;
guarda lo de mal andança
el tu bien grande, llenero.

Reina Virgen, mi esfuerço,
vo só puesto en tal espanto;
por lo qual a ti bendigo,
que me guardes de quebranto;

pues a ti, Señora, canto.
Tú me guarda de lisión,
de muerte e de ocasión,
por tu Fijo, Jesú Santo.

Yo só mucho agraviado,
en esta çibdad seyendo;
Tú acorre e guarda fuerte
a mí libre defendiendo;
pues a ti me encomiendo,
non me seas desdeñosa;
tu bondad maravillosa
loaré sienpre serviendo.

A ti me encomiendo,
Virgen Santa María;
la mi coíta, Tú la parte,
Tú me salva e me guía,
e me guarda toda vía,
piadosa Virgen Santa,
por la tu merçed, que es tanta
que dezir non la podría.

CÁNTICA DE LOORES
DE SANTA MARÍA

Santa Virgen escogida,
de Dios Madre muy amada,
en los çielos ensalçada,
del mundo salud e vida.

Del mundo salud e vida,
de muerte destruimiento,

de graçia llena conplida,
de coitados salvamiento:
de aqueste dolor que siento,
en presión sin meresçer,
Tú me deña estorçer
con el tu deffendimiento.

Con el tu deffendimiento,
non catando mi maldad,
nin el mi meresçimiento,
mas la tu propia bondad;
que conffieso en verdat
que só pecador errado;
de ti sea ayudado,
por la tu virginidad.

Por la tu virginidad,
que non ha conparaçión,
nin oviste egualtad
en obra e entençión,
conplida de bendiçión;
pero non só meresçiente,
venga a ti, Señora, en miente
de conplir mi petiçión.

De conplir mi petiçión,
como a otros ya conpliste,
de tan fuerte tentaçión
en que só, coitado, triste,
pues poder as e oviste,
Tú me guarda en tu mano;
bien acorres muy de llano
al que quieres e quisiste.

CÁNTICA DE LOORES
DE SANTA MARÍA

Quiero seguir
a ti, flor de las flores,
sienpre dezir
cantar de tus loores,
non me partir
de te servir,
mejor de las mejores.

Grand fiança
he yo en ti, Señora;
la mi esperança
en ti es toda ora;
de tribulança
sin tardança
ven me librar agora.

Virgen muy santa,
yo paso tribulado
pena atanta,
con dolor atormentado;
en tu esperança
coíta atanta
que veo, ¡mal pecado!

Estrella del mar,
puerto de folgura,
de dolor
conplido e de tristura
ven me librar
e conortar,
Señora del altura.

Nunca falleçe
la tu merçed conplida;
sienpre guaresçes
de coítas e das vida;
nunca peresçe
nin entristeçe
quien a ti non olvida.

Sufro grand mal
sin meresçer, a tuerto,
esquivo tal,
por que pienso ser muerto;
más Tú me val,
que non veo ál
que me saque a puerto.

CÁNTICA DE LOORES
DE SANTA MARÍA

En ti es mi esperança,
Virgen Santa María;
en señor de tal valía
es razón de aver fiança.
....

Ventura astrosa,
cruel, enojosa,
captiva, mesquina,
¿por qué eres sañosa
contra mí, tan dapñosa
e falsa vezina?

Non sé escrivir,
nin puedo dezir

la coíta estraña
que me fazes sofrir,
con deseo bevir
en tormenta tamaña.

Fasta oy toda vía
mantoviste porfía
en me mal traher;
faz ya cortesía
e da me alegría,
gasajado e plazer.

E si tú me tirares
coíta e pesares,
e mi grand tribulança
en goço tornares,
e bien ayudares,
farás buena estança.

Mas si tú porfías
e non te desvías
de mis penas cresçer,
ya las coítas mías
en muy pocos días
podrán fenesçer.

CÁNTICA DE LOS CLÉRIGOS DE TALAVERA

Allá en Talavera, en las calendas de abril,
llegadas son las cartas del arçobispo don Gil,
en las quales venía el mandado non vil,
tal que, si plugo a uno, pesó más que a dos mil.

Aqueste arçipreste que traía el mandado,
bien creo que lo fizo más con midos que de grado;
mandó juntar cabildo, a prisa fue juntado,
coidando que traía otro mejor mandado.

Fabló este arçipreste e dixo bien ansí:
«Si pesa a vós otros, bien tanto pesa a mí
¡Ay viejo mezquino! ¡En qué envegeçí,
en ver lo que veo, e en ver lo que vi!»

Llorando de sus ojos, començó esta raçón,
diz: «El papa nos enbía esta constituçión;
he vos lo a dezir, que quiera o que non,
maguer que vos lo digo con ravia de mi coraçón.»

Cartas eran venidas que dizen en esta manera:
que clérigo nin cassado de toda Talavera,
que non toviesse mançeba, cassada nin soltera;
qualquier que la toviese descomulgado era.

Con aquestas razones que la carta dezía
fincó muy quebrantada toda la clerizía;
algunos de los legos tomaron azedía;
para aver su acuerdo juntaron se otro día.

Adó estavan juntados todos en la capilla,
levantó se el deán a mostrar su manzilla,
diz: «Amigos, yo querría que toda esta quadrilla
apellásemos del papa antel rey de Castilla.

Que maguer que somos clérigos, somos sus naturales;
servimos le muy bien, fuemos le sienpre leales;
demás, que sabe el rey que todos somos carnales;
querer se ha adolesçer de aquestos nuestros males.»

¿Que yo dexe a orabuena, la que cobre amano?
En dexar yo a ella resçibiera yo grand dapño;
dile luego de mano doze varas de paño;
e aun, para la mi corona, anoche fue al baño.

Ante renunçiaría toda la mi prebenda,
e desí la dignidad, e toda la mi renta
que la mi Orabuena tal escatima prenda.
Creo que otros muchos siguirán por esta senda.

Demando los apóstolos e todo lo que más vale,
con grand afincamiento, ansí como Dios sabe,
e con llorosos ojos e con dolor grave,
«vobis enim dimittere QUONIAM suave.»

Fabló en pos de aquéste luego el thesorero,
que era deste orden confrade derechero,
diz: «Amigos, si este son a de ser verdadero,
si malo lo esperades, yo pero lo espero.

E del mal de vós otros a mí mucho me pesa:
otrosí de lo mío, e del mal de Teresa;
pero dexaré a Talavera e irme a Oropesa
ante que la partir de toda la mi mesa.

Ca nunca fue tan leal Blanca Flor a Flores,
nin es agora Tristán con todos sus amores;
que faze muchas vezes rematar los ardores,
e si de mí la parto, nunca me dexarán dolores.»

«Por que suelen dezir que el can con grand angosto,
e con ravia de la muerte, a su dueño trava el rostro;
si yo toviese el arçobispo en otro tal angosto,
yo le daría tal vuelta que nunca viese al agosto.»

Fabló en pos aqueste el chantre Sancho Muñoz,
diz: «Aqueste arçobispo, non sé qué se ha con nós;
él quiere acalañar nos lo que perdonó Dios;
por ende yo apello en este escripto: ¡abivad vos!

Que si yo tengo, o tove, en casa una servienta,
non ha el arçobispo desto por qué se sienta,
que non es mi comadre, nin es mi parienta;
huérfana la crié, esto por que non mienta.

En mantener omne huérfana obra es de piedad;
otrosí a las vibdas, esto es cosa con verdat;
por que, si el arçobispo tiene que es cosa que es maldad,
¡dexemos a las buenas, e a las malas vos tornad!»

«Don Gonçalo canónigo, segund que vo entendiendo,
es éste que va de sus alfajas prendiendo;
e van se las vezinas por el barrio deziendo
que la acoje de noche en casa, aun que ge lo defiendo.»

Pero non alonguemos atanto las razones:
appellaron los clérigos, otrosí los clerizones;
fezieron luego de mano buenas approllaçiones,
e dende en adelante çiertas procuraçiones.

LXXX

ESTE ES EL LIBRO DEL ARÇIPRESTE DE HITA,
EL QUAL CONPUSO SEYENDO PRESO POR
MANDADO DEL CARDENAL DON GIL,
ARÇOBISPO DE TOLEDO. LAUS TIBI CHRISTE,
QUONIAM LIBER EXPLICIT ISTE.
ALFFONSUS PARATINENSIS

Varones buenos e onrrados,
queretnos ya ayudar,
a estos çiegos lasrados
la vuestra limosna dar;
somos pobres menguados,
avemos lo a demandar.

De los bienes deste siglo
non tenemos nós pasada;
bevimos en gran peligro,
en vida mucho penada;
çiegos bien commo vestiglo,
del mundo non vemos nada.

Señora Santa María,
Tú le da la bendiçión
al que oy en este día
nos diere primera raçión;
dal al cuerpo alegría
e al alma salvaçión.

Santa María Madalena,
rruega a Dios verdadero
de quien nos diere buena estrena
de meaja o de dinero,
apara mejorar la çena
a nós e a nuestro conpañero.

El que oy nos estrenare
con meaja e con pan,
dé le, e quanto començare,
buena estrena Sant Julián;
quanto a Dios demandare,
otorgue ge lo de plan.

Sus fijos e su conpaña
Dios Padre espiritual
de çeguedat atamaña
guarde, e de coíta atal;
sus ganados e su cabaña,
Santo Antón lo guarde de mal.

A quien nos dio su meaja
por amor del Salvador,
Señor, dal tu gloria,
tu graçia e tu amor;
guarda lo de la baraxa
del pecado engañador.

Ca con bien aventurado
ángel, Señor San Miguel,
Tú seas su abogado
de aquélla e de aquél
que del su pan nos a dado;
ofreçemos te lo por él.

Quando las almas pasares,
éstos ten con la tu die[stra]
que dan çenas e yantares
a nós e a quien nos adiestra;
sus pecados e sus males,
echa los a la siniestra.

Señor, merçet te clamamos
con nuestras manos amas,
la limosna que te damos
que la tomes en tus palmas;
a quien nos dio que comamos,
da paraíso a sus almas.

Cristianos de Dios amigos,
a estos çiegos mendigos
con meajas o con bodigos
queret nos acorrer,
e queret por Dios faser.

Si de vós non lo avemos,
otro algo non tenemos
con que nos desayunar;
non lo podemos ganar
con estos cuerpos lasrados,
çiegos pobres e cuitados.

Dat nos de uestra caridat,
e guarde vos la claridat
de los vuestros ojos Dios,
por quien lo fasedes vós;
goso e plaser veades
de los fijos que mucho amades.

Nunca veades pesar;
dexe vos los Dios criar,
e ser arçidianos;
sean ricos e sean sanos;
non les dé Dios çeguedat;
guárdelos de pobredat.

Déles mucho pan e vino,
que den al pobre mesquino;
déles algos e dineros
que den a pobres romeros;
déles paños e vestidos
que den a ciegos tollidos.

Las vuestras fijas amadas,
veades las bien casadas
con maridos cavalleros
e con onrrados pecheros,
con mercadores corteses
e con ricos burgueses.

Los vuestros suegros e suegras,
los vuestros yernos e nueras,
los bivos e los finados,
de Dios sean perdonados,
a vós dé buen galardón,
e de los pecados perdón.

El ángel esta ofrenda
en las sus manos la prenda.
Señor, oy a pecadores:
por los nuestros bienfechores,
Tú rescibe esta canción,
e oye esta nuestra oración,

Que nós pobres te rogamos,
por quien nos dio que comamos,
e por el que dar lo quiso,
Dios por nós muerte priso:
vos dé santo paraíso. Amén.

ÍNDICE

Introducción 5

Libro de buen amor 31

CLÁSICOS DE LA LITERATURA

1.- **Más allá del bien y del mal.** *Friedrich Nietzsche*
2.- **Carta al padre, meditaciones y otras obras.** *Franz Kafka*
3.- **El mercader de Venecia.** *William Shakespeare*
4.- **La metamorfosis.** *Franz Kafka*
5.- **Así habló Zaratustra.** *Friedrich Nietzsche*
6.- **Misericordia.** *Benito Pérez Galdós*
7.- **Las moradas o Castillo interior.** *Santa Teresa de Jesús*
8.- **Mujercitas.** *Louisa May Alcott*
9.- **Narraciones extraordinarias (I).** *Edgar Allan Poe*
10.- **Narraciones extraordinarias (II).** *Edgar Allan Poe*
11.- **El ocaso de los ídolos.** *Friedrich Nietzsche*
12.- **La Odisea.** *Homero*
13.- **Otelo.** *William Shakespeare*
14.- **Los paraísos artificiales - El vino y el hachís - La Fanfarlo.** *Charles Baudelaire*
15.- **Poesías completas.** *San Juan de la Cruz*
16.- **El príncipe.** *Nicolás Maquiavelo*
17.- **Las aventuras de Sherlock Holmes.** *Sir Arthur Conan Doyle*
18.- **El proceso.** *Franz Kafka*
19.- **El profeta.** *Khalil Gibran*
20.- **Relatos cómicos.** *Edgar Allan Poe*
21.- **El retrato de Dorian Gray.** *Óscar Wilde*
22.- **Rimas y leyendas.** *Gustavo Adolfo Bécquer*
23.- **Romeo y Julieta.** *William Shakespeare*
24.- **El sueño de una noche de verano.** *William Shakespeare*
25.- **Los sueños.** *Francisco de Quevedo*
26.- **Utopía.** *Tomás Moro*
27.- **El caminante y su sombra.** *Friedrich Nietzsche*
28.- **Canto a mí mismo.** *Walt Whitman*
29.- **La Celestina.** *Fernando de Rojas*
30.- **Crimen y castigo.** *Fiòdor Dostoievski*
31.- **Cuaderno de notas.** *Leonardo da Vinci*
32.- **Alicia en el país de las maravillas - Fantasmagoría - Un cuento enredado.** *Lewis Carroll*

33.- **Nuevos cuentos, historietas y fábulas.** *Marqués de Sade*
34.- **Cumbres borrascosas.** *Emily Brönte*
35.- **De la Tierra a la Luna.** *Julio Verne*
36.- **De la vejez - De la amistad.** *Marco Tulio Cicerón*
37.- **De profundis.** *Óscar Wilde*
38.- **Diccionario del diablo.** *Ambrose Bierce*
39.- **Marianela.** *Benito Pérez Galdós*
40.- **Don Quijote de la Mancha (I).** *Miguel de Cervantes*
41.- **Don Quijote de la Mancha (II).** *Miguel de Cervantes*
42.- **El anticristo.** *Friedrich Nietzsche*
43.- **Ecce Homo.** *Friedrich Nietzsche*
44.- **La Eneida.** *Virgilio*
45.- **Fábulas completas.** *Esopo*
46.- **Fábulas escogidas.** *Jean de la Fontaine*
47.- **El fantasma de Canterville.** *Óscar Wilde*
48.- **Fausto.** *Goethe*
49.- **La filosofía en el tocador.** *Marqués de Sade*
50.- **Las flores del mal.** *Charles Baudelaire*
51.- **La Gaya ciencia.** *Friedrich Nietzsche*
52.- **La Ilíada.** *Homero*
53.- **Los infortunios de la virtud.** *Marqués de Sade*
54.- **Arte de amar.** *Ovidio*
55.- **El lazarillo de Tormes.** *Anónimo*
56.- **Leyendas de la Alhambra.** *Washington Irving*
57.- **El libro de la selva.** *Rudyard Kipling*
58.- **El loco - El jardín del profeta.** *Khalil Gibran*
59.- **Macbeth.** *William Shakespeare*
60.- **La madre.** *Máximo Gorki*
61.- **Alicia a través del espejo.** *Lewis Carroll*
62.- **Hamlet.** *William Shakespeare*
63.- **El buscón.** *Francisco de Quevedo*
64.- **El contrato social.** *Jean-Jacques Rousseau*
65.- **Las aventuras de Pinocho.** *Carlo Collodi*
66.- **El alcalde de Zalamea.** *Pedro Calderón de la Barca*
67.- **Selección de cuentos egipcios.** *Felipe Sen y Ángel Sánchez*
68.- **La vuelta al mundo en 80 días.** *Julio Verne*
69.- **El perro de los Baskerville.** *Sir Arthur Conan Doyle*
70.- **La importancia de llamarse Ernesto.** *Óscar Wilde*
71.- **Julio César.** *William Shakespeare*
72.- **Rey Lear.** *William Shakespeare*
73.- **Miguel Strogoff.** *Julio Verne*
74.- **Drácula.** *Bram Stoker*
75.- **Dr. Jeckyll y Mr. Hyde.** *R. L. Stevenson*
76.- **Capitanes intrépidos.** *Rudyard Kipling*

77.- **Don Juan Tenorio.** *José Zorrilla*
78.- **La isla del tesoro.** *R. L. Stevenson*
79.- **Tratado de pintura.** *Leonardo da Vinci*
80.- **Colmillo blanco.** *Jack London*
81.- **Poemas.** *Lord Byron*
82.- **La vida es sueño.** *Pedro Calderón de la Barca*
83.- **Frankenstein.** *Mary Shelley*
84.- **Cuentos humorísticos y sentimentales.** *Hans Christian Andersen*
85.- **Cuentos fantásticos y de animales.** *Hans Christian Andersen*
86.- **La dama de las camelias.** *Alejandro Dumas (hijo)*
87.- **Madame Bovary.** *Gustave Flaubert*
88.- **Orgullo y prejuicio.** *Jane Austen*
89.- **Sentido y sensibilidad.** *Jane Austen*
90.- **El agente secreto.** *Joseph Conrad*
91.- **El corazón de las tinieblas.** *Joseph Conrad*
92.- **Las aventuras de Huckleberry Finn.** *Mark Twain*
93.- **Las aventuras de Tom Sawyer.** *Mark Twain*
94.- **El último mohicano.** *J. Fenimore Cooper*
95.- **Los viajes de Gulliver.** *Jonathan Swift*
96.- **Entremeses.** *Miguel de Cervantes*
97.- **Estudio en escarlata.** *Sir Arthur Conan Doyle*
98.- **La genealogía de la moral.** *Friedrich Nietzsche*
99.- **Casa de muñecas.** *Henrik Ibsen*
100.- **Antonio y Cleopatra.** *William Shakespeare*
101.- **El Cantar de Mío Cid.** *Anónimo*
102.- **Libro de Buen Amor.** *Arcipreste de Hita*
103.- **Un Yanqui en la corte del Rey Arturo.** *Mark Twain*
104.- **Novelas ejemplares (I).** *Miguel de Cervantes*
105.- **Novelas ejemplares (II).** *Miguel de Cervantes*
106.- **Los cuentos de Canterbury.** *Geoffrey Chaucer*
107.- **El origen del hombre (I).** *Charles Darwin*
108.- **El origen del hombre (II).** *Charles Darwin*
109.- **Fábulas literarias.** *Tomás de Iriarte*
110.- **Fábulas morales.** *Félix María de Samaniego*
111.- **El sombrero de tres picos.** *Pedro Antonio de Alarcón*
112.- **Las aventuras de Arthur Gordon Pym.** *Edgar Allan Poe*
113.- **Almacén de antigüedades.** *Charles Dickens*
114.- **Los vagabundos y otros cuentos.** *Jack London*
115.- **El jardinero.** *Rabindranath Tagore*
116.- **El cartero del rey.** *Rabindranath Tagore*
117.- **Cuentos de los mares del Sur.** *Jack London*
118.- **La marquesa de Gange.** *Marqués de Sade*
119.- **Fanny Hill.** *John Cleland*
120.- **Obras jocosas.** *Francisco de Quevedo*